KB105060

시민불복종

시민불복종

초판 1쇄 발행 | 2020년 6월 10일

지은이 | 헨리 데이비드 소로 외
옮긴이 | 김대웅 · 임경민 · 서경주
펴낸이 | 김형호
펴낸곳 | 아름다운날
편집 주간 | 조종순
디자인 | 디자인표현

출판 등록 | 1999년 11월 22일
주소 | (04031) 서울시 마포구 서교동 351-10 동보빌딩 202호
전화 | 02) 3142-8420
팩스 | 02) 3143-4154
E-메일 | arumbook@hanmail.net

ISBN | 979-11-86809-89-1 (03840)

이 도서의 국립중앙도서관 출판예정도서목록(CIP)은 서지정보유통지원시스템 홈페이지(http://seoji.nl.go.kr)와 국가자료공동목록시스템(http://www.nl.go.kr/kolisnet)에서 이용하실 수 있습니다.(CIP제어번호: 2020017006)

시민불복종

소로의 정치관, 존 브라운 투쟁기, 정치론

헨리 데이비드 소로 외 지음
김대웅·임경민·서경주 옮김

아름다운날

Civil Disobedience

John Brown's Raid

'Politics', Second Series *by Ralph Waldo Emerson*

차례

머리글

헨리 데이비드 소로의 삶

| 랠프 W. 에머슨[1]

헨리 데이비드 소로(Henry David Thoreau)는 프랑스의 건지 섬(the Isle of Guernsey)[2]에서 미국으로 건너온 조상들의 마지막 후손이다. 그의 성격은 아주 강한 색슨족의 기질과 묘하게 어우러

1) 랠프 W. 에머슨(Ralph Waldo Emerson; 1803-82)은 미국의 사상가 겸 시인이다. 헨리 데이비드 소로는 하버드 대학생 시절 처음으로 에머슨을 만났는데, 당시 에머슨은 이미 『자연론』(Nature; 1836)의 저자로서 유명 인사였다.
헨리 D. 소로는 에머슨의 『자연론』을 읽은 것이 계기가 되어 소로가 세상을 떠나기까지 25년 동안 돈독한 우정을 쌓았다. 1840년에는 에머슨이 소로를 집으로 초대하여 가족들과 같이 몇 년 동안 살게 하기도 했고, 1845년부터 2년 2개월 동안 자신의 소유 땅인 월든 호숫가에 소로가 살게 하면서 그의 대표작 『월든』을 쓸 수 있도록 도와주기도 했다. 소로의 장례식에서 에머슨은 추도 연설을 낭독하기도 했다. 에머슨은 소로의 정신적, 지적 스승이자 물질적 후원자였으며, 언제나 서로의 발전을 비춰볼 수 있는 경쟁자이자 친구였다.

2) 프랑스 노르망디 지방에서 서쪽으로 48㎞ 떨어진 곳에 있으며, 건지 젖소로 유명하다.

헨리 D. 소로가 다니던 당시의 하버드 대학교

져 부지불식간에 이러한 혈통의 특성을 드러냈다.

그는 1817년 7월 12일 매사추세츠 콩코드에서 태어났다. 그는 1837년 하버드 대학을 졸업했지만 문학적 재능을 인정받지는 못했다. 문단의 이단아로서 그는 문학을 하는데 대학이 별로 중요하지 않다고 생각했지만 대학의 덕을 본 것만은 사실이다. 대학을 졸업한 뒤, 그는 형이 교사로 있던 사립학교로 갔지만 이내 그만두었다. 소로의 부친은 연필공장을 했고, 소로도 당시 쓰이던 어떤 연필보다 더 품질 좋은 연필을 만들 수 있다는 생각으로 한동안 연필 제조에 매달렸다. 그는 오랜 실험 끝에 만든 제품을 보스턴에 있는 화학자와 장인들에게 보여준 뒤 런던제 연필 못지않은 품질이라는 인정을 받고 득의만만하여 돌아왔다. 친구들은 이제 부자가 될 것이라고 축하해 주었다. 그러나 그는 이제 연필을 만들지 않겠다고 친구들에게 말했다. "왜 하지 않느냐고? 나는 한번 해본 것은 두 번 다시 하지 않겠네." 그는 끊임없이 산책을 하고 다양한 분야를 탐구하면서 하루하루 자연과 친숙해졌으나 동물학이나 식물학은 그때까지도 결코 염두에 두지 않았다. 따라서 자연의 실제적 현상은 열심히 탐구했지만 전문적이고 학술적인 과학에 대해서는 무관심했다.

이 시절 소로의 동창들과 학우들은 모두 직업을 선택하여 돈을 많이 버는 직장에 취직하기 시작했다. 하지만 대학을 갓 졸업한 건장한 청년 소로는 자연에 관심을 쏟을 수밖에 없었으며, 그런 태도는 가족과 친구들의 당연한 기대를 저버리며 정해진 길을 거부하고 고독한 자유를 지키는 쉽지 않는 결정을 하도록 해주었다. 더구나 그는 철저하게 금욕적이었으며 자립해야 한다는 생각이 분명했고, 누구나 정직과 자립을 지켜야 한다고 생각했기에 남들보다 힘든 길을 걸어야만 했다. 그러나 소로는 흔들리지 않았다. 그는 천성이 청교도적이었다. 그는 보다 얄팍한 기술이나 전문적 지식 대신에 보다 큰 의미의 소명인 도덕적 삶을 사는 방법을 찾기 위한 지식과 실천에 대한 원대한 꿈을 포기하려 하지 않았다. 그가 다른 사람들의 생각을 무시하거나 거부했다면 그것은 다만 신념에 따라 행동하고자 했기 때문이다. 그는 결코 나태하거나 방종하지 않고 돈이 필요할 때는 정식으로 고용되기보다는 배를 만들거나, 담장을 치거나, 식재, 접목, 측량 등 그때그때 그의 취향에 맞는 육체노동을 해서 돈을 벌었다. 강인한 체질과 욕심 없는 마음에다 목공예 기술과 계산 능력을 갖추고 있어서 그는 세계 어디다 내놔도 별로 빠질 게 없었다. 그는 다른 사람보다 더 적은 시간을 들이고도 생계비를 벌 수 있었다. 그래서 그는 여가 시간을 확보했다.

소로의 수학적 지식에서 비롯된 측량기술과 나무의 크기, 연못과 강의 깊이와 넓이, 산의 높이, 그가 좋아하는 정상까지의 직선거리 등과 같이 그가 관심을 갖는 대상에 대한 크기와 거리, 즉 콩코드 주변지역에 대한 정확한 지식을 얻으려는 그의 습관적 노력 때문에 그는 측량사가 되었다. 측량사라는 직업 때문에 그는 자주 한적한 곳을 다니며 자연을 탐구할 수 있는 이점을 갖게 되었다. 그의 측량사로서의 정확성과 역량에 대해서는 이미 정평이 나 있어서 그는 내키는 대로 일을 맡을 수가 있었다.

그는 측량사로서의 문제를 쉽게 풀어나갈 수 있었지만 날마다 인간으로서 느끼는 더 심각한 문제에 시달렸다. 그는 모든 관습에 대해서 의문을 제기하고 그의 모든 행위를 이상적인 근거에 따라 해결하고 싶어 했다. 그는 청교도 근본주의자였으며 극도의 금욕생활을 했다. 그는 어떤 직업교육도 받지 않았다. 결혼하지 않고 독신으로 살았다. 교회에도 나가지 않았고 선거에도 참여하지 않았다. 그는 국가에 세금도 내지 않았다. 육식을 하지 않았고 술을 마시지 않았다. 담배를 피울 줄 몰랐고 자연주의자 이었음에도 덫이나 총을 사용하지 않았다. 그는 스스로 현명하게 사색과 자연을 벗 삼아 독신자가 되기로 마음먹었다. 그는 비록 돈 버는 재주도 없었고 가난했지만 깨끗하고 고상하게 사는 법을 알고 있었다. 그는 아마도 미리 계획하고 이런 삶의 방식을 택하지는 않았을 터이지만, 살면서 터득한 지혜로 이런 삶이 가치 있다는 것을 보여주었다.

그는 일기에 "나는 가끔 내가 크로이소스[3)]처럼 엄청난 부를 가질 운명이라고 해도 인생의 목표는 여전히 같을 것이며, 내 재산 역시 같았을 것임에 틀림없을 것으로 생각 한다"고 썼다. 그는 고상하

3) 크로이소스(Croesus, 595 BC-546 BC 경). 리디아(지금의 터키)의 마지막 왕. 헤로도토스에 따르면 페르시아의 왕 키루스에게 패해 죽을 때까지 막대한 부를 축적한 인물로, 부귀영화의 무상함을 상징하는 데 자주 인용된다.

게 보이기 위한 소소한 것을 의도적으로 거부하지는 않았지만 그런 것에는 관심도 열정도 취향도 없었다. 좋은 집과 옷 그리고 세련된 사람들의 태도와 언사는 그에게 필요하지 않았다. 그는 인디언 원주민을 좋아하였으며 이런 세련됨은 대화를 가로막는 장애물이라고 생각해 아주 단순 소박한 관계로

엄청난 부의 상징인 리디아의 마지막 왕 크로이소스

사람들을 만나려고 했다. 그는 저녁식사 초대를 사양했다. 왜냐하면 거기서는 각자가 모든 사람에게 번거로운 존재가 되는 곳인데, 그는 쓸데없이 사람들을 만날 수는 없기 때문이었다. 그는 "사람들이 비싼 돈을 들여 저녁을 준비하는 것으로 자존심을 내세우는데 나는 적은 비용으로 저녁을 준비하는 것을 자랑으로 삼는다."고 말했다. 식탁에서 어떤 음식을 좋아하느냐는 질문을 받고 그는 "가장

가까운데 있는 것"이라고 대답했다. 그는 와인을 좋아하지 않았으며 평생 악습을 갖지 않았다. 그는 "나는 성인이 되기 전에 말린 백합뿌리를 피우면 기분이 좋았던 것을 희미하게 기억한다. 나는 으레 이것을 많이 가지고 있었다. 이보다 독한 것은 피운 적이 없다."고 했다.

그는 필요한 것을 줄이고 그것을 자급자족하여 부자가 되기로 했다. 그는 여행을 할 때 그때 당시 여행 목적에 중요하지 않은 곳만 기차를 타고 지나쳤고 나머지는 여관보다는 값도 싸고 마음도 편한 농어민의 집에서 민박을 하면서 수백 마일을 걸어 다녔는데 그것은 거기서 더 선량한 사람들을 만나고 그가 원하는 정보를 얻을 수 있었기 때문이었다.

그는 성격상 다소 순응하지 않는 반골기질이어서 항상 호기있고 재기발랄하지만 마치 반대하지 않으면 정상이 아니라는 듯 좀처럼 자기 뜻을 굽히지 않았다. 그는 오류는 지적하고 실수는 비판해야 직성이 풀렸는데 그의 영향력을 충분히 발휘하기 위해서는 장단을 맞춰줄 북소리, 즉 우월감이 필요했는지도 모른다. 그는 '노'라고 하는데 거리낌이 없었다. 사실 그에게는 '예스'라고 하는 것보다 '노'라고 말하는 것이 훨씬 쉬웠다. 그는 누가 제안하는 것을 들으면 마치 첫 번째 본능적 반응이 반박하는 것인 것처럼 일상적으로 생각을 제한하는 것을 참지 못했다. 이런 습관은 물론 사교성이 떨어지는 처신이다. 대화상대는 결국 그에게 적의나 허위가 없다는 것을 인정하곤 했지만 대화는 제대로 이어지지 못했다. 그런 이유로 그토록 순수하고 고지식한 사람과 좋은 관계를 유지할 수 있는 말상대는 없었다. 그의 친구 중 한 사람은 "나는 헨리를 아끼지만 좋아할 수는 없어요. 그의 팔을 잡으면 잡는 순간 느릅나무 가지를 잡은 것 같다는 생각을 하지 않을 수 없어요"라고 털어놓았다.

하지만 소로는 은둔자이자 금욕주의자이면서도 정이 많았으며 그가 아끼는 젊은이들과 순수한 마음으로 잘 어울렸고, 할 수 있는 것이라고는 들과 강에서 겪은 다양하고 무궁무진한 이야기 밖에 없었으면서도 기꺼이 그들과 놀아주었다. 게다가 그는 허클베리를 따다 파티를 열고 젊은이들을 이끌고 밤과 포도를 따러 나서는 것을 마다하지 않았다. 하루는 공개 토론에 대해 이야기하던 중에 헨리는 청중들에게 듣기 좋은 소리를 하는 것은 좋지 않다고 말했다. 나는 "모든 사람들이 읽을 수 있는 『로빈슨 크루소』 같은 책을 쓰고 싶지 않은 사람이 어디 있으며 그가 쓴 문장이 모든 사람들이 재미있어하는 제대로 된 실용적 표현방법을 담고 있지 못한 것을 아쉽게 생각하지 않는 사람이 어디 있겠느냐?"고 반문했다.

헨리는 예상대로 아니라고 하면서 소수의 청중들에게만 감동을 준 몇몇 강의를 예로 들었다. 그러나 저녁식사 자리에서 한 젊은 여성이 그가 강당에서 강연하기로 돼 있는 것을 기억하면서 단도직입적으로 "강의가 제가 듣고 싶어 하는 멋지고 재미있는 내용인가요 아니면 제가 관심두지 않는 고리타분한 철학이야기인가요?"라고 물었다. 헨리는 그녀를 바라보고 곰곰이 생각하더니, 내가 보기에는, 강의가 좋은 내용이라면 이제 자리에서 일어나서 강의를 들으러 갈 그녀와 그녀의 오빠에게 맞는 내용이라고 애써 확신하는 것 같았다.

그는 타고난 대로 진실을 말하고 행동으로 옮겼는데 이런 명분으로 극적 상황을 조성하지 않았다. 어떤 상황에서도 헨리가 어느 편에 서서 어떤 발언을 하는가는 모든 청중들의 관심사였다. 그는 기대를 저버리지 않고 토론에 나올 때마다 원래의 주장을 고수했다.

1845년 그는 월든 호수 옆에 작은 목조 가옥을 손수 지어 거기서 2년 동안 혼자 살면서 주경야독을 하였다. 이런 생활방식은 자연스럽고 그에게 맞았다. 그를 아는 어느 누구도 안다는 것 때문에 그를 귀찮게 하지 않았다. 그는 행동보다는 사고에서 주변사람들과는 더 큰 차이가 있었다. 그는 고독한 생활에서 더 이상 얻을 게 없다고 생각하자마자 그 생활을 그만두었다. 1847년 공공지출의 몇몇 항목

헨리 데이비드 소로의 오두막집

에 동의할 수 없다며 지방세 납세를 거부하여 수감되었다. 한 친구가 그 세금을 대납해 석방되었다. 그 다음 해에도 비슷한 골치 아픈 사건이 벌어졌다. 그러나 그의 만류에도 불구하고 친구들이 세금을 내주었는데 내가 보기에는 그가 더 이상 거부하지 않은 것 같다. 항의나 조롱은 그에게 중요하지 않았다. 그는 다수의 의견이라고 가장하지 않고 자신의 의견을 조곤조곤 흐트러짐 없이 밝혔다.

한번은 그가 대학 도서관에 책 몇 권을 빌리러 갔다. 사서가 대출을 거부했다. 소로는 대학총장을 만나러 갔는데 총장은 도서 대출은 운영규칙과 관례에 따라 재학생과 졸업생 가운데 성직자 그리고 대학을 중심으로 반경 10마일 안에 사는 일부 주민들에게만 허용된다고 말했다. 소로는 철도 때문에 기존의 거리 개념이 달라졌으며 총장의 규칙에 따르자면, 도서관도 쓸모없고 대학과 총장도 쓸모없는데 그가 한 가지 신세를 지고 있는 것이 도서관이고 그가 지금 빌리려는 책은 대단히 긴요할 뿐만 아니라 더 많은 책을 필요로 하게 될 것이라고 설명하고 사서가 아니라 소로 자신이 그 책들을 더 잘 관리할 수 있다고 설득했다. 그리하여 총장은 민원을 제기한 소로가 만만찮은 사람이며, 도서관 운영규칙이 조리에 맞지 않는다고 수긍하고, 그 때 이후로 무제한 대출받을 수 있는 자격을 그에게 부여하기로 했다.

소로보다 더 진실한 미국인은 없었다. 미국과 미국의 상황에 대한 그의 애정은 진정어린 것이었으며 영국과 유럽의 관습과 취향에 대한 혐오는 거의 경멸에 가까웠다. 그는 런던 사교계로부터 주워들은 소식이나 재담들을 참고 들어주지 않았다. 그는 예의를 갖추려고 했지만 이런 이야기들은 그를 피곤하게 했다. 사람들은 모두 작은 틀에 갇힌 채 서로를 따라했다. 왜 그들은 가능한 한 멀리 떨어져 살 수 없으며 독립적 존재로 살 수 없는가? 그가 생각한 것은 가장 왕성한 자연이었다. 그는 런던이 아니라 오레곤으로 가고 싶어 했다. 그는 "영국의 섬 도처에서 납골단지, 야영지, 도로, 주거지 같은 로마인들의 유적이 발견된다. 하지만 뉴잉글랜드는 적어도 로마시대의 폐허 위에 세워진 것은 아니다. 우리는 과거 문명의 잿더미 위에 우리의 집을 짓지 않아도 된다."고 썼다.

그는 노예제도의 폐지, 관세의 폐지, 거의 정부의 폐지까지를 지지하는 이상주의자였지만 그의 입장이 정치적으로 반영되지 않았을 뿐 아니라 모든 개혁가들로부터 거의 예외 없이 저항을 받은 것은 주지의 사실이다. 그럼에도 그는 한 결 같이 〈반노예당〉[4]에 지지를 보냈다. 그는 그가 친분을 맺고 있던 한 사람을 예외적으로 높이 평가하며 존경했다. 존 브라운(John Brown)이 체포된 이후 소로는 캡틴 브라운을 옹호하는 첫 번째 연설을 하기 전에 콩코드의 대부분의 집에 존 브라운이 처한 상황과 그의 인품에 대해 일요일 저녁 공회당에서 연설할 것이며 누구나 와서 연설을 들으라고 알렸다. 공화당의 〈노예제도폐지위원회〉는 그것은 성급하고 바람직하지 않다는 서한을 보냈다. 그는 "나는 여러분들에게 조언을 구한 것이 아니라 내가 연설한다는 것을 알려달라고 했을 뿐"이라고 응답했다. 강당은 일찍부터 각 정파에서 온 사람들로 가득 찼으며 모든 청중들은 존 브라운이라는 영웅에 대한 소로의 찬사를 경청했고 새삼 공감하게 되었다.

4) Anti-Slavery Party. 1940년 노예제도에 반대하는 정강정책으로 활동했던 Liberty Party의 다른 이름으로 남북전쟁과 노예해방 이후인 1870년에 해산되었다.

투쟁적 노예해방론자 존 브라운

자신의 육체를 부끄럽다고 말한 것은 플로티누스[5]인데 그는 그럴만한 이유가 있었던 것 같다. 즉 그의 육체는 마음과는 다르게 움직였고 그는 관념적 지식인들이 흔히 그러하듯 물질적 세계를 다루는데 미숙했다. 그러나 소로는 가장 적합하고 순응적인 육체를 가지고 있었다. 그는 키는 작았지만 다부진 체구와 밝은 안색에다 강하고 진지한 푸른 눈 그리고 의젓한 풍모를 갖추고 있었다. 나중에 그는 턱수염을 길렀다. 그의 감성은 예민했고 체격은 균형 잡히고 단단했으며 손은 강하고 도구를 잘 다루는 재주가 있었다. 그의 몸과 마음은 놀랄 만큼 건강했다. 그는 다른 사람들이 자와 줄을 가지고 측정하는 것보다 더 정확하게 목측으로 거리를 측정했다. 그는 밤에 숲속에서 눈보다는 발로 길을 찾는 게 쉽다고 했다. 그는 눈대중으로 나무의 크기를 잘 맞출 수 있었다. 상인들이 그러하듯 송아지나 돼지의 무게도 잘 맞출 수 있었다. 많은 양의 연

5) Plotinus(204/5-270). 로마시대 이집트 나일 델타 리코폴리스에서 태어난 철학자로 세상의 원리를 초월적 존재와 지(知), 영(靈)으로 보았다.

필들이 낱개로 들어있는 박스에서 잡을 때마다 한 다스씩의 연필을 꺼낼 수도 있었다. 그는 수영, 달리기, 스케이팅, 보트 젓기 등을 잘해서 하루 종일 여행을 한다면 누구에게도 뒤떨어지지 않았을 것이다. 그리고 몸과 마음이 우리가 알고 있는 것 보다 훨씬 더 밀접하게 연관되어 있었다. 그는 한 걸음 한 걸음 다리로 걸을 때마다 쓰고 싶은 것이 있었다. 그가 산책한 거리는 그의 글의 길이와 한 결 같이 비례했다. 집에서 두문불출할 때 그는 전혀 글을 쓰지 않았다.

그는 월터 스코트의 소설에 등장하는 직공의 딸 로즈 플램목[6]아버지에게 광목과 기저귀감 뿐만 아니라 태피스트리와 금란[7]을 잴 수도 있는 긴 자와 비슷한 것을 권하는데, 소로는 그와 같은 절대적인 상식을 가지고 있었다. 그에게는 항상 새로운 방책이 있었다. 내가 숲에 식목을 하려고 약 한 말 정도의 도토리를 구해오자 그는 그 중 일부만 제대로 싹을 틔울 것이라고 말하고 그 중에서 쓸 만한 것들을 골라내기 시작했다. 그러나 이것이 더디다는 것을 알고 "그것들을 모두 물에 넣으면 좋은 것은 가라앉을 것"이라고 말했다. 그가

---

6) 월터 스코트 경의 소설 『약혼자들』(The Betrothed; 1825)에서 에이블린의 하녀로 나오는 인물로, 플랑드르의 직공 윌리엄 플렘목(William Flammock)의 딸.

7) 금란(金襴): 황금색실이나 실제 금사를 섞어 짠 값비싼 비단.

말한 대로 하자 성공적이었다. 그는 정원이나 집 혹은 창고를 설계할 수 있었고 "태평양연안 탐험대"를 이끌 만큼 유능했으며 가장 중요한 사적 혹은 공적 문제에 대해 법률적 조언을 해 줄 수 있었다.

그는 과거사 때문에 번민하거나 마음상하지 않고 그날그날을 충실히 살았다. 만약 그가 어제 새로운 제안을 했다면 그는 오늘 마찬가지로 파격적인 다른 제안을 할 것이다. 모든 부지런한 사람들이 그러하듯 그는 시간에 높은 가치를 두면서도 마을에 나오면 정해진 대로 산책을 하고 늦은 시간까지 이어지는 대화에 기꺼이 참여하는 한가한 사람으로 보였다. 그의 예리한 감각은 짜인 일상의 규칙 때문에 무뎌진 것이 아니라 새로운 필요에 따라 항상 더 날카로워졌다. 그는 소박하게 먹기를 원하고 실천에 옮겼지만 누군가가 채식을 주장하자 "그레이엄 하우스에서 기숙하는 사람[8]보다는 들소를 사냥하는 사람이 낫다"면서 식사는 아주 사소한 일이라고 생각했다. "철길 옆에서 자도 깊이 잠들 수 있다. 자연은 어떤 소리에 귀를 기울여야 할지 잘 알고 있으며 철길의 소음에는 귀를 기울이지 않기로 했다. 정신을 집중하면 다른 사물들은 거슬릴 게 없으며 정신

---

8) 미국의 장로교 목사이자 채식·금주 운동가인 Sylvester Graham(1794-1851)이 주장한 식단을 제공하던 기숙사로 소로는 먹는 것에 골몰하는 사람들을 비유적으로 표현했다.

적인 무아지경은 방해받지 않는다"고 말했다. 그는 멀리서 희귀한 식물을 받고 나서 이내 자신이 자주 다니던 곳에서 같은 식물을 발견하게 되는 경우를 여러 번 겪었다고 밝혔다. 그리고 기도를 열심히 하는 사람에게만 일어나는 그런 행운이 그에게 일어났다. 하루는 낯선 사람과 함께 길을 걷는데 그 사람이 인디언들의 화살촉을 어디 가면 찾을 수 있느냐고 물었고, 그는 "어디서나"라고 대답하고 나서 바로 허리를 굽혀 땅바닥에서 화살촉 하나를 주웠다. 터커맨 협곡에 있는 워싱턴 산(Mount Washington)[9]에서 소로는 오지게 넘어져 발을 삐었다. 하지만 그는 넘어져 일어나면서 뜻밖에도 아르니카 몰리스(Arnica mollis) 잎을 처음 발견했다.

강인한 손과 예리한 통찰력 그리고 굳센 의지를 겸비한 소로의 풍부한 상식만으로는 그가 은둔자로서 단순한 삶을 살면서 보여준 초월성을 설명할 수 없다. 나는 소로가 위대한 부류의 사람들만이 가질 수 있는 탁월한 지혜를 가지고 있어서 물질적인 세계를 수단이나 상징으로 볼 수 있었다는 중요한 사실을 덧붙이지 않을 수 없다. 이따금 시인들에게 부지불식간에 그리고 단속적으로 나타

9) 미국 뉴햄프셔 주에 있는 높이 1917미터의 산. 미국 동북부지역에서 가장 높은 산이며, 이 산의 나동사면에 빙하에 의해 침식된 터커맨 협곡이 있다.

나 그들의 글쓰기를 밝혀주는 이런 발견이 소로에게 끊임없이 지혜를 주었다. 어떤 기질적인 잘못이나 장애가 그런 지혜를 가린다 해도 그는 천명을 거역하지 않았다. 젊은 시절 어느 날 그는 "내세는 내 예술의 전부이며 내 연필은 다른 것을 묘사하지 않을 것이며 내 칼은 다른 것을 조각하지 않을 것이다. 나는 내세를 수단으로 이용하지 않을 것이다"라고 말했다. 이것이 그의 생각, 대화, 공부, 일, 그리고 생애를 지배한 시적 영감이자 천재성이었다. 이것이 그를 인간을 꿰뚫어보는 인물로 만들었다. 그는 대화상대를 마주하면 섬세한 지적인 특성은 몰라도 그의 역량과 자질을 첫눈에 알아보았다. 이 때문에 그는 대화를 하면서 자주 천재라는 인상을 주었다.

그는 당면한 문제를 대번에 이해하고 그와 대화하는 상대방의 한계와 결점을 보았기 때문에 아무것도 그의 매서운 눈길을 피할 수 없는 것 같았다. 내가 익히 아는 바로는 감수성이 예민한 젊은이들은 그들이 해야 할 모든 것들을 알려줄 수 있는 사람이 자신들이 찾고 있던 남자 중의 남자라고 쉽게 믿는다. 그가 젊은이들을 대하는 방식은 결코 다정다감하지 않았고, 오히려 그들의 치졸한 방식을 비웃으며 우월한 입장에서 가르치려고 했고 그들의 집이나 심지어는 자신의 집에서 만나자는 요청도 매우 더디게 받아주거나 아예 받아주지 않았다. "그가 젊은이들과 함께 산책을 할 생각이 없었나? 그는 그렇게 할 줄 몰랐다. 그에는 산책만큼 중요한 것이 없었다. 사람들과 어울리려고 산책을 포기할 수는 없었다." 유명한 모임에서 그를 초청했지만 그는 사양했다. 그를 좋아하는 친구들이 그를 옐로스톤 강[10]과 서인도제도 그리고 남아메리카까지 비용을 다 대줄테니 함께 가지고 했다. 친구들로서는 그가 거절한 것보다 더 심각하거나 마음에 남는 일이 있을 수 없지만 그들은 외모를 중시하는 한 멋쟁이가 소나기가 와서 마차를 태워 주겠다고 호의를 베푸는 한 신사에게 했다는 "그런데 어디로 갈 겁니까?"라고 한 반응과 같은 전혀 새로운 관계에서의 반응을 상기한다. 그의 친구들은 힐난조의 침묵과 대화상대가 생각할 수 있는 모든 방어수단을 무력하게 하면서 정곡을 찌르는 매혹적인 언변을 기억한다.

소로는 절대적인 애정과 함께 그의 재능을 그가 태어난 고향의 산과 들 그리고 강에 바쳤고 그로 인해 그의 글을 읽은 모든 미국인들과 해외에 있는 사람들에게까지 그곳들이 알려지고 관심을 끌었다. 그는 자기가 태어나고 죽은 곳에 흐르는 강의 발원지에서부터 메리맥강[11]과 합류하는 지점까지를 알고 있었다. 그는 이 강을

---

10) 미국 와이오밍에서 발원하여 몬태나를 거쳐 노스다코타에서 미주리강으로 합류하는 지류.

11) 미국 뉴햄프셔주 프랭클린에서 매사추세츠주를 북동쪽으로 가로질러 대서양으로 들어가는 강.

여름과 겨울 밤낮으로 매시간 여러 해 동안 관찰했다. 최근 매사추세츠 주 정부가 임명한 수자원 위원들의 조사결과는 몇 년 전에 소로가 개인적으로 조사한 결과와 유사했다. 강바닥과 강둑 그리고 강위의 대기에 일어나는 모든 현상들, 즉 물고기와 산란 그리고 물고기의 산란장, 물고기들의 습성과 먹이, 매년 한 번씩 정해진 저녁 무렵 하늘을 가득 메우는 날도래들, 그리고 이것들을 게걸스럽게 먹고 과식으로 일부가 죽기도 하는 물고기들, 여울에 작은 돌을 원뿔모양으로 쌓아올린 돌 더미들, 때로 돌 더미 하나가 수레 하나를 채우고도 남을 만큼 큰데 그 돌 더미는 작은 물고기들의 거대한 서식처, 강물을 따라 바삐 오가는 왜가리, 오리, 비오리, 아비, 물수리 같은 새들, 강둑위에는 뱀, 사향쥐, 수달, 마모트, 그리고 여우, 강둑에서 떠드는 거북, 개구리, 청개구리, 귀뚜라미 등등이 말이다.

소로와 마을사람들과 인간들은 이 모든 것들을 잘 알고 있었다. 그래서 그는 이런 것들 가운데 하나를 따로 떼어내서 이야기하는 데 대해 부조리 혹은 분노를 느꼈으며, 그것의 중요성을 수치로 계량하거나 골격을 전시하거나 다람쥐나 새를 술에 담가 표본을 만드는 데는 더욱 더 그랬다. 그는 강 자체가 당연한 생명체인 것처럼, 그러나 정확하고 관찰한 사실에 입각하여 강에 대해 이야기하는 것을 좋아했다. 그는 강에 대해 알고 있듯이 그가 사는 지역에 있는 호수에 대해서도 잘 알고 있었다.

그가 사용한 무기 가운데 하나는 다른 관찰자들에게는 현미경이나 알코올 액침용기보다 중요한 것으로 자신이 내키는 대로 하면서 그때마다 느끼는 감정이었으며, 그것은 자신이 사는 마을과 주변을 자연관찰을 위한 최적의 장소라고 극찬한 발언에서 엿보인다. 그는 매사추세츠의 식물상은 대부분의 참나무, 소나무, 물푸레나무, 단풍나무, 너도밤나무, 호두나무 등과 같은 미국의 중요한 식물들을 거의 모두 망라하고 있다고 말했다. 그는 케인의 『북극항해』[12]를 빌려준 친구에게 돌려주면서 "이 책에 기록된 대부분의 현상들을 콩코드에서도 관찰 할 수 있을 것"이라는 메모를 남겼다. 그는 일출과 일몰이 동시에 일어나고 6개월 동안은 낮의 길이가 5분밖에 되지 않는다는 것 때문에 북극에 가보고 싶었던 것 같다. 그것은 아너스눅[13]에서는 결코 볼 수 없는 환상적인 광경이었기 때문이다.

하루는 그가 산책을 하면서 붉은 눈을 발견하고 나에게 콩코드

12) 미해군의 군의관이자 탐험가인 Elisha Kent Kane(1820-1857)이 1857년에 출판한 북극항해기. 원제는 『Arctic Exploration』. 케인 역시 노예해방론자였다.

13) Annursnuc; 매사추세츠 콩코드에 있는 높이 110미터의 언덕.

에서 대왕수련을 찾을 수도 있다고 기대감을 나타냈다. 그는 자생 식물 애호가로서 문명화된 백인보다 인디언들을 좋아했듯이 이름 있는 식물보다 잡초를 좋아했고, 그의 동네에서 자라는 버드나무 덩굴 제비콩이 그가 심어놓은 콩보다 크게 자란 것을 자랑삼아 알려주었다. 그는 "이 잡초들 좀 봐요. 수백 만 명의 농부들이 봄여름 내내 김을 매서 뽑아 버려도 다시 무성해져서 길, 목초지, 밭, 정원을 덮어버립니다. 그만큼 생명력이 강하지요. 우리는 이런 식물들을 개비름, 다북쑥, 나도개미자리 같은 천한 이름으로 멸시합니다"라면서 "그런 잡초들도 암브로시아, 스텔라리아, 아멜란치아, 아마란스 같은 당당한 이름이 있습니다"라고 일러준다.

내가 생각하기에 그가 모든 것을 콩코드를 기준으로 언급하려고 한 것은 지리적인 경도나 위도를 모르거나 폄하해서가 아니라 어느 곳이든 사람마다 나름대로 살고 있는 곳이 가장 좋다는 것을 재미있게 표현한 것이다. 그는 언젠가 그런 생각을 다음과 같이 밝혔다: "당신이 발 딛고 서 있는 이 땅이 이 세상의 어느 곳 혹은 다른 세계의 어느 곳보다 더 기름진 땅이라고 생각하지 않는다면 당신에게는 희망이 없습니다."

그가 자연을 탐구하면서 모든 장애를 극복한 또 다른 무기는 인내였다. 그는 그가 접근하자 달아났던 새, 뱀, 물고기들이 습관대로 아니 호기심에 사로잡혀 다시 돌아와 그를 관찰할 때까지 꼼짝 않고 바위에 기대 앉아 있는 법을 알고 있었다.

그와 함께 산책을 하는 것은 영광이자 특권이었다. 그는 여우나 새처럼 전원을 잘 알고 있었고 자신만이 알고 있는 길로 전원을 누비고 다녔다. 그는 눈 위에서나 땅에서 발자국을 보고 어떤 동물이 앞서 그 길을 지나갔는지 모두 알고 있었다. 그런 가이드에게 납작 엎드려 순종하면 얻는 것이 많았다. 그는 식물표본을 넣어놓기 위해 낡은 악보집을 겨드랑이에 끼고 주머니에는 수첩과 연필, 탐조를 위한 작은 망원경, 현미경, 주머니칼, 노끈을 넣고 다녔다. 그는 밀짚모자에 튼튼한 신발 그리고 질긴 회색바지를 입고 참나무 관목과 청미래덩굴을 거침없이 헤치며 나갔고 나무를 타고 매와 다람쥐 둥지를 관찰했다. 그는 수생식물을 찾아 연못을 건넜고 그의 튼튼한 다리는 그를 지탱시켜주는 중요한 부분이었다.

하루는 그가 조름나물[14]을 찾아 나섰는데 넓은 연못 여기저기에 그것들이 널려있는 것을 발견하고 작은 꽃들을 관찰하자마자 닷새

14) Menyanthes는 용담과의 여러해살이 수초.

동안 꽃을 피운다고 결론을 내렸다. 그는 가슴주머니에서 은행원들이 수표 결재일을 기록해 놓듯이 꽃피는 시기를 기록해 놓은 수첩을 꺼내 읽어보았다. 개불알꽃은 내일까지는 꽃이 피지 않는다. 그는 만약 이 습지에서 혼수상태에 있다가 깨어나면 식물을 보고 지금이 몇 월 몇 칠인지 이틀 이내의 오차를 두고 맞출 수 있다고 생각했다. 딱새가 날아다녔고 이어서 날렵한 콩새가 환한 진홍색으로 성급한 초식동물들을 눈을 시리게 하며 날아올랐는데 소로는 청아한 소리를 내는 풍금조의 울음소리와 콩새의 울음소리를 비교해 구별했다. 얼마 안 있어 그는 한 번도 본적이 없이 12년 동안 찾아다닌 휘파람새의 울음소리를 들었다. 이 새는 발견할 때마다 나무나 덤불 속으로 사라져 관찰하는 일이 허사로 끝났다. 그 새는 밤과 낮에 우는 소리가 다른 유일한 새였다. 나는 그에게 더 이상 인생에서 발견할 수 있는 것들이 없지 않도록 새를 찾아내고 기록하는 것을 경계해야만 한다고 말했다. 그는 "당신이 반평생 헛되이 찾아 헤맨 것을 어느 날 저녁을 먹으며 가족들에게서 발견한다. 당신은 꿈처럼 그것을 찾아 헤매고 찾자마자 그것의 희생자가 된다"고 말했다.

소로의 마음깊이 자리잡은 꽃과 새에 대한 관심은 대자연과 연관되어 있으며 소로는 감히 대자연의 의미를 규정하려고 하지 않았다. 그는 그가 관찰한 기록을 자연사학회에 제출하지 않았다. "내가 왜 그래야 되지요? 그런 기록들을 내 마음속의 연관성에서 떼어내는 것이 나에겐 더 이상 진실되고 의미있는 것으로 보이지 않습니다. 그리고 그들은 진실하고 의미있는 것을 원치 않습니다." 그의 관찰력은 특별한 감각기관들을 갖추고 있는 것 같다. 그는 마치 현미경으로 보는 것처럼 보았고 보청기를 낀 것처럼 들었으며 기억력은 보고 들은 모든 것들을 사진처럼 기억했다. 그리고 중요한 것은 사실이 아니라 사실이 마음속에 불러일으키는 영향과 인상이라는 것을 그보다 잘 아는 사람은 없었다. 모든 개별적 사실들은 그의 마음속에서 아름다운 모습, 전체를 이루는 하나의 질서와 아름다움의 형태로 존재했다. 자연사에 대한 그의 편향은 당연한 것이었다. 그는 때때로 자신이 사냥개나 검은 표범 같다는 생각이 든다면서 만약 인디언으로 태어났더라면 무시무시한 사냥꾼이 되었을 것이라고 고백했다.

그러나 매사추세츠의 문화로 인해 절제한 덕분에 그는 식물학과 어류학 같이 순화된 형태로 작업을 하게 되었다. 동물에 대한 그의 깊은 조예는 토마스 풀러(Thomas Fuller)가 양봉학자인 버틀러[15]에 대해서 쓴 「그가 벌에게 말을 하거나 벌이 그에게 말을 하는 것」이

15) Charles Butler(1560-1647)는 영국에서 '양봉가의 아버지'로 불린 인물. 작가이자 논리학자이기도 하다.

영국의 사학자 토마스 풀러(1608-1761)

라는 기록을 떠올리게 한다. 뱀들이 그의 다리를 감싸며 똬리를 틀었고 물고기들은 그의 손으로 떼를 지어 몰려와 그는 손으로 그것을 건져낼 정도였다. 그는 딱따구리의 꼬리를 잡아 둥지구멍에서 끄집어냈고 사냥꾼에 긴 여우가 그에게 달려와 숨었다. 우리의 자연주의자인 소로는 완벽한 관용을 보여주었다. 그는 숨기는 게 없어서 사람들을 해오라기들이 출몰하는 곳이나 심지어는 그가 가장 소중히 여기는 생태습지로 데려가기도 했다. 아마도 그들은 이곳을 다시는 찾아내기 어렵다고 생각했을 지도 모르지만 어쨌든 그들은 위험을 감수했다.

어떤 대학도 그에게 학위나 교수직을 제의하지 않았고, 어떤 학회도 연락간사나 발견자, 심지어는 회원자격 조차 주지 않았다. 이런 지식인 단체들은 그가 나타나서 야유를 보내지 않을까 혹은 대자연의 비밀에 대한 그의 방대한 지식과, 극소수 다른 사람들만 가지고 있는 그리고 더 광범위하고 종교적인 종합이라는 점에서는 아무도 가지고 있지 않은 천재성을 두려워했다. 그는 어떤 인간이나 혹은 인간의 조직의 의견에 대해서는 일말의 존경심도 보이지 않았지만 진리 자체는 엄격히 존중했다. 그리고 그는 박사들은 어디서나 정중하게 예절을 차린다는 것을 알고 있었지만 그것 때문에 그들을 신뢰하지 않았다. 그는 처음에는 그를 단순히 기인이라고 생각했던 마을 주민들로부터 점차 존경과 칭송을 받게 되었다. 그를 측량기사로 고용했던 농민들은 자신의 농장에 대해 자신이 이전에 알고 있던 것 보다 더 많은 것을 이야기 해주는 그의 정확성과 기량 그리고 토지, 나무, 새, 인디언 유적 등에 대한 그의 지식을 이내 알아보게 되었다. 그래서 농민들은 마치 소로가 자신들의 농지에 대해서 자신들보다 더 많은 권한을 가진 것처럼 느끼지 시작했다. 그들은 또한 모든 사람들에게 자연스럽게 권위를 인정받는 그의 뛰어난 인품을 알게 되었다.

콩코드에는 화살촉, 돌 끌, 절구 공이, 도기 파편 등 인디언 유물들이 많고 강둑에 있는 커다란 조개무지와 잿더미는 그곳이 원주민들이 자주 출몰하던 곳이라는 것을 보여주고 있다. 이런 유물들과 인디언과 관련된 주변 환경들이 모두 소로의 눈에는 중요해 보였다. 그가 메인 주를 방문한 것은 주로 인디언에 대한 애정 때문이었다.[16] 그는 급류에서 통나무배를 직접 저어보는 것뿐만 아니라 그것을 만드는 것을 보고 만족해했다. 그는 돌화살촉을 어떻게 만드는

지 알고 싶어서 만년에 "돌화살촉 만드는 법을 배우기 위해 캘리포니아 가는 것은 값진 일"이라면서 돌화살촉 만드는 방법을 알려줄 인디언을 찾아보라고 한 젊은이를 로키산맥으로 보냈다. 가끔 소규모 페놉스콧[17] 인디언 무리들이 콩코드를 찾아왔는데 여름에는 몇 주 동안 강둑에 천막을 치고 지내곤 했다. 그는 인디언들에게 질문을 하는 것이 비버나 토끼와 교리문답을 하는 것과 같다는 것을 잘 알고 있었지만 기회를 놓치지 않고 그들 가운데 가장 우수한 사람들과 만나 사귀었다. 그가 마지막으로 메인 주를 방문했을 때 몇 주 동안 가이드 역할을 한 조셉 폴리스라는 올드 타운[18] 출신의 한 똑똑한 인디언에 대해 그는 매우 만족스러워했다.

그는 모든 자연현상에 대해서 같은 정도로 관심을 가지고 있었다. 그의 깊은 통찰력은 자연을 관통하는 법칙의 유사성을 발견해 내는데 나는 개별적인 사실에서 보편적 법칙을 그처럼 빨리 추론해 내는 천재를 보지 못했다. 그는 편협한 지식에 갇혀있는 현학적인 사람이 아니다. 그의 눈은 미술에, 그의 귀는 음악에 열려 있다. 그

16) 소로는 메인주를 세 차례 방문하고 "메인 숲('The Main Woods)이라는 제목으로 책을 출판했다.

17) Penobscot (Panawahpskek)인디언: 북미지역의 원주민으로 미국 메인주 페놉스콧강 유역에 거주.

18) 메인주 페놉스콧 카운티의 작은 마을.

는 희귀한 조건에서가 아니라 가는 곳마다 이런 미술과 음악을 발견했다. 그는 최상의 음악은 단일한 선율에 있다고 생각했으며 전신기가 윙윙거리는 가운데에서 시적 영감을 발견했다.

그의 시는 타작이나 수작일 수 있다. 그는 의심할 바 없이 운율적인 재주나 전문적인 기교를 필요로 한 것이 아니라 그의 영적 통찰력 안에 시를 쓸 자료들을 가지고 있었다. 그는 훌륭한 독자이자 비평가였으며 시에 대한 그의 판단이 비판의 근거를 이루었다. 그는 어떤 문장에서도 시적 요소들이 있고 없음을 어김없이 알고 있었으며 시적 요소에 대한 그의 열망 때문에 그는 겉으로 드러난 세련미를 등한히 했고 아마 경멸하기도 한 것 같다. 그는 많은 미묘한 리듬은 간과하곤 했지만 한 작품 속의 살아있는 연과 행은 일일이 찾아내곤 했으며 산문에서는 유사한 시적 매력을 어디에서 찾을 수 있는지 매우 잘 알고 있었다. 그는 정신적인 아름다움에 아주 매료되어 실제 글로 쓰여진 시는 비교적 가볍게 여겼다. 그는 아이스킬로스와 핀다로스를 존경했다. 하지만 누군가가 그들을 찬양하면 "아이스킬로스와 그리스 작가들은 아폴로와 오르페우스를 묘사하면서 좋은 노래를 바치지 않았다. 그들은 나무를 감동시켜야만 하는 것이 아니라[19] 그들의 머리에서 낡은 생각을 끌어내 노래를 부르고 새로운 생각을 불어넣는 찬가로 신들을 찬양해야만 했다"고 말했다. 그의 시들은 종종 거칠고 불완전했다. 아직 순금으로 정제되지 않은 불순하고 조야한 광석이었다. 백리향과 꽃박하는 아직 꿀을 품지 못했다. 그러나 그가 운율의 섬세함과 기교적 빼어남을 원했고 시인으로서의 기질을 가지고 있지 않았더라면 그는 그의 천재성이 그의 재능보다 낫다는 것을 보여주면서 결코 무심코 떠오르는 생각을 빠뜨리지 않았을 것이다. 그는 인간의 삶을 고양시키고 위로해주는 상상력의 가치를 알고 있었고 모든 생각을 상징적으로 표현하기를 좋아했다. 당신이 말하는 사실은 무의미하며 오로지 느낌일 뿐이다. 이런 이유 때문에 그의 존재는 시적이며 항상 그의 마음의 비밀을 더 깊이 파고들도록 호기심을 자극한다. 그는 내면에 많은 것을 간직한 채, 마음속에 담아두고 있는 신성한 것을 세속적인 눈에 노출시키지 않으려고 했으며 그의 경험을 어떻게 시적으로 위장하는지 잘 알고 있다. 『월든』을 읽은 모든 독자들은 실망에 대한 그의 불가사의한 기록을 기억할 것이다:

"오래전 사냥개와 어린 말과 그리고 멧비둘기를 잃어버렸고 지금도 그들의 뒤를 쫓고 있다. 내가 그들의 발자국과 어떻게 불러야 응

19) 오르페우스의 노래가 너무 매혹적이어서 목석마저 감동시켰다는 설화를 인용한 대목.

답하는지에 대해 설명하면서 그 동물들에 대해 이야기를 나눈 많은 사람들은 여행자들이다. 내가 만난 한 두 사람은 사냥개가 짖는 소리와 말발굽 소리를 들었고 심지어는 비둘기가 구름 뒤로 사라지는 것을 보기도 했다. 그들은 마치 그들 자신이 그 동물들을 잃어버린 것처럼 그들을 되찾고 싶어 하는 것 같았다." (『월든』 20쪽)

그의 수수께끼는 읽을 가치가 있으며 고백하건데 언제나 표현을 이해하지 못하면 바로 그의 표현이다. 그는 진실로 충만하여 언어를 헛되이 쓰는 것은 그가 할 만한 일이 못되었다. "연민"이라는 제목의 그의 시는 금욕주의의 냉정함 밑에 부드러움과 그것으로 인해 살아 움직이게 된 지적 영묘함을 드러내고 있다. 그의 「연기」(Smoke)라는 고전적인 시는 시모니데스[20]를 연상시키지만, 시모니데스의 어떤 시보다 더 훌륭하다. 그의 시에는 그의 일대기가 들어 있다. 평소 그의 생각은 그가 쓴 모든 시들을 대의명분 중의 대의명분이자 그 자신의 영혼에 생명을 불어넣고 지배하는 신에 대한 찬가로 만든다.

"나는 이전에 귀로만 들어왔으며

20) Simonides(B.C. 556?-468?)는 그리스 초기의 다작 시인으로, 경구와 만가(挽歌)로 유명하다.

눈으로만 보아왔다.

여러 해를 살면서도

찰나적으로 살고 있다.

배움의 교훈을 얻은 자만이 진실을 알지어니"

아래와 같은 종교적인 시구에서는 더욱 그렇다:

"이제 나의 탄생의 시간이 다가왔다

그리고 이제 내 인생의 전성기가

나는 말할 수 없는 사랑을 의심치 않으련다.

나의 풍요나 빈곤과는 무관하며

내게 젊음을 가져다주었고

내게 노년을 가져오는

그리고 오늘 저녁으로 나를 데려온 사랑"[21]

그는 글을 쓰면서 교회나 성직자들을 언급할 때 무례한 언사를

21) 소로의 시 "영감(Inspiration)"의 일부

사용했지만 그는 보기 드물게 다정다감하고 완벽한 종교인이자 행동이나 생각으로 신성모독을 할 수 없는 인물이었다. 물론 그의 근본적인 생각과 삶의 태도에 따른 고독은 그로 하여금 사회적인 종교형식들로부터 거리를 두게 하였다. 이것은 책망할 것도 유감스러울 것도 없는 일이다. 아리스토텔레스는 오래전 다음과 같은 말로 그것을 설명했다. "덕성에 있어서 동료시민들을 능가하는 사람은 더 이상 도시의 구성원이 아니며 시민들의 법이 그에게는 적용되지 않는다. 그 이유는 그 자신이 법이기 때문이다."

소로는 진실 그 자체였으며 그의 삶 전체를 통하여 윤리적 규범에 있어서 예언자적 신념을 확고히 했을지도 모른다. 그것은 유보시켜 둘 수 없는 확증적인 경험이었다. 그는 깊이있고 빈틈없는 대화를 할 수 있는 진실한 대화 상대, 영혼의 상처를 치료하는 의사, 우정의 비밀을 알고 있을 뿐만 아니라 그를 고해를 들어주는 사람이자 예언자라고 생각하며 그에게 의지하고 그의 훌륭한 마음과 영혼의 심오한 가치를 알고 있는 소수의 사람들로부터 존경받는 친구였다. 그는 종교나 어떤 식의 신앙이 없이는 위대한 것은 이뤄질 수 없다고 생각했다. 그리고 맹신적인 종파주의자는 이것을 명심해 두는 게 좋을 것이라고 생각했다.

물론 그의 염결성은 때로 극단적인 면을 보인다. 소로가 자발적

은둔자인 자신을 생각했던 것 이상으로 더욱 고독하게 만든 금욕적 삶을 엄격한 진리를 명분으로 모든 사람에게 가차없이 요구한 사례는 쉽게 찾아 볼 수 있다. 그는 완벽한 청렴성을 자신뿐만 아니라 다른 사람에게도 똑같이 요구하였다. 그는 죄악을 혐오했으며 어떤 세속적 성공도 그것을 덮을 수 없다고 생각했다. 그는 거지들과 마찬가지로 존귀하고 부유한 사람도 도덕적으로 쉽게 흔들리는 것을 알아보고 똑같이 경멸했다. 그런 면에서의 위험할 정도의 정직성은 그의 추종자들이 마치 그가 침묵하고 있어도 말하는 듯, 자리를 떠나도 아직 있는 듯 그를 "그 지독한 소로"라고 불렀다. 나는 그가 극도로 이상을 추구하여 인간사회에 적응할 수 있는 건전한 능력을 상실했다고 생각한다.

사물에서 겉모습과는 반대의 속성을 찾아내려는 실재론자로서의 경향은 그로 하여금 모든 말을 역설적으로 하도록 했다. 나중에 쓴 글에서는 수사학적 기교가 많이 나타나지 않지만 그의 반어적인 습성 때문에 초기의 쓴 글은 분명한 말과 생각을 정반대의 반의어로 표현해 의미를 훼손했다. 그는 험한 산과 겨울 숲으로 안온한 가정의 분위기를 칭송했고 눈과 얼음에서 무더위를 발견하곤 했으며 황야가 로마와 파리를 닮았다고 찬미했다. "아주 건조하기 때문에 당신은 젖었다고 말할지 모른다."

순간을 확대하고 눈에 보이는 하나의 대상이나 하나의 조합에서 자연의 법칙을 발견하는 경향은 이 철학자가 가지고 있는 동일성에 대한 통찰에 동의하지 않는 사람들에게는 물론 우스꽝스러운 일이다. 그에게는 크기 같은 것은 존재하지 않는다. 연못은 작은 대양이며 대서양은 큰 월든 호수이다. 그는 모든 하찮은 사실을 우주의 법칙과 연관시켜 말했다. 그는 정확을 기하려고 했지만 오늘날의 과학이 완전성을 가장하고 있다는 어떤 습관적 가정에 사로잡혔던 것 같고 학자들이 특정 식물들의 다양성을 구별하는데 소홀하며 씨를 그리거나 꽃받침을 세지 못한다는 것을 밝혀냈다. 우리는 응답했다. "다시 말하자면 멍청이들은 콩코드에서 태어나지 않았다. 누가 그들을 멍청이라고 했나? 런던이나 파리, 로마에서 태어나는 것은 그들에게 말할 수 없는 불운이다. 그러나 불쌍한 친구들이 베이트먼스 연못이나 나인에이커 코너, 베키 – 스토우 습지[22]를 보지 못했다는 것을 생각하면 그들은 할 수 있는 것을 했다."

그의 천재성이 사변적인 데서 그쳤더라면 그는 나름대로 잘 살았겠지만 그의 정력과 실천적인 능력 때문에 그는 큰 사업이나 군

---

22) Bateman's Pond, Nine Acre Corner, Becky-Stow's Swamp는 모두 콩코드 주변의 자연경관이 잘 보존된 지역의 명칭.

대를 지휘하는데 적합해 보였다. 그래서 나는 그가 가졌던 보기드문 실천적 능력을 상실한 것을 매우 애석해 하다 보니 그에게 야망이 없었다는 것을 결점으로 지적하지 않을 수 없다. 야망이 부족해 그는 미국 전체를 설계하는 대신 허클베리 파티의 대장으로 끝났다.[23] "이런 시절에 콩을 찧는 것은 제국을 무너뜨리는 목적에는 좋지만 그러나 세월이 가도 콩은 여전히 콩일 뿐이다."

그러나 실제든 외견상이든 이런 결점들은 정신이 부단히 강고하고 현명해지면서 빠르게 사라졌고 새로운 승리로 패배를 지워버렸다. 대자연에 대한 탐구는 그에게는 영원히 빛나는 업적이었고 친구들로 하여금 그의 눈을 통해 그리고 그가 겪은 진기한 경험을 듣고 호기심을 가지고 자연을 보도록 만들었다. 그의 탐구는 모든 사물에 대해 관심을 가지고 있었다.

그는 전통적인 고상함을 비웃었지만 스스로 많은 고상한 면을 지니고 있었다. 그래서 그는 걸을 때 발자국소리 특히 자갈들끼리

---

23) 1846년 6월 25일 소로가 납세거부로 체포되었다가 고모인 마리아 소로가 세금을 대납해준 덕분에 풀려난 다음 야생 허클베리를 따는 사람들을 이끌고 3km 떨어진 곳에 있는 산으로 가서 "어디에도 국가가 보이지 않는다"고 말한 것을 비유적으로 표현함.

부딪치는 소리를 듣고 참지 못했다. 그래서 결코 신작로를 걷는 것을 내켜하지 않았고 산과 숲속에 나있는 풀밭 길을 걸었다. 그의 감각은 예민했으며 밤이 되면 모든 주택들이 도살장처럼 나쁜 냄새를 배출한다고 말했다. 그는 전동싸리의 순수한 향기를 좋아했다. 그는 수련, 용담, 덩굴국화[24], 풀솜나무, 그리고 매년 6월 중순 꽃이 필 때마다 찾아보았던 참피나무 같은 특정 식물에 대해 특별한 관심을 가지고 예찬했다. 그는 향기가 시각적인 모습보다 더 신비한 의미를 담고 있고 믿을 수 있는 것이라고 생각했다. 그는 냄새를 맡고 토질을 알아냈다. 그는 메아리를 듣기 좋아했는데 메아리는 그가 듣는 거의 유일한 인간의 목소리였다. 그는 자연을 사랑했고 자연가운데 고독하게 있을 때 행복해서 도시들, 그리고 인간과 인간이 사는 집에 세련미와 기교를 부려 저질러놓은 실책을 경계했다. 도끼는 항상 그의 숲을 파괴했다. 그는 "그들이 솜털 같이 흰 물감으로 푸른 하늘을 배경삼아 온갖 형상을 그려놓은 구름을 찍어낼 수는 없으니 다행이다!"고 말했다.

나는 그의 미 출판 원고에서 발췌한 몇 문장을 그의 생각과 감정

24) Makania scandens 나무를 타고 오르는 국화과 식물.

에 대한 기록으로서 뿐만 아니라 표현력과 문학적 탁월함의 사례로서 아래에 덧붙인다.

"우유 속에서 송어를 발견할 때처럼 어떤 정황적 증거는 매우 확실하다."

"황어는 아주 여린 물고기인데 맛은 마분지를 삶아 소금을 쳐 놓은 것 같다."

"젊었을 때는 달로 가는 다리를 만들거나 지상에 궁궐이나 사원을 짓기 위해 자재를 모으고 중년이 되면 드디어 그 재료들로 오두막집을 짓는다."

"메뚜기가 지잉 소리를 내며 날아간다(The locust z-ing)."

"실잠자리가 너트메도우 시내를 따라 지그재그로 날아간다(Devil's needles zigzagging along the Nut-Meadow brook)."[25]

---

25) 위의 두 문장은 내용보다는 영어의 운율이 중요한 의미를 가지고 있어 괄호 안에 영어를 병기했다.

"설탕은 건강한 귀에 들려오는 좋은 소리만큼 입에 달콤하지 않다."

"나는 독미나리 가지들을 올려놓았는데 이파리들이 자극적으로 타닥거리며 타는 소리가 귀에 겨자를 넣은 것 같았다. 수많은 이파리들이 타닥거리는 소리. 죽은 나무들은 불을 좋아한다."

"파랑새는 파란 하늘을 등에 지고 다닌다."

"풍금조가 푸른 나뭇잎 사이를 마치 나뭇잎에 불을 붙이듯 날아다닌다."

"나침반에 가늠자로 쓸 말총 필요하면 나는 마구간에 가야만 한다. 그러나 예리한 눈을 가진 참새는 길로 향한다."

"불멸의 물, 표면까지 살아있는."

"불은 가장 관대한 제삼자이다."

"자연은 순수한 잎을 위해 고사리를 만들어 그 부분에서 자연이 어떤 일을 할 수 있는지 보여준다."

"너도밤나무만큼 줄기가 매끈하고 둥치가 아름다운 나무는 없다."
"어떻게 이 아름다운 무지개 빛깔들이 이 칙칙한 강바닥 진흙 속에 묻혀있는 민물조개 껍데기에 물들었을까?"

"어린애들의 신발이 제 2의 발이 되는 시절은 힘겹다."

"우리는 우리가 자유를 준 사람들에게 옴짝달싹 못한 채 갇혀 있다."

"공포만큼 두려워해야 할 것은 없다. 무신론은 신에게 상대적으로 환영받을 수도 있다."

"망각할 수 있는 사물들이 무엇이 중요한가? 작은 생각이 모든 세계의 교회지기이다.

"인격의 파종기를 거치지 않은 우리가 어떻게 사고의 결실을 거둘 수 있는가?"

"기대하는 사람들에게 검게 탄 얼굴을 보여줄 수 있는 사람만 이 재능을 부여받을 수 있다."

"나는 녹기를 바란다. 금속을 녹이는 불에 넣어야만 금속을 연하게 해달라고 할 수 있다. 그렇지 않고는 연해질 수 없다."

* * *

식물학자들에게 잘 알려진 꽃이 하나 있다. 우리가 여름에 보는 '풀솜나무'(Life-Everlasting), 즉 그나팔리움(Gnaphalium)과 같은 속에 들어있는 꽃인데, 대부분 접근이 어려운 티롤 산맥의 절벽에서 자란다. 그 절벽은 스위스 영양들도 감히 오를 생각을 하지 않는데, 사냥꾼이 아름다움에 끌려서 또는 (스위스 처녀들이 이 꽃을 아주 귀하게 여기기 때문에) 사랑을 얻기 위해 꽃을 꺾어 모으려고 절벽을 오르다 가끔 절벽 밑에서 꽃을 손에 쥔 채 주검으로 발견되기도 한다. 이 꽃을 식물학자들은 그나팔리움 레온토포디움(Gnaphalium leontopodium)이라고 명명했지만, 스위스 사람들은 에델바이스(Edelweisse)라고 부르며 '고귀한 순결'을 상징한다.

내가 보기에 소로는 자신과 잘 어울리는 이 식물을 모으는 희망을 품고 살았던 것 같다. 그가 진행시킨 연구의 규모는 매우 커서 그는 오래 살아야 완성할 수 있었는데 그의 갑작스런 죽음에 우리도 준비가 잘 되어있지 않았다. 이 나라는 얼마나 훌륭한 미국의 아들을 잃었는지 아직 모르거나 전혀 모르고 있다. 그가 자신 외에는 어느 누구도 마무리 지을 수 없는 일을 남겨두고 떠나간 것은 손실이며 그리고 그가 어떤 사람인지 친구들에게 분명히 보여주기도 전에 자연을 떠난 것은 고귀한 영혼에 에게는 일종의 불명예라고 생각된다. 그러나 그는 적어도 마음은 편하다. 그의 영혼은 가장 고귀한 사회에 맞았다. 짧은 인생을 살면서 그는 이승에서의 능력을 소진하지 않았다. 어디든 지식과 덕성 그리고 아름다움이 있는 곳에서 그는 안식을 찾을 것이다.

—서경주 옮김

On the Duty of Civil Disobedience

HENRY DAVID THOREAU

제 1 권

시민불복종(1849)

나는 '가장 좋은 정부는 가장 적게 다스리는 정부'(That government is best which governs least)[26]라는 표어를 진심으로 받아들인다. 그리고 그것이 하루 빨리 조직적으로 실현되기를 바란다. 그 말이 실현되면 결국 '가장 좋은 정부는 전혀 통치하지 않는 정부'라는 데까지 나가게 되는데, 그것도 나는 믿는다. 사람들이 그에 대한 준비를 한다면 그들이 갖게 될 정부는 바로 그런 종류의 정부일 것이다. 정부는 기껏해야 하나의 방편일 뿐이다. 그런데 대부

26) 원래 미합중국 제3대 대통령 토머스 제퍼슨(Thomas Jefferson; 1743~1826)이 한 말이다. "The best government governs least because its people discipline themselves."

분의 정부는 항상 불편한 존재였고, 또 모든 정부들은 이따금씩 불편한 존재들이었다. '상비군'(常備軍)에 대해서는 설득력 있는 반대의견들이 많이 있으며, 또 그래야 마땅하지만 결국은 반대의견이 '상설정부'에 대해서도 제기될지 모른다. 상비군은 상설 정부의 일부분[27]에 지나지 않는다. 정부 그 자체도 국민들이 자기 뜻을 실행하기 위해 선택한 방식에 지나지 않는데도, 국민들이 그것을 통해 행동할 수 있기도 전에 남용되고 악용되기 일쑤다. 현재의 멕시코 전쟁[28]을 보라. 그것은 비교적 소수의 개인들이 상설정부를 자기네 도구로 이용한 것이다. 국민들은 처음부터 이런 처사를 용납할 생각이 전혀 없었기 때문이다.

이 아메리카 정부란 무엇인가? 비록 최근의 것이긴 하지만, 그 자체를 조금도 손상 없이 후대에 넘겨주려고 노력하자는 하나의 전통일 따름이다. 하지만 매번 그 순수성을 조금씩 잃어가는 전통이다.

---

27) 영어의 arm은 '팔'이란 말이지만, 기관의 '일부'란 뜻도 있다.

28) 멕시코 전쟁(the Mexican war); 미국의 포크 대통령은 1845년 텍사스공화국을 합병한 후, 캘리포니아를 비롯한 남서부 전역을 미국에 매각할 것을 멕시코 정부에 요구했다. 이를 거부하자 그는 1846년 4월 테일러 장군에게 군대를 이끌고 멕시코를 공격하도록 했다. 멕시코는 결국 패하고 1848년 2월 미국과 '과달루페-이달고 조약'(Treaty of Guadalupe Hidalgo)을 체결했다. 멕시코는 이 조약으로 텍사스를 비롯한 캘리포니아, 뉴멕시코, 애리조나, 네바다, 유타, 콜로라도 등 영토의 반 이상을 1,500만 달러를 받고 미국에 넘겨주어야만 했다.

Treaty of Guadalupe Hidalgo

- Feb. 2, 1848: The Peace **Treaty at Guadalupe Hidalgo** signed to end war.
  - Rio Grande became boundary.
  - Mexico surrendered area called the **Mexican Cession**. The U.S. paid $15 million for this land.
  - Mexicans living in this area would have the rights of U.S. citizenship.

'멕시코 전쟁' 이후 미국이 멕시코로부터 빼앗은 미국 서부지역

그것은 살아있는 단 한 사람만큼의 생명력이나 힘도 갖고 있지 않다. 한 개인의 힘만으로도 그것을 제 마음대로 조정할 수 있기 때문이다. 이것은 국민들 자신에게는 일종의 나무총 같은 것에 지나지 않는다. 그렇다고 정부의 필요성이 축소되는 것은 아니다. 국민들은 자기들이 갖고 있는 정부에 대한 관념을 만족시키기 위해서는 뭐든지 한 가지 복잡한 가구를 가져야 하고, 그 시끄러운 소리를 들어야만 하기 때문이다. 그리하여 정부는 사람들이 얼마나 쉽게 속는지를, 심지어 자신들의 이익을 위해 어떻게 스스로를 속이는지를 보여준다. 정말 장하다. 우리 모두 그냥 인정해 주자.

하지만 이 정부는 지금껏 자체적으로 진척시킨 사업이 없다. 오로지 재빨리 회피했을 뿐이다. 이 나라의 자유를 지킨 것은 정부가 아니다. 서부를 개척한 것도 이 정부가 아니다. 교육을 시킨 것도 이 정부가 아니다. 미국 국민들의 타고난 기질이 이 모든 일들을 성취한 것이다. 사실 그들이 나아갈 길을 정부가 방해하지만 않았더라면 보다 더 많은 것들을 일구어냈을 것이다. 정부란 사람들이 그것에 의해 방해받지 않고 각자가 잘 살아갈 수 있도록 돕는 하나의 방편이기 때문이다. 그리고 이미 말한 바와 같이, 정부가 그 역할을 가장 잘 수행하는 것은 피통치자들이 간섭을 가장 적게 받을 때이다. 무역이나 상업이 인도고무처럼 탄력적이지 않았더라면, 입법자들이 끊임없이 길 위에 갖다 놓는 장애물들을 도저히 뛰어넘을 수 없었을 것이다. 그러므로 이 입법자들의 의도를 부분적으로나마 참작하지 않고 전적으로 그들이 취한 행동의 결과만을 보고 판단한다면, 그들은 철로 위에 장애물을 올려놓는 악의적인 사람들과 똑같이 분류되어 처벌을 받아야만 할 것이다.

그러나 시민의 한 사람으로서 실제적으로 말한다면, 나는 무정부주의자라고 자처하는 사람들과 달리, 당장 정부를 없애자고 주장하는 것이 아니라 당장 보다 나은 정부를 요구하는 것일 뿐이다. 모든 사람들에게 자기가 가장 존경하는 정부가 어떤 것인지를 밝혀야 한다. 바로 그것이 보다 나은 정부를 얻을 수 있는 길로 한걸음 더 나아가는 것이다.

결국 권력이 일단 국민의 손에 들어가면 다수의 지배가 허용되며, 또 그것이 오래 지속되는 실질적인 이유는 다수가 가장 옳을 수 있기 때문도 아니고 소수에게 가장 공정한 듯 보이기 때문도 아니며, 단지 다수가 물리적으로 가장 힘이 세기 때문이다. 그러나 매사를 다수가 지배하고 있는 정부는 사람들이 이해는 한다고 하더라도 정의 위에 설 수는 없다. 다수가 옳고 그름을 실질적으로 결정하는 것이 아니라 양심에 따라 결정하는 정부일 수는 없을까? 그 안에서 다수가 하는 일은 오직 편의의 원칙을 어디에 적용할까를 결정하는 정부는 있을 수 없을까? 시민이 한순간만이라도 혹은 최소한이라도 자기의 양심을 입법자에게 맡겨야만 하는가? 그렇다면 사람들은 왜 각자 양심을 가지고 있을까?

우리는 먼저 사람이 되고, 그 다음에 국민이 되어야 한다고 생각한다. 법에 대한 존경심보다는 정의에 대한 존경심을 함양하는 것이 바람직하다. 내가 마땅히 지켜야 할 권리가 있는 나의 유일한 의무는 내가 옳다고 생각하는 것을 언제든지 행하는 일이다. 법인(法人)에는 양심이 없다는 말은 사실 옳은 말이다. 그러나 양심적인 사람들로 구성된 법인은 양심이 있는 법인이다. 법이 사람을 손톱만큼이라도 더 정의롭게 만든 적은 없다. 오히려 착했던 사람들도 법을 존중하기 때문에 나날이 불의의 하수인들로 변해가고 있다.

법에 대한 지나친 존경심이 빚어낸 일반적이고 자연적인 결과는 당신도 알다시피 대령·대위·하사·사병·소년 화약 운반수 등이 줄을 지어 가는 군대의 행렬이다. 그들은 모두 위풍당당하게 대오를 이루며 산을 넘고 골짜기를 건너 전쟁터로 나간다. 제 뜻을, 아니 제 상식과 양심을 저버리고 간다. 따라서 그 행군은 실로 험악해지고 그들의 가슴은 쿵 튀듯 한다. 그들은 자기들이 하고 있는 일이 저주받아 마땅한 것임을 조금도 의심치 않는다. 그들은 모두 평화를 사랑하는 사람들이기 때문이다. 그렇다면 그들은 도대체 무엇일까? 사람일까? 아니면 권력을 쥔 몇몇 부도덕한 사람들 마음대로 부려먹는 걸어 다니는 작은 보루나 탄약고인가? 해군 병기고를 찾아가 해군 한 사람을 보라. 미국 정부가 만들어낼 수 있는 사람이 어떤 것인가. 그 흑마술로 만들어낼 수 있는 사람이 어떤 것인가를 보라. 그것은 단지 인간의 그림자요, 회고담일 뿐이며, 서 있는 산송장이요, 아니면 이미 장송곡과 함께 무기 밑에 매장되어버린 시체라고나 할까? 비록 다음과 같다고 할 수는 있겠지만 말이다.

"우리가 그의 시체를 서둘러 성벽으로 끌고 갔을 때,

북소리 하나 들리지 않았고, 장송곡도 없었다.:

우리가 묻은 우리 영웅의 무덤 위에선

어느 병사도 작별의 예포 하나 쏘지 않더라."[29)]

수많은 사람들이 이처럼 제 몸을 가지고 사람으로서가 아니라 기계로서 국가에 봉사하고 있다. 상비군·의용군·간수·경찰관·민병대(posse comitatus) 등이 바로 그들이다. 대부분의 경우 판단력이나 도덕적인 생각 같은 것을 자유로이 행사하지 못하고 스스로를 나무나 흙이나 돌 정도로 여기고 있다. 나무를 깎아 사람을 만들어도 그만큼은 할 수 있을 것이다. 그런 사람들은 짚으로 만든 허수아비나 흙덩이 같은 대접밖에 받지 못한다. 그들의 값어치는 말이나 개보다 나을 게 없다. 그런데도 이들은 대개 선량한 시민으로 간주된다. 그 밖에 다수의 입법자·정치가·법률가·목사·관리 등의 사람들은 주로 머리를 가지고 국가를 섬긴다. 그리고 그들은 좀처럼 도덕적으로 판단하는 일이 없기 때문에, 그럴 의도가 아닌데도 악마를 하나님으로 섬기는 경우가 많다. 하지만 극소수 사람들

29) 아일랜드의 시인 찰스 울프(Charles Wolf; 1791~1823)가 지은 「코루나에서 거행된 존 무어 경의 장례식」(The burial of Sir John Moore at Corunna)이라는 시의 첫 구절이다.

이 영웅, 애국자, 순교자, 넓은 의미의 개혁자, 그리고 인간으로서, 양심을 가지고 국가에 봉사하기 때문에 그들은 대개 필연적으로 국가에 저항하게 된다. 따라서 그들은 국가로부터 적으로 취급받기 일쑤다. 현명한 사람은 오로지 사람으로만 쓰일 것이며, 스스로 '진흙'이 되어 '바람구멍을 막는 데'[30] 쓰이지는 않을 것이다. 그런 역할은 자기 시체에게나 맡길 일이다.

"누구의 소유물이 되기에는,
누구의 더부살이가 되기에는,
혹은 온 세상 어느 왕국의 쓸 만한 하인이나 도구가 되기에는
나는 너무도 고귀하게 태어났노라."[31]

동료를 위해 자기를 완전히 내주는 사람은 쓸모없는 이기주의자처럼 보인다. 하지만 자기의 일부를 내주는 사람은 은혜를 베푸는 사람이나 박애주의자로 불린다.

오늘날 이 미국 정부에 대해서는 어떻게 하는 것이 사람다울까?

---

30) 『햄릿』(Hamlet) 5막 1장 201~204행 참조
31) 『존 왕』(King John) 5막 2장 79~82행

나는 대답하지만, 사람이라면 수치심도 없이 정부에 동조할 수는 없다. 나는 노예의 정부 노릇도 겸하고 있는 저 정치조직을 한 순간도 내 정부로 인정할 수 없다.

사람은 누구나 혁명의 권리를 인정한다. 그것은 정부의 폭정이나 무능이 극에 달해 견딜 수 없을 때 거기에 충성하길 거부하고 저항하는 권리다. 하지만 거의 모든 사람들이 지금은 그런 경우가 아니라고 말한다. 그러면서도 그들은 1775년[32]의 혁명은 그런 경우였다고 생각하고 있다. 누가 만일 나보고 이 정부가 항구에 들어오는 어떤 외국 상품에 세금을 매겼기 때문에 나쁜 정부라고 한다면 나는 거기에 대해 전혀 신경 쓰지 않을 것이다. 나는 그 물건들 없이도 살아갈 수 있기 때문이다. 모든 기계들에는 마찰이 있기 마련인데 해를 미치는 만큼 유익할 수도 있다. 어쨌든 그것을 놓고 왈가왈부하는 것은 큰 잘못이다. 그러나 그 마찰이 기계를 삼켜 억압과 약탈이 조직화될 경우, 이 기계는 더 이상 놔둘 수 없다고 말하겠다. 다시 말하면 자유의 보호자가 되는 것을 사명으로 알았던 한 나라의 국

32) 미국 독립전쟁(American War of Independence, 1775~1783)은 그레이트 브리튼 왕국(영국)의 북아메리카 식민지 중에서 동부 해안 13개 주가 영국의 조세정책 등에 반발해 식민지 독립을 위해 일으킨 전쟁이다. 미국은 1776년에 13주가 있는 상태에서 건국했는데, 이 전쟁은 1789년의 프랑스 혁명에도 간접적인 영향을 미쳤다.

'독립전쟁' 승리 이후 제정된 미합중국 국기.
13개 식민지를 상징하는 13개의 별(stars)과 13개의 줄무늬(stripes)로 이루어졌다.

민들 중 6분의 1이 노예이며, 전국토가 외국 군대에게 불법적으로 짓밟히고 점령당해 군법의 지배하에 놓였을 때, 정직한 사람들이 나서서 저항하고 혁명을 하는 것은 너무 이르다고 말할 수 없다. 이 의무가 보다 시급한 것은 우리나라가 그렇게 짓밟힌 것이 아니라 오히려 침입한 군대가 우리나라 군대라는 사실 때문이다.

도덕 문제에 대해 많은 사람들이 권위자라고 인정하는 페일리[33)]

33) 윌리엄 페일리(William Paley; 1743~1805)는 영국의 성공회 신부이며, 기독교 옹호론자, 공리주의 철학자였다. 그는 신의 존재에 대한 목적론적 논쟁을 해설한 그의 작품 『자연신학』(Natural Theology)과 『도덕 및 정치철학의 원리』라는 저서가 있다.

는 '시민 정부에 대한 복종의 의무'라는 장에서 모든 시민적 책임을 편의주의(便宜主義)로 돌리고 있다. 그러고는 이어 말하기를, "사회 전체의 이해관계가 그것을 요구하는 이상, 즉 공중에게 불편을 주지 않고는 현 정부를 반대·변경할 수 없는 이상, 이미 있는 정부에 복종하는 것은 하나님의 뜻이다. 그러나 그 이상은 아니다. …… 이 원리를 인정한다면 개개인의 반항이 정당한 것이냐 아니냐는, 결국 한편으로는 위험과 고통, 다른 한편으로는 개선의 가능성과 비용을 계산함으로써 결정할 수 있다." 여기에 관해서는 각자가 스스로 결정할 것이라고 그는 말한다. 그러나 페일리는 편의의 원칙을 적용할 수 없는 경우에 대해서는 생각을 못 한 듯하다. 즉 어떤 국민이거나 한 개인이거나 어떤 손해를 보면서라도 정의를 지켜내야만 하는 경우 말이다. 내가 물에 빠진 사람에게서 부당하게도 널빤지 한 조각을 빼앗았다면, 비록 내가 빠져 죽는 한이 있더라도 그것을 돌려주어야만 한다. 페일리의 말대로 한다면 이것은 불편한 일이다. 하지만 그런 상황에서 제 목숨을 구하려는 자는 잃을 것이다. 이 나라 국민은 노예 부리기를 그만두고, 멕시코와의 전쟁을 그만두어야 한다. 설혹 그렇게 하여 이들

윌리엄 페일리

이 하나의 국민으로서 존재하지 못하게 된다 하더라도 말이다.

국가들은 페일리의 말대로 행동하고 있다. 하지만 과연 누가 현재의 위기상황에서 매사추세츠 주[34]가 꼭 옳은 일을 하고 있다고 생각할 수 있을까?

> "국가라는 이름의 매춘부야,
> 은빛 옷을 두른 탕녀야,
> 옷을 걷어 올렸지만
> 영혼은 진흙 바닥에 끌리고 있구나."[35]

사실대로 말한다면, 매사추세츠 주의 개혁에 반대하는 것은 남부의 10만 정치인들이 아니라 이곳의 10만 상인들과 농부들이다. 그들은 인류애 보다는 사업과 농사에 더 관심이 많고, 어떤 대가를 치르더라도 노예와 멕시코에 대해 정의를 실천할 준비가 되어 있는 사람들도 아니다. 나는 멀리 있는 적과 싸우자는 것이 아니라, 나라

---

34) 당시 매사추세츠 주는 수많은 노예제도 폐지론자들의 반대에도 불구하고 노예제도를 인정하고 있었다.

35) 조지 필(George Peele)의 『알카자 전투』(The Battle of Alcazar)(1594) 제2막에 나오는 구절이다.

안에 있으면서 멀리 있는 자들과 짜고 그들이 시키는 대로 하는 자들과 싸우려는 것이다. 이들이 아니라면, 저 멀리 있는 자들은 아무런 해도 끼치지 않는다. 우리는 입버릇처럼 대중들이 아직 준비가 안 되었다고 말한다. 하지만 정작 개선이 느린 것은 소수가 다수보다 실질적으로 현명하지도 선하지도 못하기 때문이다. 많은 사람들이 당신처럼 선해야 하는 것이 아니라, 그보다는 어디엔가 절대적으로 선한 사람이 몇 명 있는 것이 더 중요하다. 왜냐하면 그들이 전체를 변화시킬 수 있기 때문이다.

노예제도와 전쟁에 대해 반대 의견을 가진 사람은 많다. 허나 정작 그것들을 끝내기 위해 그들이 하는 일은 아무것도 없다. 그들은 스스로 워싱턴과 프랭클린의 자손이라고 하며 주머니에 손을 넣은 채 앉아 어찌 할 바를 모르겠다면서, 실제로는 아무것도 하지 않는다. 그들은 자유문제를 자유무역이라는 문제 뒤로 미루어놓고 유유히 앉아 물품 시세표와 멕시코로부터 날아온 최근 보도를 읽을 것이며, 저녁을 먹은 다음 아마도 그것들 위에 엎드려 잠이나 잘 것이다. 오늘날 정직한 사람과 애국자의 시세는 얼마인가? 그들은 망설이거나 한탄하다가 때로는 탄원서를 내기도 한다. 하지만 그들이 진지하고 효과적으로 하는 일은 아무것도 없다. 그들은 얌전히 앉아 남들이 악을 고쳐 놓기를 기다린다. 그리하여 더 이상 그것 때문에 한탄하지 않기를 바랄 뿐이다. 기껏해야 그들은 정의가 옆으로 지나갈 때, 값싼 표나 던져주며 힘없는 표정으로 성공을 기원해 줄 뿐이다. 덕을 찬양하는 사람은 999나 되는 반면에 정말 덕이 있는 사람은 한 명뿐이다. 그러나 어떤 물건을 잠시 보관하는 사람보다는 그 물건의 실소유자와 거래하는 것이 더 쉬운 법이다.

모든 투표는 장기나 주사위 같은 일종의 도박이다. 단지 도덕의 색채를 약간 띠었을 뿐이다. 도덕문제를 놓고 옳고 그름의 노름을 하는 것이기 때문에 당연히 내기가 뒤따른다. 투표자의 인격을 거는 것은 아니다. 나는 어쩌다가 옳다고 생각하는 쪽에 표를 던질 뿐이다. 하지만 옳은 쪽이 이겨야 한다며 목숨을 걸고 투표하는 것은 아니다. 나는 기꺼이 그것을 다수자에게 맡긴다. 따라서 그 책임이란 편의의 책임을 넘지 못한다. 정의를 위한 투표조차도 정의를 위해서 하는 일이 전혀 없다. 단지 사람들에게 정의가 이기기를 바란다는 당신의 바람을 살짝 표시하는 것뿐이다. 현명한 사람이라면 정의를 운수에 맡기지는 않을 것이다. 다수의 힘을 통해 이기기를 바라지도 않을 것이다. 대중의 행동에는 덕이 별로 없다. 결국 다수가 노예제도의 폐지를 위해 표를 던진다면, 그것은 그들이 노예제도에 관해 관심이 없거나, 그들이 투표를 통해 폐지될 만큼의 노예제도만이 미미하게 남아 있기 때문일 것이다. 그들만이 그때 남아 있는 유일한 노예들일 것이다. 투표로써 스스로의 자유를 주장하는 사람만이 노예제도의 폐지를 앞당길 수 있다.

나는 볼티모어인가 어딘가에서 대통령 후보를 뽑기 위한 전당대회가 열린다고 들었는데, 주로 편집인과 직업 정치인으로 구성된 모임이라고 한다. 그러나 생각해 볼 때, 그들이 어떤 결정을 하던 간에 그것이 독립적이고 지적이며 존경할 만한 사람에게 무슨 의미가 있을 것인가? 그래도 우리는 그 사람의 지혜와 정직함의 혜택을 보지 않겠는가? 우리는 얼마쯤의 자주적인 표를 기대할 수 없을까? 이 나라에는 전당대회에 참석하지 않은 많은 개인들이 있지 않은가? 하지만 그게 아니다. 나는 그 소위 존경할 만한 사람이 곧 자기 소신을 버리고 나라에 대해 실망하는 모습을 보게 된다. 실은 나라가 그에게 실망할 이유가 더 많은데 말이다. 곧이어 그는 그와 같이 하여 선출된 후보자들 중 한 사람을 가능한 유일한 후보로 고른다. 그래서 그는 자신이 선동 정치가의 어떤 목적을 위해서도 이용당할 수 있다는 것을 보여준다. 그의 투표의 가치는 어떤 정치적 견해도 없는 외국인이나, 미국 태생이라도 돈에 매수된 사람의 그것보다 더 나을 것이 없다.

오, 사람다운 사람이 있었으면! 내 이웃 사람이 말했듯이, 소신이

〈오드 펠로우〉의 상징인 삼각고리

있어서 남의 손에 놀아나지 않는 사람이 있었으면! 우리의 통계는 틀렸다. 인구가 너무 많이 등록되어 있다. 이 나라의 각 천 평방마일 안에는 사람들이 얼마나 살고 있을까? 한 사람도 채 안 될 것이다. 미국에는 사람들이 여기에 정착할 수 있게 할 장려책이 없는가? 아메리카 사람들은 일종의 〈오드 펠로우〉[36]로 퇴화되어 버렸다. 그들에겐 유난히 무리지어 살 수 있는 기관(器官)만이 발달하고, 지성과 발랄한 자신감은 현저히 뒤떨어져 있다. 그들이 세상에 태어나

36) 〈Odd Fellow〉는 1730년 영국 런던에서 시작된 비밀공제조합의 회원이다.

면서 갖는 첫 번째 이자 주된 관심사는 양로원이 잘 수리되어 있는지 살펴보는 것이며, 합법적으로 성년복[37]을 걸치기도 전에 앞으로 있을지도 모를 과부와 고아를 돕기 위해 기금을 모으는 일이다. 한마디로 그는 죽으면 제대로 장례식을 치러주겠다는 상호보험회사의 도움을 받아야만 비로소 살아갈 엄두가 나는 사람이다.

물론 어떤 잘못을 — 그것이 엄청난 잘못일지라도 — 근절시키는데 희생하는 것이 한 인간의 의무라고는 말할 수 없다. 그는 아직 얼마든지 해야 할 다른 일들이 있다. 하지만 적어도 더 이상 악에 대해 관심을 두지 않고, 악에서 손을 떼며, 실질적으로 악을 지지하지 않는 것이 그의 의무다. 내가 아무리 다른 사업이나 계획에 전념하더라도, 먼저 살펴야 할 점은 적어도 남의 어깨 위에 올라타서 그 일을 하지 않는다는 것이다. 그렇다면 먼저 거기서 내려와야 한다. 그 사람도 자신의 계획을 추진할 수 있도록 해주어야 한다. 얼마나 지독한 모순이 용납되고 있는지를 보라. 나는 몇몇 마을 사람들이 이렇게 말하는 것을 들어본 적이 있다. "그들이(정부가) 나보고 나가서 노예들의 반란을 진압하는 것을 도우라거나, 멕시코로 쳐들어가

37) 로마시대에 소년들이 성년식 때 입었던 토가(toga)를 두고 풍자한 말이다.

라고 명령해 주었으면 좋겠어. 어디 그럼 내가 나갈 것 같아?"

그렇지만 바로 이런 사람들이 직접으로는 그들의 충성심으로, 간접으로는 적어도 그들이 돈으로 산 대리병을 내세우고 있다. 부당한 전쟁에 참전을 거부하는 군인이 오히려 그런 전쟁을 일으키는 부당한 정부에 대한 지지를 철회하지 않는 사람들에게서 박수를 받고 있다. 그 군인은 이 사람들의 행위와 권위를 무시하고 얕보는데도 말이다. 마치 국가는 잠시나마 죄짓기를 멈추는 게 아니라, 죄는 짓고 있으면서 사람 한 명을 사서 자기를 채찍질하게 하는 정도의 회개를 하는 셈이다. 그리하여 '질서'(Order)와 '시민정부'(Civil Government)라는 이름하에, 우리 모두는 결국 우리 자신의 비열함에 대해 경의를 표하고 그것을 지지하고 만다. 처음에는 죄를 지었다는 생각에 얼굴이 붉어지지만 곧 무관심해진다. 말하자면 부도덕은 무도덕이 되어버린다. 하지만 그것도 우리가 살아가는데 전혀 쓸데없는 것은 아니다.

가장 광범하고 가장 흔한 잘못이 행해지려면 가장 사심 없는 덕목이 그것을 뒷받침해줘야 한다. 애국심이라는 덕목은 보통 가벼운 질책을 받는데, 그 비난은 고결한 사람이 가장 받기 쉽다. 정부의 성격과 조치에는 찬성하지 않으면서도 거기에 충성과 지지를 보내는 사람들은 분명히 가장 양심적인 지지자들이다. 따라서 그들이 개혁에 가장 심각한 걸림돌이 되는 경우가 부지기수다. 어떤 사람들은 주 정부에 연방을 해체하고 대통령의 요구를 묵살하라고 청원서를 낸다. 그들은 왜 스스로 그것 — 자신들과 주 정부 사이의 연합 — 을 해체하지 않으며, 자기네 세금을 국고에 바치기를 거부하지 않을까? 그들과 주 정부의 관계는 주 정부와 연방과의 관계와 똑같은 것이 아닐까? 그리고 그들이 주 정부에 대해 저항하지 못하도록 하는 똑같은 이유로, 주 정부도 연방에 대해 저항하지 못하는 것은 아닐까?

사람이 어떻게 단순히 의견을 품고 있는 것만으로 만족할 수 있으며, 또 그것을 즐길 수 있겠는가? 자기가 생각하기에 부당한 대우를 받고 있다고 여긴다면 거기에 어떤 즐거움이 있겠는가? 당신이 만일 이웃에게 단 1달러라도 사기를 당했다면, 사기당한 줄 알았다고 해서, 혹은 사기 당했다고 말했다 해서, 혹은 그에게 그 돈을 돌려달라고 사정했다고 해서 만족하고 있지는 않을 것이다. 그렇지 않고 당신은 그 돈을 모두 되찾기 위해 즉시 효과적인 수단을 동원할 것이고, 다시는 사기당하지 않도록 주의할 것이다. 원리에 따른 행동, 즉 정의를 알고 실행하는 것은 사물을 변화시키고 관계를 변화시킨다. 그것은 본질적으로 혁명적이며 과거에 있었던 것과는 전혀 다른 것이다. 그것은 국가와 교회를 분리시킬 뿐만 아니라 가정

신학교 학생들과 함께 교황의 교서와 로마 교회의 법전을 불태우는 마르틴 루터.

까지도 갈라놓는다. 아니, 그것은 개인[38]을 분리시켜 그 안에 있는 성스러운 것과 악마적인 것을 갈라놓는다.

여기 불의의 법들이 존재한다. 우리는 그 법을 준수하는 것으로 만족할 것인가, 아니면 그 법을 고치려고 노력하면서, 그것이 성공할 때까지 준수할 것인가, 그렇지 않으면 당장 그 법을 어겨버릴 것

38) 영어에서 '개인'이라는 뜻의 individual은 원래 in(부정 접두어, not) + dividual(divide, 나누다), 즉 불가분체(不可分體)라는 뜻이다.

인가? 사람들은 일반적으로 지금과 같은 정부 아래서는 다수를 설득시켜 그 법을 개정시킬 때까지 기다려야 한다고 생각한다. 그들이 저항한다면 치료가 병폐보다 더 나쁘다고 생각한다. 그러나 치료가 병폐보다 더 나쁘게 만드는 것은 바로 정부 자체의 잘못이다. 정부가 치료를 더 나쁜 것으로 만든다. 정부는 왜 좀 더 앞을 내다보고 개혁을 준비하지 않는가? 정부는 왜 현명한 소수자를 소중히 여기지 않았던가? 정부는 왜 상처도 입기 전에 울기부터 하며 막으려 드는가? 정부는 왜 시민들을 독려하여 정부의 잘못을 지적하도록 하지 않고, 정부가 그들에게 하는 것보다 더 시민들이 잘 할 수 있도록 하지 않는가? 정부는 왜 항상 그리스도를 십자가에 못 박고, 코페르니쿠스(Copernicus)와 루터(Luther)를 파문하며[39], 워싱턴과 프랭클린을 반역자라 부르는가?

혹자는 생각하기를, 정부의 권위를 의도적이고 실질적으로 부인

39) 코페르니쿠스는 형식상 파문은 당하지 않았다. 루터는 1517년 10월 31일 「95개조 반박문」(원제는 '면죄부 능력 천명에 대한 반박', Disputatio pro declaratione virtutis indulgentiarum)을 써서 교황 레오 10세(Leo X)의 성(聖) 베드로 성당 건축비 충당과 마그데부르크 대주교 알브레히트(Albrecht von Mainz)의 사욕이 빚은 '완전 면죄부' 남발에 대한 토론을 요구했다. 이후 1519년 라이프치히 논쟁에서 그는, 인간은 잘못 판단할 수 있으며, 인간을 구원해 줄 주체는 교황이 아니라 오로지 하나님이며, 오직 그리스도만이 교회의 우두머리임을 역설했다. 이 논쟁으로 루터와 로마 가톨릭교회는 파경에 이르렀다. 결국 루터는 1521년 1월 3일 가톨릭교회에서 파문당하고 말았다.

하는 것은 정부로서는 상상조차 못했던 유일한 범죄이다. 그렇지 않다면 정부가 왜 거기에 대해 명확하고 적절하며, 그에 맞는 형벌을 정해놓지 않았겠는가. 재산이 아무것도 없는 사람이 단 한 번 국가를 위해 9실링[40]을 벌어 주는 일을 거부하면, 내가 알기로는 감옥에 들어가 그 어떤 법에도 명시되어 있지 않고, 단지 그를 거기에 잡아넣는 자들의 재량에 따라 정해진 기간 동안 그 안에 있어야 한다. 하지만 그가 국가로부터 9실링의 90배를 훔친다면, 그는 곧 풀려나와 다시 활개치고 다닐 수 있다.

만일 불의가 정부라는 기계의 필수적인 마찰의 일부분이라면, 그대로 가라고 하라. 그냥 내버려 두라. 아마 매끄럽게 닳아 없어질 것이다. 기계는 분명히 닳아 망가질 것이다. 그 불의가 오로지 자기만을 위해 스프링이나 도르래나 밧줄이나 크랭크를 가지고 있다면, 당신은 치료가 병폐보다 더 나쁜지 여부를 생각해 볼 것이다. 하지만 그것의 속성이 당신이 남에게 불의를 행하는 하수인이 되라고 강요한다면, 나는 그 법을 어기라고 말하겠다. 당신의 생명을 던져 그 기계를 멈추는 역(逆)마찰이 되게 하라. 내가 해야 할 일은 적어도 내

40) 당시 인두세가 9실링이었다.

가 저주하는 악에게 나 자신을 내주지 않도록 조심하는 일이다.

악을 고치기 위해 주 정부가 마련한 방법을 받아들이자는 얘기가 있는데, 나는 그런 방법들을 알지 못한다. 그것들은 시간이 너무 많이 걸리기 때문에 사람의 목숨이 먼저 끝날 것이다. 내게는 해야 할 다른 일들이 많다. 내가 이 세상에 나온 것은 여기를 살기 좋은 곳으로 만들려는 중요한 목적이 있어서가 아니라, 좋든 나쁘든 간에 이 안에서 살기 위해서이다. 한 사람이 모든 일을 해야 하는 것이 아니라, 어떤 일만 하면 된다. 모든 일을 다 할 수 없다고 해서 일을 그르쳐도 된다는 것은 아니다. 주지사나 주 의회에 탄원서를 내는 것이 내 일이 아닌 것처럼 그들이 내게 탄원하는 것도 그들의 일이 아니다. 그리고 그들이 나의 탄원을 들어주지 않는다면, 그 다음 나는 무엇을 할 것인가? 그러나 이 경우 국가는 아무런 방법도 마련해 놓지 않았다. 바로 정부의 헌법 자체가 악이다. 이것은 가혹하고 고집스럽고 비타협적인 말일지도 모른다. 하지만 이것이야말로 헌법을 평가할 줄 알고 그 혜택을 입을 만한 자격이 있는 유일한 정신을 더할 나위없는 친절과 경의를 가지고 대접하는 것이다. 몸을 뒤흔드는 탄생과 죽음처럼, 보다 나은 것을 위한 변화는 모두 그런 것이다.

나는 서슴없이 말하지만, 자칭 노예 폐지론자라는 사람들은 인적으로나 물적으로나 매사추세츠 주 정부에 대한 지지를 당장 전면 철회해야 한다. 그리고 정의가 자신들을 통해 승리하도록 노력하지 않고 자기네가 '한 사람으로서 다수'(a majority of one)가 되길 기다려서는 안 된다. 그들이 하나님을 자기네 편에 두었다면, 굳이 다른 사람을 기다릴 것 없이 그것으로 족하다고 생각한다. 더욱이 자기 이웃보다 더 의로운 사람은 누구나 이미 '한 사람으로서 다수'가 된 것이다.

나는 이 미국 정부나 그 대리인 주 정부를 1년에 딱 한 번, 세금징수원이라는 사람을 통해 직접 얼굴을 맞댄다. 이것은 나와 같은 처지에 있는 사람이 정부와 부득이 만나는 유일한 방식이다. 그러면 그는 단호히 '나를 인정하라'고 한다. 이때 당신이 정부에 대한 당신의 불만과 거부감을 표현하는 가장 간단하고 가장 효과적이며 현재의 상황에서 할 수 있는 가장 불가피한 방식은 정부를 부정하는 것이다. 같은 시민으로서 이웃인 그 세금징수원이 바로 내가 상대해야 할 사람이다. 정작 내가 싸울 것은 결국 양피지가 아니라 사람인데, 그가 자진해서 정부의 대리인이 되었기 때문이다.

그는 이웃인 나를 이웃으로 존경하고 선량한 사람으로 대할 것이냐, 아니면 어떤 미친놈이나 평화를 어지럽히는 자로 대할 것이냐를 생각해 보고, 자신의 행동에 걸맞게 좀 더 무례하고 성급한 생각이나 말없이도 나를 자기 이웃으로 삼는데 걸림돌이 되는 것을 극복할 수 있느냐 하는 것을 알아야 한다. 그래야 정부 관리로서나 하나의 인간으로서 자기가 누구이며 무엇을 하는 사람인지를 잘 알 수 있을 것이다.

나는 이것만은 잘 알고 있다. 즉 이 매사추세츠 주 안에서 천 명만이라도, 아니 백 명만이라도, 내가 이름을 댈 수 있는 열 명만이라도, 단 열 명의 정직한 사람만이라도, 아니 단 한 명의 정직한 사람만이라도 노예를 소유하지 않고 실지로 그 공범자들 집단에서 탈퇴한다면, 그 때문에 지방 형무소에 갇힌다면, 미국에서 노예제도가 폐지될 것이다. 시작이 아무리 미미해 보여도 그것은 문제가 되지 않기 때문이다. 한번 행해진 옳은 일은 영원히 행해질 것이다. 그러나 우리는 말하는 것이 우리의 사명인 듯 거기에 대해 말만 하기를 더 좋아한다. 개혁은 수십 종의 신문을 붙잡고 일거리를 주지만 단 한 사람도 붙잡지 못한다. 나의 존경하는 이웃인 주 정부의 대사[41]는 의회에서 인권문제를 해결하느라고 늘 바쁘다. 하지만 그

41) 콩코드 출신 새뮤얼 호어(Samuel Hoare; 1741-1825)는 변호사이자 하원의원이다. 그는 사우스캐롤라이나 주가 헌법을 무시하고 매사추세츠 주의 흑인 선원을 구금한 조치에 항의하기 위해 파견되었으나 위협을 받고 쫓겨났다.

가 캐롤라이나 주의 감옥 대신에 매사추세츠 주 감옥에 죄수가 되어 들어간다면(매사추세츠 주 정부는 노예제도의 죄를 자매 주인 캐롤라이나 주에게 떠넘기려고 애쓰고 있고, 현재로는 그 자매주가 불친절한 대접을 했다는 싸움 구실밖에는 찾아내지 못했지만), 주 의회는 그 문제를 모른 척하고 다음 겨울까지 미룰 수는 없을 것이다.

부당하게 사람을 잡아 가두는 정부 밑에서 의로운 사람이 진정으로 있을 곳은 감옥 뿐이다. 오늘날 매사추세츠가 자기네 안에서 좀 더 자유롭고 풀이 덜 죽은 사람들을 위해 마련해 준 유일하고 떳떳한 장소는 감옥이다. 그들이 이미 자기들의 원칙에 따라 스스로를 쫓아냈기 때문에, 주도 자기네 법령에 따라 그들을 주에서 쫓아내고 가두었다. 탈주 노예와 멕시코인 가석방 죄수와 자기네 종족이 당한 억울함을 호소하기 위해서 온 인디언들이 그들을 만날 수 있는 곳은 바로 감옥이다. 격리되어 있으나 보다 더 자유롭고 영광스러운 곳, 국가가 자기에게 동조하지 않고 반대하는 사람들을 잡아두는 곳, 노예 국가에서 자유인이 명예롭게 거처할 수 있는 유일한 집이 바로 그곳이다. 누군

새뮤얼 호어

가가 자기들의 영향력이 거기서 끝났고, 자기들의 목소리가 다시는 국가의 귀를 아프게 하지 않으며, 감옥 벽 안에서는 적으로서의 구실을 못 한다고 생각한다면, 그는 진리가 거짓보다는 얼마나 더 강한지를 모르는 것이요, 불의를 조금이라도 몸소 겪어본 사람이 더 설득력 있게 효과적으로 싸울 수 있는지를 모르는 사람이다.

당신의 온 몸으로 투표하라, 단지 종잇조각 하나가 아니라 당신의 모든 역량을 던져라. 소수가 다수에게 고개를 숙일 때 가장 무력하다. 그때는 소수라고도 말할 수 없다. 그렇지만 혼신을 다해 막을 때는 거역할 수 없는 힘을 갖게 된다. 의인들을 모두 감옥에 잡아넣든가, 아니면 전쟁과 노예제도를 포기하든가 둘 중 하나를 택해야 할 때, 주 정부는 그 선택을 주저하지 않을 것이다. 올해 천 명이 세금을 내지 않더라도, 그것은 세금을 바침으로써 국가가 폭력을 휘두를 수 있게 하고 무고한 피를 흘리게 하는 것만큼이나 난폭하고 피 비린내 나는 행위는 아닐 것이다. 평화적인 혁명이라는 것이 있다면, 바로 이런 것일 것이다. 세금징수관이나 어떤 공무원이 나에게 묻기를, "그럼 나는 어떻게 하란 말이요?"라고 묻는다면, 나는 이렇게 대답할 것이다.

"당신이 참으로 뭔가를 할 생각이라면, 당장 그 자리를 내놓으시오."

국민이 충성을 거부하고 공무원이 자리를 내놓으면 혁명은 완성된 것이다. 그러나 피를 흘리는 일이 있을지도 모른다. 양심이 상처를 입을 때 흘리는 것은 피가 아닌가? 그 상처를 통해서 사람의 진정한 인간성과 불멸성이 흘러나오며, 그는 영원한 죽음의 피를 흘리는 것이다. 나는 지금 그 피가 흘러나오고 있는 것을 보고 있다.

나는 범죄자의 재산몰수보다는 그를 구금해두는 문제에 대해 곰곰이 생각해 보았다. 그 이유는, 두 가지 모두 같은 목적을 위해 행하는 것이지만, 순수한 정의를 강조하는 사람들, 그래서 결국 부패한 국가에 대해 가장 위험한 사람들은 재산을 모으는데 그리 많은 시간을 할애하지 않기 때문이다. 그런 사람에 대해서 국가는 상대적으로 적은 혜택밖에 주지 않는다. 그렇기 때문에 적은 액수의 세금도 엄청난 것처럼 보인다. 특히 자기가 직접 특별한 노동을 해서 돈을 벌어야 하는 사람들의 경우에는 더욱 그렇다. 돈을 전혀 쓰지 않고 살아가는 사람이 있다면, 국가로서도 돈을 내라고 요구하기가 참 민망스러울 것이다.

그러나 부자는(불쾌한 비교를 하자는 뜻은 아니다.) 언제나 돈을 벌게 해주는 기관에 영합하기 마련이다. 극단적으로 말한다면 돈이 많을수록 덕은 적다. 왜냐하면 돈이 사람과 그의 목적물 사이에 끼어 들어와 그를 위해 목적한 것을 얻어주기 때문이다. 그런데 돈을 모으는 것이 분명 대단한 덕목은 아니다. 물론 돈이 없으면 해결하기 어려운 온갖 문제들을 돈이 해결해준다. 다만 한 가지 새로 생기는 어렵지만 부질없는 문제는 돈을 어떻게 사용하는가이다. 그리하여 부자의 도덕적 기반이 송두리째 흔들리게 된다. 소위 말하는 '수단'이란 것이 늘어갈수록 거기 비례해 삶의 기회들은 줄어든다. 사람이 부자가 됐을 때 자신의 교양을 위해 할 수 있는 최선의 일은 그가 가난했을 때 마음속에 품었던 계획들을 실행하는데 매진하는 것이다.

그리스도께서는 헤롯 일당들에게 그 상황에 따라 대답해 주셨다. 그는 "세금으로 바치는 돈을 가져오너라." 하셨다. – 한 사람이 자기 호주머니에서 돈 한 푼을 끄집어냈다. – 네가 만일 카이사르의 초상이 그려져 있고, 그가 가치 있게 통용되도록 만든 돈을 사용한다면, 다시 말해서 네가 만일 그 국가의 사람이요, 기쁘게 카이사르 정부의 혜택을 누리고 있다면, 그가 요구할 때 그 일부를 바쳐라. "그러므로 카이사르의 것은 카이사르에게 돌리고, 하나님의 것은 하나님께 바쳐라."라고 하셨다.[42] 헤롯 일당들은 어느 것이 누구

42) 『신약성서』의 '마태복음' 22장 19~21절, '마가복음' 12장 13~17절 참조.

의 것인지를 아는데 예전보다 현명해진 것이 전혀 없었다. 그들은 그것을 알려고 하지 않았기 때문이다.

"카이사르의 것은 카이사르에게 돌리고, 하나님의 것은 하나님께 바쳐라." (구스타브 도레, '도레 갤러리' 제70화 ; 1866)

내가 아는 사람들 중에서 가장 자유롭다는 자들과 이야기해 보아도, 문제의 중요성과 심각성에 대해 그들이 무슨 말을 하거나 공공안정에 대해 어떠한 관점을 가지고 있더라도, 결국 문제의 요지는 현존하는 정부의 보호 없이는 안 되겠다는 것이며, 정부에 불복종할 때는 재산과 가정에 미치는 결과가 걱정스럽다는 것이었다. 나 자신은 한 번도 국가의 보호에 의지하겠다고 생각해본 적이 없다. 하지만 국가가 납세고지서를 내밀었을 때 내가 국가의 권위를 부정해버리면, 국가는 곧 내 재산을 빼앗아 없애버릴 것이고, 나와 내 아이들을 끝없이 괴롭힐 것이다. 이것이 가장 힘든 점이다. 이 때문에 사람은 정직하게 살면서 동시에 외적인 면에서 안락하게 살 수 없다. 재산을 모으는 것은 쓸데없는 짓이다. 반드시 재산은 다시 나간다. 어디쯤에 땅을 좀 빌리거나 무단 점유하여 곡식을 약간 심은 뒤, 곧 먹어치워야 한다.

사람은 분수에 맞게 살아야 하며, 항상 자기만을 믿고 짐을 싸놓고 언제라도 떠날 준비를 하고 있어야 하며, 여러 가지 일을 갖고 있어도 안 된다. 터키에 가 살아도 모든 면에서 터키의 선량한 백성 노릇만 한다면 부자가 될 수 있다.[43] 공자가 말씀하시기를 "나라에 도리가 있을 때는 가난하고 천한 것이 부끄러운 일이고, 나라에 도리가 없을 때는 부유하고 귀한 것이 부끄러운 일이다."[44]라고 했다. 아니다, 나의 자유가 위험에 처해 있는 저 멀리 남쪽 항구에서 내가 매사추세츠 주에게 보호의 손길을 뻗쳐주길 바랄 때까지, 혹은 고향에서 평화스러운 사업으로 재산 모으기에만 몰두하고 있을 때까지, 나는 매사추세츠 주에 대한 충성과 나의 재산과 생명에 대한 주 정

43) 당시 터키 부패상을 지적한 것. 오스만 제국은 지배층이 중심이 되어 '은혜를 베푸는 개혁'이라는 의미에서 '탄지마트'(Tanzimat ; 1839~1876)를 실시했다. 이 개혁으로 헌법과 의회가 만들어지고 교육 제도가 서양식으로 바뀌었다. 그래서 개혁에 필요한 많은 돈 때문에 조세 제도를 바꾸어 채우려 했지만, 개혁을 반대하는 세력과 강대국의 간섭으로 성공하지 못했다. 이 와중에 제6차 러시아·튀르크 전쟁의 패배로 영토의 일부를 러시아에게 내주었다.

44) 『논어』의 「태백」에 나오는 말; 邦有道 貧且賤焉 恥也, 邦無道 富且貴焉 恥也(방유도 빈차천언 치야, 방무도 부차귀언 치야)

부의 권리를 거부할 수 있다. 국가에 대한 불복종의 처벌을 받는 편이 복종하는 것보다 어느 모로 보나 내게 손해가 덜하다. 복종할 경우, 나는 마치 내 가치가 떨어지는 것처럼 느끼지 않을 수 없다.

몇 해 전, 주 정부가 교회를 대신해 나를 만나더니 목사의 생활비조로 얼마만큼의 돈을 내라고 명령했다. 나의 아버지는 설교를 들으려고 참석했지만 나는 결코 교회에 간 적이 없었다. "돈을 내라, 아니면 감옥에 가라."라고 주 정부가 말했다. 나는 돈 내기를 거부했다. 그런데 불행히도 그것을 내야 한다고 생각하는 사람도 있었다. 학교교사는 목사의 생활비를 위해 세금을 내야 하는데, 왜 목사는 교사를 위해 내지 않는지 나는 도무지 그 이유를 알 수 없었다. 나는 주의 교사가 아니고, 자발적인 기부금[45]으로 살아가야 했기 때문이다. 문화회관도 교회와 마찬가지로 납세 고지서를 발행하여 주 정부가 그것을 보장해주면 안 되는지 그 이유를 알 수 없었다. 그러나 행정위원들의 요구에 따라 나는 양보하고 이런 성명서를 냈다.

"이제 나 헨리 소로는 내가 가입하지 않은 그 어떤 사회단체의 일

---

45) 1838년 당시 소로는 형 존과 함께 사설학교를 설립하여 운영했다.

원으로 간주되길 원치 않는다는 것을 모든 사람들에게 고한다."

나는 이 성명서를 읍 서기에게 건넸고 그는 그것을 받았다. 따라서 주 정부는 내가 교회의 일원으로 간주되기를 원치 않는다는 것을 알고 난 뒤부터는 그런 요구를 하지 않았다. 비록 그 당시에는 원래대로 관철하겠다고 말했지만 말이다. 내가 단체의 이름을 모두 알았다면, 내가 서명한 적이 없는 모든 단체들로부터 일일이 내 이름을 지워버렸을 것이다. 하지만 어디서도 그런 완전한 목록은 찾을 수 없었다.

나는 6년 동안 한 번도 인두세를 물지 않았다. 그 때문에 하룻밤 감옥신세를 진 적이 있었다.[46] 두께가 2, 3피트(60~90㎝)나 되는 단단한 돌담과, 나무와 쇠로 만든 1피트 두께의 문과, 햇빛을 가리는 철창을 바라보며 서 있을 때, 나는 마치 내가 단지 살과 피와 뼈밖에 안 되는 것처럼 잡아 가두는 그 제도의 어리석음에 놀라움을 금치 못했다. 주 정부가 이렇게 하는 것이 최선이라는 결론을 내리고,

46) 1845년 7월 24, 5일경 월든에 살았을 때, 콩코드에 수선을 맡긴 구두를 찾으러 가던 도중 세금징수관 샘 스테이플스(Sam Staples)에게 붙들려 감옥으로 끌려갔으나, 다음날 어떤 사람이 몰래 세금을 물었기 때문에 석방되었다.

어떤 식으로든 나라는 사람을 이용하려 하지 않는 점이 도무지 이해되지 않았다. 나와 마을 사람들 사이에 돌담이 있다면, 그들이 나만큼 자유롭게 되기까지는 그 보다 훨씬 더 단단한 돌담을 넘거나 부숴야한다는 것을 알았다.

나는 한순간도 갇혀 있다고는 느끼지 않았고 그 담이란 돌과 회반죽을 공연히 낭비한 것처럼 보였다. 나는 모든 시민들 중에서 오직 나만이 내 세금을 물었다고 생각했다. 분명 그들은 나를 어떻게 대해야 할지를 몰랐고, 마치 배우지 못한 사람들처럼 행동했다. 온갖 방법으로 나를 위협하기도 했고 달래보기도 했지만 그것은 바보 같은 짓이었다. 그들은 내가 가장 원하는 것이 담 밖으로 나가는 것인 줄 착각하고 있었기 때문이다. 명상을 하고 있는데 그들이 열심히 자물쇠를 잠그는 것을 보고 나는 웃지 않을 수 없었다. 나의 명상은 아무런 방해도 받지 않고 다시 계속되었다. 그것이야말로 정말 위험한 것이었다. 나를 어찌 할 수 없게 되자 그들은 체벌을 가하기로 결심했다. 마치 아이들이 얄미운 사람에게 손을 쓸 수 없을 때 그 사람의 개에게 분풀이하는 것과 마찬가지다. 나는 당국이 얼빠졌다는 것, 은수저를 가지고 있는 과부처럼 겁이 많다는 것, 누가 친구인지 원수인지를 구별하지 못하다는 것을 알았다. 그래서 당국에 대해 남아 있었던 약간의 존경심마저 다 사라지고, 오히려 측은하게만 여겨졌다.

이처럼 주 정부는 한 사람의 지성 또는 도덕성에 맞서 볼 생각은 전혀 않고 단지 그의 육체와 감각만을 상대하고 있었다. 주 정부는 뛰어난 지혜와 정직함으로 무장하는 것이 아니라 강력한 물리력으로 무장하고 있다. 나는 억압받으려고 태어나지는 않았다. 나는 내 방식대로 숨을 쉴 것이다. 누가 가장 강한지 두고 보자. 다수는 어떤 힘을 가지고 있는가? 나보다도 더 숭고한 법에 복종하는 자만이 나에게 강요할 수 있다. 저들은 나를 자기들처럼 되라고 강요한다. 나는 대중들에게 강요당해서 이렇게 또는 저렇게 살아간 사람의 얘기를 듣지 못했다. 그렇게 산다는 것은 과연 어떤 삶일까? 내가 "돈을 내든지 아니면 목숨을 내놓든지 하라."는 정부를 만났을 때, 내가 왜 황급히 돈을 내야 한단 말인가? 정부는 큰 곤궁에 빠져 어쩔 줄 모르고 있는지도 모른다. 하지만 내가 정부를 도와줄 수는 없다. 내가 내 문제를 해결하듯, 정부도 스스로 해결해야 한다. 거기에 대해 계속 울며 보채봐야 아무 소용이 없다. 사회 조직이 제대로 돌아가도록 하는 것은 내 소관이 아니다. 나는 기술자의 아들이 아니다. 한 알의 도토리와 한 알의 밤이 나란히 떨어졌을 때, 하나가 잘 자라도록 다른 하나가 자리를 양보하고 무기력하게 있는 법은 없다. 둘 다 각자의 법칙에 따라 싹이 트고 자라 무성할 대로 무성해진다. 그래서 결국은 하나가 다른 하나를 그늘로 가려 죽게 만들 것이라고 나는 생각한다. 어떤 식물도 자기의 천성에 따라 살지 못하면 죽을 수밖에 없다. 사람도 마찬가지다.

감옥 안의 그날 밤은 참으로 신기하고 재미있었다. 내가 들어갔을 때 죄수들은 셔츠 바람으로 문간에서 잡담을 하며 저녁 공기를 쐬고 있었다. 하지만 간수가 "들어와, 이봐. 문 잠글 시간이야."라고 했다. 그러자 각각 흩어져 빈 방 안으로 돌아가는 그들의 발소리가 들렸다. 간수는 나와 한 방을 쓰는 친구를 '모범수이고 영리한 사람'이라고 소개해 주었다. 문이 잠기자 그는 내게 모자를 어디다 걸고, 그 안에서 어떻게 해야 할지를 알려주었다. 감방은 한 달에 한 번씩 회칠을 하는데, 이 감방은 적어도 가장 하얗고 말끔히 손질되어 아마도 이 마을에서도 가장 깔끔할 것이다. 당연한 일이지만 그는 내가 어디서 왔고 왜 오게 되었는지를 알고 싶어 했다. 나는 자초지종을 말해준 뒤, 이번엔 그를 보고 왜 여기에 왔는지를 물었다. 물론 그가 정직한 사람이라 생각하면서, 모두가 다 그렇듯이, 그도 그러리라고 믿었다. 그가 대답했다.

"그 자들이 나보고 창고에 불을 질렀다고 하더라고요. 하지만 난 절대로 그런 적이 없어요."

내 생각에 그는 술이 취한 채 창고 안으로 자러 들어갔는데, 거기서 담배를 피우다가 불을 낸 것 같았다. 그는 영리한 사람이란 평을 듣고 있었는데, 재판이 열리기 기다린 지 벌써 서너 달이 지났고 아직도 그만큼을 더 기다려야 했다. 하지만 밥은 공짜로 먹고 있고 대우도 좋다고 여겼기 때문에 그는 이곳 생활에 꽤 익숙해져서 만족하고 있었다.

창문 하나는 그가 차지하고 또 하나는 내가 차지했다. 그리고 사람들이 이곳에 오래 있게 되면 주로 하는 일이 창밖을 내다보는 것이란 걸 알았다. 나는 거기 남아 있는 작은 책자들을 이내 다 읽었고, 전에 있던 죄수가 탈옥하려고 부순 자리와 톱으로 켠 창살들을 살펴보았다. 그리고 그 방에 갇혀있던 온갖 사람들의 역사와 이야깃거리를 들었다. 여기에도 비록 담 밖으로 퍼지지는 못하지만 나름대로의 역사가 있고 이야깃거리가 있다는 것을 알았다. 아마도 이곳은 읍 전체에서 시가(詩)가 지어지는 유일한 곳일 것이다. 그것들은 나중에 돌아가면서 보게끔 인쇄는 됐으나 출판은 못 한 것들이다. 나는 탈옥을 꾀하다 들켰던 몇몇 젊은이들이 울분을 달래려고 지었던 꽤나 긴 시가들의 목록을 보았다. 나는 내 감방 친구의 밑천이 동날 때까지 캐냈다. 다시 못 볼지도 모르기 때문이었다. 하지만 마침내 그는 내 잠자리를 알려준 다음 나보고 램프를 끄라고 했다.

거기서 하룻밤을 누워 있는 것이 전혀 기대치 못했던 먼 나라로 여행하는 것처럼 느껴졌다. 나는 마을의 시계가 울리는 소리를 전엔 들은 적이 없는 것 같았고, 마을에서 밤에 어떤 소리도 들어본 적이 없는 것 같았다. 우리가 창살 안으로 나 있는 창문을 열어 놓고 잔 덕분에 그 소리들이 들렸다. 그것은 내 고향을 중세의 빛 아래서 보는 것이었으며, 우리의 콩코드는 라인 강으로 바뀌었고, 기사들과 성곽들의 환영들이 내 앞을 스쳐갔다. 내가 길거리에서 들은 것은 중세 마을 사람들의 목소리였다. 나는 뜻하지 않은 구경꾼, 뜻하지 않은 청취자가 되어 옆 마을 주막집 부엌에서 일어나는 일과 주고받는 얘기를 보고 들었다. – 이것은 정말로 나에게 새롭고 진기한 경험이었다. 이것은 좀 더 가까이서 보는 내 고향 마을의 풍경이었다. 나는 그 안에 깊숙이 들어가 있었다. 전에는 마을의 시설이라는 것을 한 번도 본 적이 없었다. 감옥은 마을의 특이한 시설들 중 하나였다. 그곳은 군청 소재지이기 때문이다. 나는 그곳 주민들에 대해 제대로 이해하기 시작했다.

아침이 되자 문에 나 있는 구멍을 통해 우리의 아침식사가 들어왔다. 조그마한 장방형 양철냄비에 1파인트(0.47리터)의 초콜릿과 갈색 빵과 쇠숟가락이 놓여 있었다. 그들이 그릇을 다시 걷으러 왔을 때 나는 아직 신참내기라 남긴 빵을 반납하려 했다. 그러자 내 친구는 잽싸게 그 빵을 쥐고는 점심이나 저녁을 위해 남겨둬야 한다고 했다. 조금 있다가 그는 근처 들녘에서 건초작업을 하기 위해 불려나갔다. 그는 날마다 그곳으로 나가는데, 점심 이전에는 돌아오지 못하므로 나를 다시 보게 될지 모르겠다면서 작별인사를 했다.

내가 감옥에서 나왔을 때(어떤 분이 나서서 그 세금을 물어 주었다.) 젊어서 들어갔다가 백발노인이 되어 비틀거리며 나오는 사람들이 볼 수 있는 그런 큰 변화는 보지 못했다. 하지만 내 눈에는 읍과 주와 국가에서, 그저 시간이 흐름에 따라 변하는 것보다 훨씬 더 큰 변화가 일어난 것이 보였다. 나는 내가 살던 주를 좀 더 똑똑히 보았다. 나는 나와 함께 살던 사람들을 선량한 이웃과 친구로 얼마만큼 믿을 수 있을지를 알게 되었다. 그리고 그들의 우정이 좋은 날에만 유지된다는 것, 그들은 올바로 행동할 의향이 그리 많지 않다는 것, 편견이나 미신 때문에 중국 사람이나 말레이시아 사람만큼이나 나와 아주 다른 인종에 속한다는 것, 그들은 재산상 손해를 감수할 생각이 없을 뿐 아니라, 위험을 무릅쓰고 인류를 위해 희생할 생각도 없다는 것, 그들은 결국 도둑이 자기들을 대했듯이 자기들도 그를 대하는 것 이상으로 고상하지 않다는 것, 그리고 표면적으로는 계율을 준수하고 가끔 기도를 하고, 때로는 쓸모없지만 바른 길을 걸음으로써 자기네 영혼을 구하려고 한다는 것을 알았다. 이러한 비판은 내 이웃에 대해 너무 가혹할지도 모른다. 나는 그들이 대부분 자기네 마을에 감옥이라는 시설이 있다는 사실조차 모르고 있다고 믿기 때문이다.

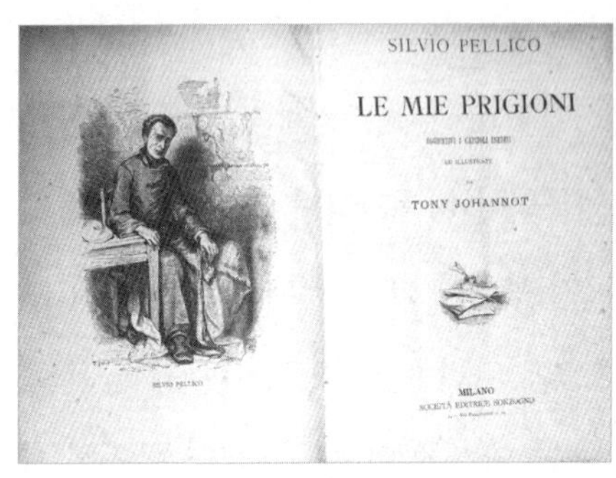
SILVIO PELLICO

LE MIE PRIGIONI

TONY JOHANNOT

MILANO

실비오 펠리코의 『나의 감옥살이』

예전부터 우리 마을에서는 가난한 빚쟁이가 출소하면 그를 아는 사람들은 감옥의 창살 모양으로 손가락을 엇갈리게 한 뒤 그 사이로 바라보면서 “그동안 잘 지냈나?” 하고 인사를 했다. 내 이웃들은 내게 그렇게 인사하지는 않았다. 그들은 먼저 나를 바라본 뒤 이내 자기들끼리 서로 마주 보았다. 마치 내가 긴 여행에서 돌아오기나 한 듯 말이다. 내가 감옥으로 끌려 간 것은 수선을 맡긴 구두를 찾으러 구둣방으로 가던 중이었다. 이튿날 아침 풀려나오자 나는 다시 그 일을 마치러 갔고 수선한 구두를 신고 월귤나무를 따러 가는 사람을 만났다. 그들은 내가 무리를 이끌어주기를 바랐다. 말을 곧 잘 다룰 수 있게 되어서 삼십 분도 못 되어 월귤나무 들판의 한복판 가장 높은 언덕에 도달했다. 마을에서 2마일이나 떨어져 있는 곳이었다. 그때 주 정부는 아무데서도 보이지 않았다.

이것이 '나의 감옥살이'[47]에 대한 내력의 전부다

나는 도로세를 내지 않겠다고 한 적이 없었다. 나쁜 국민이 되고 싶은 만큼 좋은 이웃도 되고 싶었기 때문이다. 그리고 학교를 후원하는 일에 대해서도 나는 지금 이웃 시골 사람들을 가르치는데 내 몫을 다하고 있다. 나는 고지서의 어느 특정 항목에 대해서 납세를 거부하는 것이 아니다. 그저 주 정부에 충성하기를 거부하고 실질적으로 거기서 물러나 홀로 서자는 것뿐이다. 내가 낸 돈이 사람을 사거나 총을 사서 사람을 쏘지 않는 한 그 돈이 어디로 쓰이는지 따져볼 요량은 없다. 따져볼 수 있다 해도 말이다 – 돈에는 죄가 없다. 그러나 나의 충성의 결과가 무엇인지는 따져봐야 한다는 생각이다. 사실 나는 내 방식대로 조용히 주 정부에 선전포고를 하는 바이다. 그러면서도 나는, 이런 경우에 흔히 그렇듯이, 초대한 주 정부를 이용하고 혜택을 입으려고 한다.

주 정부를 동정해서 다른 사람들이 내가 내야 할 세금을 대신

47) 이탈리아의 시인이자 극작가인 실비오 펠리코(Silvio Pellico ; 1789~1854)가 '이탈리아 통일운동'에 앞장서다가 오스트리아 정부에 의해 투옥되었을 때 쓴 옥중기 『나의 감옥살이』(Le mie prigioni, 1832)의 제목을 인용한 것이다. 영어판 제목은 'My Ten Years' Imprisonment'이다.

내준다면, 그것은 자기들의 세금 때문에 했던 일을 반복하는 것이거나, 정부가 요구하는 것보다 더 큰 불의를 행하는 것이다. 그들이 납세자에 대한 그릇된 호의로 납세자가 감옥으로 끌려가지 않도록 대신 세금을 내준다면, 그들은 사사로운 감정으로 공공의 선에 간섭하고 있다는 것을 현명하게 생각지 못하는 것이다.

그래서 이것이 지금의 내 입장이다. 하지만 누구나 그런 경우에 자기주장을 너무 내세우면 안 된다. 그러면 고집을 피우거나 남의 의견을 지나치게 존중해 행동이 편파적일 수 있다. 사람은 자기가 해야 할 일만을 하고, 또 지금 해야 할 일을 하도록 해야 한다.

나는 가끔씩 이런 생각을 한다. 사실 이 사람들은 선량하다. 단지 무지할 뿐이다. 저들이 어떻게 할지를 안다면 좀 더 잘 할 것이다. 네 이웃에게 이런 고통을 주면서 왜 그들이 하고 싶지 않은 방식으로 당신을 대하라고 하는가? 하지만 나는 다시 생각한다. 그렇다고 해서 그것이 나도 그들이 하는 대로 해야 한다거나 다른 사람들이 다른 종류의 더 큰 고통을 당하도록 내버려둬야 한다는 이유가 되지는 않는다. 또 어떤 때는 혼자서 이런 생각을 하기도 한다. 수백만이나 되는 사람들이 격분해서도 아니고, 악의가 있어서도 아니며, 어떤 사적인 감정이 있어서도 아니고, 당신에게 단지 몇 실링을 요구하는 것뿐인데, 그리고 그 요구를 철회하거나 변경할 가능성도 없고(그들의 법이 그렇다.), 또 당신 쪽에서 다른 수백만 명에게 호소할 가능성도 없는데, 당신은 왜 이 압도적인 야수의 힘에 맞서는가? 당신은 추위나 굶주림, 바람이나 파도에 대해 그토록 완강히 맞서지는 않는다. 당신은 그와 비슷한 수많은 필연성에 조용히 순응하고 있다. 당신은 불길 속에 당신의 머리를 들이밀지는 않는다.

그러나 내가 이것을 전적으로 야수의 힘이 아니라 일부는 인간의 힘이라고 여기기 때문에 또 이 수백만과의 관계를 수백만 인간과의 관계로 여길 뿐, 단지 동물이나 무생물과의 관계로 여기지 않기 때문에 나는 호소가 가능하다고 생각한다. 먼저, 또 즉시 그들로부터 그들의 조물주를 향해서, 다음에 그들로부터 그들 자신을 향해서 말이다. 그러나 내가 머리를 일부러 불속에 들이민다면, 불을 향해서도 불을 만든 조물주를 향해서도 호소할 수 없으며 그저 나 자신을 탓할 수밖에 없다. 내가 사람들의 본래 모습에 만족하려 하고 그에 따라 그들을 대하며, 어떤 면에서는 그들과 내가 어떠해야 한다고 내가 요구하거나 기대하는 대로 대하지 않아도 무방한 권리가 내게 있다고 스스로를 설득할 수 있다면, 나도 저 선량한 이슬람교도나 운명론자들처럼 모든 것들에 대해 있는 그대로 만족하도록 애쓸 것이다. 그리고 이것을 신의 뜻이라고 말할 것이다. 그리고 특히 주 정부의 힘에 저항하는 것과 야수의 힘이나 자연의 힘에 저항하는 것 사이에는 이런 차이가 있다. 즉 나는 주 정부에 저항해서 어느 정도의 효과를 볼 수는 있다. 하지만 나는 오르페우스(Orpheus)[48]처럼 바위나 나무나 짐승의 본성이 변화되기를 기대할 수는 없다.

나는 어떤 개인이나 국가와 싸우는 걸 바라지 않는다. 나는 시시콜콜 따지고 싶지도 않고, 내가 내 이웃보다 잘난 것처럼 내세우고 싶지도 않다. 그 보다 나는 이 나라의 법에 순종할 핑계를 찾고 있다고 말하고 싶다. 유감스럽지만, 나는 언제라도 거기에 순종할 준비가 되어 있다. 정말이지 이 문제에 관해서는 나 자신이 이상할 정도다. 해마다 세금징수관이 찾아올 때면 나는 순종할 구실을 찾기 위해 연방 정부와 주 정부가 하는 일과 태도 그리고 국민들의 정신 상태를 다시 살펴보고 싶다.

"우리는 나라를 부모처럼 사랑해야 하며,
어느 때든 우리 사랑이 식어

48) 그리스 신화에 나오는 태양신 아폴론과 칼리오페 사이에서 태어난 아들이며, 시인이자 피리의 명수이다. 노래로 짐승과 나무와 바위를 움직였다고 한다.

나라에 영광을 돌리지 못하면,
장래의 결과를 소중히 여겨
양심과 종교로 영혼을 가르칠 것이며,
지배와 이득의 욕망을 바라지 말지어다."

나는 곧 주 정부가 이런 모든 일들을 내 손에서 빼앗아버릴 수 있다고 믿는다. 그러면 나는 내 동포들보다 조금도 나을 것 없는 애국자가 될 것이다. 낮은 관점에서 볼 때, 헌법은 결점이 많아도 아주 훌륭하며 법률과 법정도 존경할 만하다. 많은 사람들이 말하듯이, 이 주 정부나 미국 정부조차도 여러 가지 면에서 매우 훌륭하고 보기 드물고 감사할 만하다. 그보다 더 높은 견지나 가장 높은 견지에서 바라 볼 때, 누가 감히 주 정부나 미국 정부를 뭐라 말하겠으며, 그것을 조금이나마 볼 만한 가치가 있거나 생각해볼 만한 가치가 있다고 하겠는가?

하지만 정부는 내게 큰 관심이 없고 나도 되도록이면 그 쪽에 신경 쓰지 않으려고 한다. 이 세상에서조차도 내가 정부의 영향을 받고 사는 시간은 그리 많지 않다. 사람이 자유롭게 사색하고 자유롭게 공상을 하며 자유롭게 상상할 수 있다면, 그리하여 존재하지 않는 것이 자기 앞에 존재하는 것처럼 보이는 일이 결코 오래 지속되지 않는다면, 현명치 못한 지배자나 개혁자가 그를 치명적으로 괴롭힐 수는 없을 것이다.

사람들은 대부분 나와 달리 생각하고 있다는 것을 알고 있다. 그러나 이런 문제들 혹은 그와 관련 있는 문제들을 전문적으로 연구하는 데 일생을 바치고 있는 사람들조차도 나를 만족시켜주지 못한다. 정치인이나 입법자들은 아주 철저하게 제도 안에 자리 잡고 있기 때문에 그것을 분명하고 적나라하게 보지 못한다. 말로는 사회를 변화시켜야 한다면서도 그 사회 외에는 쉴 곳이 없다. 그들은 특정한 경험과 분별력을 지닌 사람들이라 할 수 있으며, 교묘하고 유익하기까지도 한 체제를 만들어낸 것도 사실이다. 이에 대해서는 그들에게 진심으로 감사할 만하다. 하지만 그들의 모든 지혜와 유용함은 그리 넓지 못한 어떤 한계 내에 있다. 그들은 세상이 정책이나 편법으로 다스려지는 게 아니라는 것을 잊어버리는 버릇이 있다.

웹스터[49]는 정부의 이면을 보지 않기 때문에 거기에 대해 권위

49) 다니엘 웹스터(Daniel Webster, 1782~1852); 미국의 정치가·법률가·웅변가. 연방 하원의원, 매사추세츠 주 연방 상원의원, 국무장관을 역임했다. 1845~50년에 상원의원으로 있으면서 텍사스 병합과 멕시코 전쟁을 반대했으나 노예제도에 관해서는 나쁘지만 분열은 더욱 나쁘다고 주장하면서 남북 분열을 반대했다.

다니엘 웹스터

를 가지고 말할 수가 없다. 현존하는 정부를 근본적으로 개혁해 볼 생각이 없는 입법자들에게 그의 말은 지혜로 들린다. 하지만 사상가들이나 백년대계를 내다보는 입법자들 편에서 보면, 그는 문제의 중심에 눈 한번 돌려본 적이 없다. 나는 이 문제를 놓고 차분하고 현명하게 심사숙고하는 사람들이 그의 마음속에 있는 도량과 친절의 한계를 곧 드러내 줄 것으로 안다.

하지만 대다수 개혁가들의 천박한 주장에 비하면, 또 그보다도 더 싸구려 정치가들의 지혜나 웅변에 비하면, 그의 말은 거의 유일하게 분별력 있고 가치 있는 말이다. 그래서 우리는 그저 하늘에 감사할 따름이다. 상대적으로 그는 항상 강인하고 독창적이고 그리고 무엇보다도 실질적이다. 그러면서도 그의 특성은 지혜라기보다는 신중함이다. 법률가의 진리는 절대적인 진리가 아니라 일관성 혹은 일관된 편의다. 진리는 항상 그 자체와 조화를 이루며 불의와 양립할 수도 있는 정의를 드러내는 일에 별로 개의치 않는다. 그는 '헌법의 수호자'(the Defender of the Constitution)라 불리는데, 사실 그렇게 불릴 만하다. 그의 공격은 단지 방어하기 위한 공격일 뿐이기 때문이다. 그는 지도자가 아니라 추종자다. 그의 지도자들[50]은 87년의 인물들이다. 그는 말한다. "나는 결코 시도해 본 적이 없다. 시도하자고 제안한 적도 없다. 여러 주가 합쳐져 하나의 연방(미합중국)을 탄생시킨 원래 협정을 방해하려는 시도에 찬성한 적도 없고 찬성할 의사를 가진 적도 없다."

아직도 헌법이 노예제도를 인정한 것에 대해 그는 "이것은 계약의 일부이기 때문에 그대로 두어야 한다."고 말한다. 그는 아주 예리하고 유능한 사람임에도 불구하고 노예제도에 내재된 단순한 정치적 관계로부터 어떤 사실을 도출해내지 못하고 또한 노예제도가 오로지 지성에 의해 처리되어야 할 사안이라는 사실(예를 들면 오늘날 미국인들이 노예제도와 관련해서 무엇을 해야 옳은가를 고찰해야 한다는 사실)을 알지 못한다. 대신에 그는 개인적 입장에서 단언한다면서 다음과 같은 해답을 쥐어짜내는 모험을 한다. 아니 그런 해답을 내놓아야 할 처지에 내몰린다. 그는 그런 해답을 통해 사회적 의무들에 대한 무언가 새롭고 단일한 원칙을 추론해낼 수 있지 않을까 생각하는 듯하다.

50) 미국 헌법의 기초자들. 이 헌법은 1787년에 완성되었다.

그가 말하길 "노예제도가 존재하는 주 정부들이 노예제도를 통제하는 방식은 자기네 유권자들에 대한, 소유권과 인간성과 정의의 일반법에 대한, 그리고 신에 대한 책임 하에서 각자의 재량에 따라야 한다. 인도주의적 감정이나 그 밖의 명분을 내세워 다른 곳에서 형성된 조직들은 노예제도에 어떤 식으로도 관여할 수 없다. 그들은 나에게 어떤 격려를 받은 적도 없고 또 앞으로도 결코 없을 것이다." [이 구절들은 강연문이 읽힌 후에 삽입되었다.]

진리보다 더 순수한 근원을 알지 못하는 사람들은, 즉 그 냇물을 상류까지 더듬어 올라가지 않은 사람들은 용케도 성경과 헌법 옆에서서 존경심을 갖추고 겸허하게 그곳의 물을 마신다. 하지만 진리의 냇물이 이 호수나 저 연못으로 졸졸 흘러 들어가는 것을 본 사람은 허리띠를 한 번 더 졸라매고 그 샘의 근원을 향해 순례를 계속한다.

입법에 천부적인 자질을 가진 사람은 미국에 나타나지 않았다. 세계사적으로도 그런 사람은 드물다. 연설가·정치가·웅변가는 널려있다. 하지만 시대의 난제(難題)를 해결해주기 위해 말해 줄 사람은 아직 입을 열지 않았다. 우리는 웅변 그 자체를 좋아하지만 그것이 말해줄지도 모를 진리나 그것이 불러일으키는 영웅심 때문에 좋아하지는 않는다. 우리 입법자들은 아직도 자유무역과 자유와 연합과 공정이 한 나라에 대해 지니는 상대적 가치조차도 모르고 있다. 그들은 과세, 재정, 상업, 공업, 농업이라는 비교적 사소한 문제에 대해서도 천부적인 자질이나 재능을 발휘하지 못하고 있다. 우리의 앞길을 의회에서 하는 입법자들의 말재간에만 맡겨 두고 국민들의 풍부한 경험과 효과적인 불평을 통해 바로잡지 못한다면, 미국은 열강들 사이에서 자신의 지위를 오래 유지하지는 못할 것이다. 나는 이런 말을 할 자격이 없을지도 모르지만 『신약성서』가 써진 지 1,800여 년이 지났어도 그것이 입법이라는 학문에 던져주는 빛을 충분히 활용할 수 있는 지혜와 실질적인 재능을 지닌 입법자가 과연 어디에 있단 말인가?

정부의 권위는 내가 기꺼이 복종하려는 것일지라도 – 나는 나보다 더 잘 알고 더 잘하는 사람이 있으면 흔쾌히 그 사람에게 복종하고, 많은 것들을 나보다 잘 알지 못하거나 잘하지 못하는 사람에게도 그렇게 하려는 것이기 때문에 – 아직도 순수한 것이 못 된다. 엄밀히 말하면, 정부는 지배받는 자의 재가와 동의를 얻어야 한다. 정부는 내가 허용해준 부분 외에는 내 육신이나 재산에 대해 순수한 권리가 없다. 전제 군주제에서 유한 군주제로, 유한 군주제에서 민주주의로 진보해 온 것은 결국 개인에 대한 진정한 존중을 향해 나아간 진보이다.

중국의 철학자조차도 개인을 제국의 토대로 여길 만큼 현명했다. 우리가 알고 있는 그런 민주주의가 정부가 도달할 수 있는 마지막 단계의 진보일까? 인간의 권리를 인정하고 조직화하는데 한 걸음 더 나아갈 수는 없을까? 국가가 개인을 보다 높고 독립적인 힘으로 인정하고 또 거기서 정부가 갖고 있는 모든 권력과 권위가 나온다는 걸 인정하여 그만큼 존경하기 전까지는 진정으로 자유롭고 개화된 국가가 절대로 될 수 없다. 나는 마침내 모든 사람들을 공정하게 대할 수 있고 개인을 한 이웃으로 존경할 수 있는 국가를 상상하면서 스스로 흐뭇해한다. 그런 국가는 일부 소수가 이웃과 동포에 대한 의무는 다하지만 국가에 대해서는 초연하여 간섭도 하지 않고 국가를 이용하지 않고 살더라도 그것을 국가의 안녕을 해치는 짓으로 간주하지 않을 것이다. 이런 종류의 열매가 맺고 또 그것이 익자마자 곧 떨어지는 것을 경험하는 국가는 한층 더 완벽하고 영광스런 국가로 나아가는 길을 마련할 것이다. 나 역시 그것을 꿈꾸지만 아직은 아무데서도 본 적이 없다.

— 김대웅 옮김

해설

시민불복종 운동의 후계자들

역사적으로 볼 때, 시민불복종 운동은 오랫동안 사회의 다양한 영역에서 불공정한 법과 관행을 바꾸는데 많은 성공을 거두어 왔다. 인종차별과 사회정의에서부터 노동권 확보나 환경 문제에 이르기까지, 시민불복종은 보다 공정하고 안전한 세상을 만드는 데 핵심적인 역할을 해왔던 것이다. 그러한 '시민불복종의 주요 원칙들이 맨 처음 구체적으로 기술된 것은 미국 작가인 헨리 데이비드 소로(Henry David Thoreau)가 1849년에 펴낸 「시민불복종」(원제는 On the Duty of Civil Disobedience; Resistance to Civil Government)이라는 소책자였다.

소로는 『월든』(Walden, 1854)으로 가장 유명하지만, 이 소책자 덕

헨리 데이비드 소로의 사진(1859년과 1861년 8월)

분에 그는 이미 전국적으로 유명인사가 되어 있었다. 당시 미국은 텍사스를 차지하기 위해 멕시코와 전쟁을 벌이면서 그 전쟁 비용을 충당하기 위해 국민에게 인두세(人頭稅, a poll[head] tax ; 사람 머릿수에 맞춰 걷는 세금)를 물렸다. 하지만 소로는 다른 세금은 납부했으나 정부가 걷는 인두세는 사람을 죽이는 총을 만드는 데 쓰인다며 내지 않았다. 의사당 앞에서 남자와 여자, 어린이들까지 가축처럼 버젓이 팔리는 흑인 노예제도를 시행하고 영토를 늘리려고 '멕시코 전쟁'을 일으킨 정부에 맞서려는 의도가 있었기 때문이었다.

이후 1846년 여름, 그는 자신의 경험을 바탕으로 월든 호숫가의 〈콩코드 회관〉(Concord Lyceum)에서 '정부와 관련된 개인의 권리와 의무'(The Rights and Duties of the Individual in relation to the Government)라는 주제로 강연을 했는데, 나중에 이것이 '시민불복종'이라는 제목으로 고쳐진 것이다.

그는 또한 미국 남부의 노예제도와 미국 원주민에 대한 가혹한 정책에도 반대했다. 당시 북부 지역은 생산 기계가 도입되어 노예가 많이 필요하지 않아 노예제의 폐지를 주장했고, 노동력이 많이 필요한 면화 생산이 주요 산업이던 남부 지역에서는 노예제 폐지에 반대했다. 정부도 노예제를 묵인했는데 그는 노예제를 묵인하는 정부를 지지할 수 없었다. 그는 합법적인 절차로 노예제 폐지가 거의 불가능하다고 보고 미국 정부에 대한 시민불복종 운동을 전개했다. 그리고 항의의 표시로 납세 능력의 차이에 상관없이 개인에게 똑같이 부과하는 인두세 납부를 6년간이나 거부하여 투옥되기도 했다. 그리하여 그는 "국가가 불의한 일을 시민들에게 강요해서는 안 되며, 시민은 그러한 국가의 강요를 거부할 수 있는 권리를 가진다."라는 시민불복종론을 펼쳤던 것이다.

* * *

말년의 톨스토이(1828~1910)는 1896년 독일의 신비주의자 오이겐 하인리히 슈미트(Eugen Heinrich Schmitt)에게 보낸 편지에서 자기는 우연히 이 책을 접하였는데 소로가 비교적 덜 알려지긴 했지만 그에게 무척 깊은 감명을 받았다고 적고 있다. 「시민불복종」이 선보인 지 50여 년이 지난 뒤 이 책을 읽은 톨스토이가 그토록 감명을 받은 것은 당시 러시아의 상황이 소로가 글을 쓰던 때의 미국과 비슷했기 때문이었다.

톨스토이는 러시아의 국가 정책이 정의롭지 못하고 러시아의 정교회가 참된 그리스도교 정신과 어긋난다고 생각했기 때문에 부당한 정부 조치에 비폭력 불복종의 모범을 보인 소로를 극찬한 것이다. 이처럼 국가관이나 노예제도 그리고 종교에 대한 소로의 생각에 동의한 톨스토이가 소로를 재조명한 덕분에 소로는 점점 세계적으로 널리 알려지기 시작했다.

* * *

영국의 사회주의자이자 채식주의자이며 동물의 권리에 큰 관심을 보였던 헨리 S. 솔트(Henry Stephens Salt ; 1851~1939)도 그의 책을 읽고 "소로가 콩을 심고 콩밥을 매는 일은 바로 자연을 배우고 삶은 배우는 일이었다. 그런 뜻에서 소로가 앞장서서 미국을 보듬기보다 『월든』을 써서 인류에게 남긴 유산이 훨씬 더 훌륭했다."고 말하기도 했다.

소로에 관한 솔트의 첫 번째 글은 1885년 〈사회민주연맹〉의 기관지 『정의』(Justice)에 발표되었다. 여기서 솔트는 소로의 생애와 『월든』에 관해 설명하면서 소로의 개혁주의 원칙을 찬양했다.

> "대서양 저편 나라의 정부와 사회의 비정상적인 모습과 폭정을 고발한 미국 작가 가운데 소로만큼 설득력 있는 이는 이전에 없었다. 비록 사회주의자를 자처하지는 않지만, 오히려 인간 개인의 능력에 호소한다는 점에 있어서 소로는 모든 사회개혁가들이 연구해 볼 만한 인물이다."

소로를 강력하게 옹호하고 있는 이 글에서 알 수 있듯이, 그는 교조적인 사회주의 시각에서 벗어나 소로가 개혁운동에 대해 갖는 의미를 더욱 폭넓은 관점에서 보게 되었다.

1886년에 쓴 두 번째 글은 완전한 존재가 될 수 있는 인간의 가능성과 개인의 중요성에 관련된 소로의 주된 철학사상을 검토하는 내용을 담고 있다. 이 글은 '시민불복종'의 중요성에 대해서도 관심을 이끌어냈다. 소로의 삶을 온당하게 다루는 전기가 필요하다고 여긴 솔트는 관련 정보를 얻기 위해 소로와 개인적으로 알았거나, 그의 책을 잘 아는 미국 사람들에게 편지를 쓰기로 했다. 소로의 친구였던 다니엘 리켓슨(Daniel Richetson; 1813~1896)에게 보낸 편지에서 밝혔듯이, 그는 책을 쓰는 주된 목적을 다음과 같이 말하고 있다.

"용어의 평범한 의미 그대로 비판보다는 해석을 하려는 것입니다. 소로 같은 진정한 천재의 경우, 그의 한계를 심하게 들춰내기보다는 감사하는 마음으로 받아들이는 것이 비평가의 의무라고 믿으니까요."

1890년 출간된 『헨리 데이비드 소로의 생애』는 소로의 인간적인 결함에 대해 분명히 밝히면서도 미국의 전기 작가들이 쓴 작품과는 달리 소로의 사상에 대해 공감하는 평가를 담고 있다. 소로를 잡글이나 쓰는 싸구려 작가로 묘사한 제임스 R. 로웰(James Russell Lowell; 1819~1891)[51]과는 대조적으로, 솔트는 그를 사려 깊은 예술가로 소개했으며, 소로의 문체와 유머감각, 역설을 즐겨 사용한 습

51) 생전에 미국 문학계를 지배했던 시인. 조지 우드베리(George Edward Woodberry), 에드먼드 C. 스테드먼(Edmond Clarence Steadman) 등으로 이어지는 평론가들은 그의 영향을 크게 받았다. 유명한 뉴잉글랜드 가문 출신으로 1838년 하버드 대학교를 졸업, 1840년 법학학위를 받았다. 1845년에는 『옛 시인들에 관한 대화』를 출판했는데, 여기에는 노예제도의 폐시, 유토피아적 이상주의에 대한 국가주의의 우월을 주장하는 내용을 담았다. 1855년 〈로웰 학회〉에서 한 영국 시인들에 관한 강연 덕분에 롱펠로에 이어 하버드 대학교의 어학교수로 임명되었다.

관까지 적당한 비중을 두어 다루었다.

솔트는 에머슨과 소로의 사상적 차이를 낱낱이 밝힘으로써 소로가 선배를 모방한 인물에 불과했다는 비난을 잠재워버렸다. 또한 솔트는 삶에 대한 소로의 철학에서 가장 중요한 사상을 어느 누구보다 완벽하게 찾아냈다.

제임스 R. 로웰

"만약 삶의 분투 속에서 짓눌리고 뒤틀리지만 않는다면, 각 개인의 마음에는 자기 나름의 고유한 자질을 키우고 타고난 기질을 마음껏 펼쳐나갈 공간이 있다."

솔트는 '개인의 노력으로 …… 사회를 개혁해야 한다.'는 『시민불복종』의 급진적인 주장을 밝히면서 그 중요성을 강조했다. 그리고 소로가 "우리 시대의 복잡한 문명이 야기한 가장 큰 위협, 즉 삶과 문학의 인위성에 대해 어느 누구보다 격렬하면서도 열정적으로 항의했다."고 주장하면서 끝을 맺는다.

솔트는 소로의 글을 추려내어 『노예제 반대 및 개혁 논설집』을 펴냈고, 1895년에는 『소로 선집』을 편집해서 출간했다. 더 많은 영국인들에게 소로를 소개하려는 생각에서였다. 1896년에는 그 전에 염가본으로 출간되었던 『헨리 데이비드 소로의 생애』를 개정판으로 펴냈다. 나아가 솔트는 동물에 대한 인도적인 처우(『동물권(Animals' Rights: Considered in Relation to Social Progress; 1894)』), 채식주의(『채식주의의 논리(The Logic of Vegetarianism; 1906)』), 감옥개혁, 세계 평화 등을 위해 운동하는 유명한 활동가가 되었고, 자연탐구에 관한 많은 책을 쓰기도 했다. 이렇듯 솔트의 모든 저작에는 소로의 고유한 흔적이 강하게 풍기고 있다.

솔트가 쓴 소로의 전기는 출간 당시부터 엄청난 부수가 팔린 건 아니지만 70년 넘게 소로의 생애와 사상에 관한 가장 중요한 자료로 그 역할을 톡톡히 했다. 이 전기는 지금까지도 출간되고 있을 뿐만 아니라 많은 소로주의자들에게 소로의 핵심 사상을 가장 종합적으로 평가한 책으로 여전히 인정받고 있다. 설령 이 책이 역사의 책장 구석에 처박힌 채 망각되었다 하더라도 1907년 남아프리카에서 변호사로 일하던 마하트마 간디도 이 책을 읽었다는 사실만으로도 오늘날 소로의 명성은 필연적인 결과였음을 알 수 있다.

* * *

이처럼 소로의 사상은 후에 간디에게도 크나큰 영향을 미쳤다.

"나는 소로에게서 한 분의 위대한 스승을,
「시민불복종」에서 내가 추진하는 운동의 이름을 땄다."

청년 변호사 마하트마 간디(Mahatma Gandhi ; 1869~1948)는 1893년 소송의뢰를 받고 떠난 남아프리카 공화국에서 백인에게 차별대우를 받고 있던 수많은 인도인들의 참상을 목격하게 된다. 이에 소명의식을 느낀 그는 인도인들의 지위와 인간적인 권리를 보호하고자 결심하고 남아프리카 연방 당국에 대한 인종차별 반대투쟁 단체를 조직하고 지도자로 활동했다.

이때부터 간디는 헨리 데이비드 소로와 레오 톨스토이의 저서들 『성서』, 『바가바드기타』라는 힌두교 경전과 그 외에 힌교두 문헌들을 바탕으로 '사티아그라하'(Satyagraha ; 진리의 힘)라는 개념을 만들었다. 마침내 1906년 남아프리카에서 최초로 일어난 비폭력저항운동인 '사티아그라하 투쟁'을 계기로 그는 8년 동안 차별법 폐지 운동을 전개해나갔다. 결국 아시아인 구제법이 제정되면서 남아프리카 트란스발에서의 인도인 차별법도 모두 폐지되었다. 이를 통해 간디는 민족의 구원, 인류 차별 반대를 위한 평화운동가로서 전 세계

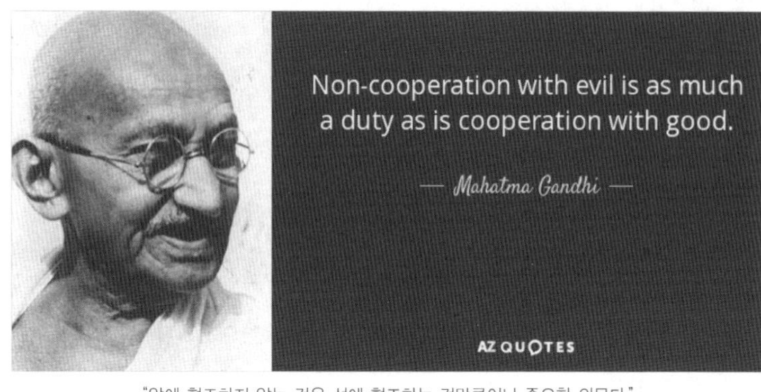

"악에 협조하지 않는 것은 선에 협조하는 것만큼이나 중요한 의무다."

적으로 주목을 받았다.

1919년 간디는 영국에 대한 인도인들의 비협력운동 방침을 세우고 납세 거부, 취업 거부, 상품 불매 등을 통한 비폭력 저항운동을 하다가 투옥되었다. 1924년 감옥에서 풀려난 뒤 그는 인도 전역을 돌아다니며 농촌구제운동을 펼쳤고, 1930년에는 소금세 신설 반대운동을 벌였고, 이로 인해 또다시 구금되었다. 1942년에는 영국 세력의 즉각적인 철퇴를 요구하여 공전의 대규모 반영불복종운동에 돌입했다. 이로 인해 73세의 고령으로 다시 체포되어 1년 9개월의 옥고를 치렀다. 1947년 7월, 마침내 인도의 독립이 이뤄진 이후 그는 종교의 융화를 위한 활동을 펼치넌 중 1948년 1월 30일 반(反)이슬람 극우파인 한 청년의 흉탄에 쓰러지고 말았다.

다음은 간디의 비폭력저항운동을 잘 보여주는 1920년 8월 12일의 연설 요지이다.

"여러분이 지금까지 많이 들어온 이 비협력운동이란 무엇이며, 왜 우리는 이 운동을 전개하려는 것일까요? 나는 비협력운동이 위헌이라는 말을 들어왔습니다. 나는 그 말을 감히 부정하는 바입니다.

오히려 나는 비협력운동은 정당하며 종교적인 교리라고 주장합니다. 그것은 모든 인간의 타고난 권리이며, 전적으로 합법적인 것입니다. 내가 말하려는 것은 내 친구 역시 폭력주의를 신봉하고 비폭력주의를 약자의 무기로 받아들이지만, 나는 비폭력주의가 최강자의 무기라고 믿습니다. 나는 무장하지 않은 채 적 앞에서 가슴을 드러내고 죽을 수 있는 사람이야말로 가장 강한 군인이라고 믿습니다.

나는 또 묻겠습니다. 경찰관이나 군인이 자신의 동포를 중상모략하는 정부에 복무하도록 명령받았다는 사실을 알고 사직서를 제출한다고 해서 그것이 위헌입니까? 내가 농민을 찾아가서 '정부가 당신을 돌보기 위해서가 아니라 힘을 약화시키기 위해 당신이 낸 세금을 쓴다면 당신이 세금을 내는 것은 현명하지 못한 일입니다.'라고 그에게 말하는 것이 위헌입니까? 거기에는 위헌적인 요소가 전혀 없다고 나는 감히 주장하는 바입니다. 더욱이 일생 동안 나는 이러한 일들을 해왔으며, 그것에 대해 합헌성 여부를 묻는 사람은 아무도 없었습니다.

나는 비협력운동의 전반적인 계획에는 위헌적인 요소가 하나도 없음을 말씀드립니다. 그러나 이 위헌적인 정부 앞에서, 그리고 위대한 헌법을 만들어낸 국가 앞에서, 인도 국민이 나약해져 굽실거리는 것은 매우 위헌적인 일이라고 감히 주장하는 바입니다. 즉 인도 국민이 그들에게 가해진 온갖 모욕을 참는다면 그것은 상당히 위헌적인 일이 될 것입니다. 인도의 7,000만 회교도들이 그들의 종교에 가해진 난폭한 비행에 굴복하는 것은 매우 위헌적인 것입니다. 전 인도인들이 가만히 앉아 펀자브의 명예를 짓밟은 부당한 정부에 협력하는 것은 대단히 위헌적인 일입니다.

여러분이 명예심을 가지고 있는 한, 대대로 전해져 내려온 숭고한 전통의 후손들이자 수호자들로 남아 있기를 원하는 한, 여러분이 비협력에 동참하지 않는다면 위헌이요, 우리의 현 정부처럼 매우 부당하게 되어버린 정부에 협력하는 것도 위헌입니다. 나는 영국인을 싫어하지 않습니다. 나는 반영주의자도 아닙니다. 나는 어떠한 정부에도 반대하지 않습니다. 그러나 나는 거짓과 속임수와 부정에 반대합니다. 정부가 부정을 저지르는 한, 그 정부가 나를 그들과 화해할 수 없는 적으로 간주해도 좋습니다.

협력이란 단지 정부가 여러분의 명예를 보호해주는 경우에 한해서만 의무인 것이며, 정부가 여러분의 명예를 보호해주기보다는 오히려 빼앗아갈 때는 협력하지 않는 것 또한 의무인 것입니다. 이것이 바로 비협력주의의 가르침입니다."

* * *

그리고 마틴 루터 킹(Martin Luther King Jr. ; 1929~1968)이 이끌었던 미국의 흑인 시민권 운동도 시민불복종 운동에서 빼놓을 수 없을 것이다. 킹 목사는 흑인들에 대한 차별 대우와 경제적 불평등을 보면서 이러한 현실을 어떻게 바꿀 수 있을지 고민했다. 당시 미국 사회 곳곳에서는 흑인에 대한 억압과 야만적인 상황이 빈발했다. 흑인은 공원에도, 영화관에도 들어갈 수 없었고, 백인이 가는 레스토랑에서 식사도 할 수 없었다. 그 밖에도 인종이 격리된 학교, 백인과 유색인종을 구별하는 식수대, 그리고 경찰의 만행과 법정에서의

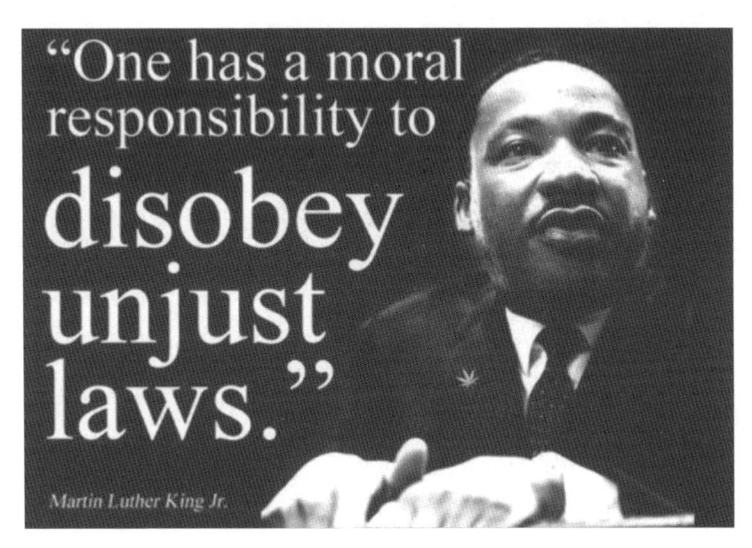

"인간은 정의롭지 않은 법에 복종하기를 거부할 도덕적 책임이 있다."

부당한 판결이 그들을 둘러싼 현실이었다.

그는 신앙에 바탕을 둔 사회 개혁을 꿈꾸며 예수의 사랑에 대한 가르침에 간디의 비폭력주의를 접합시켰다. 그의 비폭력주의는 단순한 평화주의가 아니라 저항은 하되 폭력은 사용하지 않는 것이었다. 이는 백인 기득권층과 정부의 공권력에 비해 압도적으로 열세에 있던 흑인들이 취할 수 있는 가장 효과적인 방법이라는 판단에서였다.

그는 평화로운 시민불복종을 연대 운동으로까지 확장시켰다. 그리하여 그는 1955년에 앨라배마 주 몽고메리에서 로자 파크스(Rosa Parks)가 버스에서 백인에게 자리를 양보하기를 거부한 데서 비롯된 버스 승차거부 운동의 지도자로 나섰다. 그날 흑인 지도자들은 긴급 모임을 갖고 〈몽고메리개혁촉진협회〉를 설립한 뒤 26세의 젊은 마틴 루터 킹을 회장으로 선출했다.

그는 "그동안 참아만 왔던 분노의 감정을 더 이상 숨기지 말고 이제야말로 솔직하게 나타내고 일어서야 한다."고 선언했다. 하지만 어디까지나 '항의라는 무기'를 사용해야지 폭력은 안 된다면서 비폭력 저항운동을 강조했다. 이 운동 중에 마틴 루터 킹을 비롯해 많은 사람들이 체포되었으나, 결국 1956년 미국 연방대법원은 버스, 식당, 학교 및 공공장소에서 사람을 인종에 따라 분리하는 것은 위헌이라고 판결했다. 그는 이러한 비폭력주의에 입각한 민권 운동의 공로를 인정받아 1964년에 노벨 평화상을 수상했다. 1968년 4월 4일 고난주간 성목요일에 한 남부 백인이 쏜 총탄에 맞아 숨을 거둘 때까지 그는 비폭력주의에 입각한 사랑과 정의를 몸소 실천한 인물이었다.

다음은 1963년 8월 28일, 워싱턴의 〈링컨 기념관〉 광장에서 25만 명이 운집한 청중들에게 행한 명연설 '나에게는 꿈이 있습니다.'의 발췌문이다.

"나는 오늘 우리나라 역사에 가장 위대한 행진으로 기록될 행사에 여러분과 함께 참가한 것을 기쁘게 생각합니다. 백 년 전에 위대한 한 미국인이, 오늘 우리는 그를 상징하는 건물의 그늘에 서 있습니다만, 노예해방선언서에 서명을 했습니다. 이 역사적인 선언은 불의의 불꽃에 그슬려온 수많은 흑인 노예들에게 위대한 희망의 횃불이었습니다. 이 선언은 노예로서 살아온 기나긴 밤의 끝을 알리는 기쁨에 찬 여명이었습니다.

그러나 백 년이 지난 후, 흑인들은 여전히 자유롭지 못합니다. 백 년이 지난 후에도, 흑인들은 슬프게도 여전히 격리라는 쇠고랑과 차별이라는 쇠사슬에 얽매여 제대로 생활을 할 수 없습니다.

나는 오늘 나의 친구인 여러분들에게 우리가 오늘도, 내일도 그런 어려움을 겪을지라도 이렇게 말하겠습니다. '나에게는 여전히 꿈이 있다.'고 말입니다. 그것은 '아메리칸 드림' 속에 깊숙이 뿌리박힌 꿈입니다. 나에게는 꿈이 있습니다. 언젠가 이 나라가 모든 사람은 평등하게 태어났다는 것을 명백한 진실로 여기고, 그 진실한 신념의 의미를 갖는 날이 오는 꿈입니다.

나에게는 꿈이 있습니다. 언젠가는 조지아의 붉은 언덕 위에서 노예들의 후손과 노예 소유주들의 후손이 형제처럼 식탁에 함께 둘러앉아 살게 되는 꿈입니다. 나에게는 꿈이 있습니다. 학대와 불공평의 열기가 이글거리는 미시시피 주조차도 언젠가 자유와 정의의 안식처로 바뀌는 꿈입니다. 나에게는 꿈이 있습니다. 나의 아이들 4명이 피부색이 아니라 인격으로 능력을 평가받는 나라에 살게 될 날이 올 것이라는 꿈입니다.

오늘 나에게는 꿈이 있습니다! 지금은 악의적인 인종차별주의들이 있으며, 주지사의 입에서 주권우위설(州權優位說)[52]과 무효(nullification)라는 말만 쏟아져 나오는 바로 저 앨라배마 주에서도 흑인 소년소녀들이 백인 소년소녀들과 형제자매로서 손을 잡게 될 날이 오리라는 꿈입니다.

자유의 종을 울리시오. 뉴햄프셔의 거대한 산꼭대기로부터 자유의 종소리가 울려 퍼지게 합시다. 뉴욕의 웅대한 산봉우리에서 자유의 종을 울립시다. 펜실베이니아의 높은 앨러게니 산맥에서 자유의 종을 울립시다. 콜로라도의 눈 덮인 로키 산맥에서 자유의 종을 울립시다. 캘리포니아의 구불구불한 비탈길에서도 자유의 종을 울립시다. 그러나 그것만이 아닙니다. 조지아의 스톤 산(Stone Mountain)에서도 자유의 종을 울립시다. 테네시의 룩아웃 산(Lookout Mountain)에서도 자유의 종을 울립시다. 미시시피의 모든 언덕과 구릉지에서도 자유의 종을 울립시다. 모

52) Interposition; 각 주(州)는 연방 정부의 조치에 반대할 수 있다는 주의

든 산등성이에서 자유의 종소리가 울려 퍼지게 합시다.

우리가 자유의 종을 울릴 때, 모든 가정과 시내에서, 모든 주요 도시에서 자유의 종을 울릴 때, 우리는 하나님의 모든 자녀들, 흑인과 백인들이, 유태인과 이교도들이, 신교도와 구교도들 모두가 손에 손을 맞잡고, 그 옛날 흑인영가를 앞당겨 부를 것입니다. '드디어 자유다! 전능하신 하나님 감사합니다. 우리는 드디어 자유다!'"

* * *

끝으로 소개할 인물은 '용서와 화해의 상징'이자 '20세기 아프리카 인권의 상징'으로 추앙받는 남아프리카공화국 최초의 흑인 대통령 넬슨 만델라(Nelson Rolihlahla Mandela ; 1918~2013)이다. 부족장의 아들로 태어나 1940년 〈포트헤어 대학교〉(Fort Hare University)에서 법학을 전공하던 그는 흑인들의 비참한 현실을 깨달으면서 학생운동을 벌이다 퇴학당했다. 그는 다시 1943년 〈비트바테르스란트 대학교〉(Witwatersrand University)에 입학했고, 1952년 변호사 시험에 합격하여 흑인 최초로 법률상담소를 열어 흑인들의 희망이 되었다.

정부의 '인종분리정책'(Apartheid ; 아파르트헤이트)에 맞서 싸우던 만델라는 1956년 시민불복종 캠페인 '자유헌장'의 작성 등에 관련되어 반역죄로 기소되지만 무죄로 석방된다. 1960년 70여 명이 숨지는 끔찍한 '샤프빌 대학살'(Sharpeville massacre) 당시에는 체포되어 5년형을 선고받았다. 수감 중이던 그는 1964년에 사보타주와 폭력혁명을 획책한 혐의로 다시 재판을 받게 된다. 만델라는 이 재판에서 감동적인 자기변호를 펼쳤다.

다음은 1964년 4월 20일, 사보타주 혐의로 재판을 받을 때 자기를 변호하면서 한 명연설이다.

> "재판장님, 남아프리카공화국은 누구를 위한 국가입니까? 남아프리카공화국에 흑인의 자리는 어디에 있습니까? 국민의 가슴에 총을 겨누는 국가는 어디에 있습니까?
> 이 법정에 서야 할 사람은 제가 아니라, 이 국가의 백인 정부입니다. 백인만을 위한 법을 만들고, 흑인을 착취하여 인간과 인간 사이에 차별을 만든 이 국가의 정부가 죗값을 치러야 합니다.
> 저는 사랑하는 남아프리카공화국이 모두가 평등한 민주국가가 되도록 양심에 따라 행동했습니다. 국가가 국민을 무력으로 진압한다면 반대로 국민도 국가를 상대로 무력을 행사할 수 있습니다. 우리는 우리의 생존을 위하여 투쟁했던 것입니다.
> 저는 남아프리카공화국에 자유와 평등, 진정한 민주주의가 오는 그날까지 투쟁을 계속할 것입니다."

다음은 그가 오랜 감옥 생활을 끝내고 석방된 날 행한 연설이다.

"동지들, 동포 여러분, 오늘 저는 인류 전체의 평화와 민주와 자유의 이름으로 여러분 모두에게 인사합니다. 지금 저는 예언자가 아니라 여러분의 충직한 하인으로 이 자리에 서 있습니다. 여러분의 영웅적 희생이 없었다면, 오늘 저는 감히 이 자리에 설 수 없었을 것입니다. 그렇기 때문에 저는 앞으로 남은 인생을 여러분의 손에 맡기겠습니다.

우리가 1960년 〈아프리카 민족회의〉(ANC ; African National Congress)에서 '국민의 창'[53]을 결성하고 무장투쟁에 나선 것은 폭력을 서슴지 않는 아파르트헤이트에 맞서기 위한 정당방위였습니다. 우리가 무장투쟁에 나설 수밖에 없었던 원인, 즉 백인 정부의 차별과 억압은 오늘날에도 고스란히 남아 있습니다. 그러므로 우리에게 다른 선택은 있을 수 없습니다. 하지만 저는 조만간 협상의 분위기가 무르익고 더 이상 무장투쟁이 필요 없는 상황이 오기를 간절히 바라고 있습니다.

정부는 지금 당장 국가비상사태를 중단해야 합니다. 그리고 정

53) 주군사조직 〈Umkhonto we Sizwe〉(Spear of the Nation)

치범 전원을 아무 조건 없이 석방해야 합니다. 자유로운 정치활동이 보장되는 상황에서만, 우리는 국민의 뜻을 물을 수 있고 국민의 대표자로서 정부와 협상에 나설 수 있기 때문입니다. 협상의 대표자를 뽑고 협상의 내용을 결정하기 위해서는 반드시 우리 국민의 뜻을 물어야 합니다. 국민의 머리꼭대기에서, 국민의 등 뒤에서 이뤄지는 협상은 아무 의미가 없습니다. 인종과 상관없이 오직 민주적으로 선출된 집단만이 우리나라의 미래를 결정할 수 있습니다. 인종격리정책의 폐지를 논의하는 자리에서는 반드시 우리 국민의 간절한 염원을 밝혀야 합니다. 민주적이고 인종차별이 없는 하나의 남아프리카를 세우자는 우리 국민의 간절한 염원 말입니다. 인종격리정책의 불평등 체제를 종식하고 이 나라의 민주주의를 뿌리내리게 하려면, 백인의 권력독점을 끝내고, 우리나라의 정치 및 경제구조를 근본적으로 바꿔야 합니다."

만델라는 변호사로 편하게 살 수 있었으나 인종차별 철폐운동의 투사가 되어 가시밭길을 걸었다. 백인 정부는 그가 흑인자치구에서 거주하고 무장투쟁을 포기하면 석방시켜 주겠다고 설득했지만 만델라는 달콤한 제안을 거부하고 종신형을 받아 감옥살이를 계속한 것이다. 그러나 백인 정부는 흑인들의 지속적인 투쟁과 국제적인 압

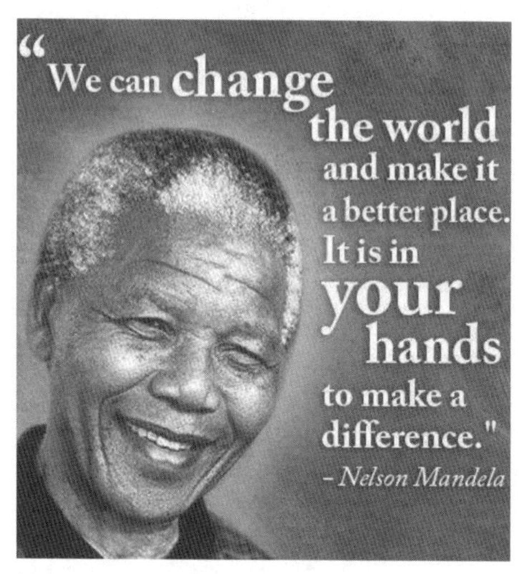

"우리는 세상을 변화시켜 더 나은 곳으로 만들 수 있습니다. 변화를 만드는 것은 바로 여러분 손에 달려 있습니다."

력에 굴복하여 결국 1990년 2월 만델라를 석방했다. 석방 후에는 대화와 타협을 통해 새로운 역사를 만들어낸 공적으로 마침내 1993년 '노벨평화상'을 수상했다.

그 후 1994년 4월에는 남아공에서 최초로 흑인이 참여하는 자유 총선거가 치러졌다. 여기서 만델라는 남아프리카공화국 최초의 흑인 대통령으로 당선되었지만, 백인들에 대한 일체의 정치적 보복을 하지 않았으며 흑백화합을 위해 노력하고 실천했다. 또한 대통령직에서 물러날 때도 "나는 내 국민과 조국을 위해 내가 해야 할 의무를 했다고 느끼기에 이만 물러갑니다."라며 아름다운 퇴장 모습을 보여주었다.

— 김대웅 해설

제 2 권

헨리 데이비드 소로의 정치관

헨리 데이비드 소로는 노예제도에 대해 격렬히 반대했으며 노예제 폐지를 적극적으로 지지했다. 그는 〈언더그라운드 레일로드〉[54]에 참여하여 '도주노예법'을 비판하는 강의를 하였으며 당시에 대중적 여론과는 반대 입장을 취하여 급진적인 노예제도 폐지론자인 존 브라운과 그가 이끄는 단체를 지지하였다. 실패로 끝난 하퍼스 페리 습격 이 주 뒤, 그리고 브라운의 처형으로 이어지는 몇 주 동

54) The Underground Railroad; 19세기 초에서 남북전쟁 직전까지 활동한 일종의 비밀결사로 아프리카출신 미국 흑인노예들이 노예제도를 인정하지 않는 주와 캐나다 등지로 탈출하는 것을 도왔다. —옮긴이 주

안 소로는 매사추세츠 콩코드 시민들을 상대로 미국정부를 본디오 빌라도(Pontius Pilate)[55]에 비유하여 브라운의 처형은 예수를 십자가에 매달아 죽인 것과 같다는 내용의 연설을 했다.

존 브라운(1800-1859)

"약 1,800년전 그리스도가 십자가에 매달려 처형됐습니다; 오늘 아침 모르긴 몰라도 캡틴 브라운이 교수형에 처해졌습니다. 이 사건들은 서로 이어져 있는 일련의 사건의 두 단면입니다. 그는 더 이상 올드 브라운이 아니라 빛의 천사입니다."

「존 브라운의 최후의 날」에서 소로는 존 브라운의 언행이 숭고하고 영웅주의의 표상이었다고 썼다. 덧붙여 브라운과 그의 계획을 무시한 신문기자들을 "제정신이 아닌" 사람들이라고 안타까워했다.

소로는 작은 정부와 개인주의의 옹호론자였다. 그는 인류는 자

55) 폰티우스 필라투스; 예수가 생존 했을 당시인 티베리우스 황제 통치기 유대의 총독 — 옮긴이 주

기 개선을 통하여 "전혀 통치하지 않는" 정부를 가질 수 있다는 희망을 갖고 있었지만 "당장 정부를 없애자고 하는 것이 아니라 지금 바로 더 좋은 정부를 만들자는 것"이라며 그 시대의 "정부를 인정하지 않는 사람들", 즉 아나키스트들과는 거리를 두었다. 소로는 절대왕정에서 입헌군주제 그리고 민주주의로 진화하는 것을 "개인을 진정으로 존중하는 방향"으로 나아가는 진보로 보았으며 그 이후의 발전과정을 "인간의 권리를 인정하고 제도화하는 것"으로 이론화했다. 이러한 신념에 의거해 그는 논리를 이어 나간다: "국가가 개인을 모든 권력의 근원으로 보고 이러한 관점에서 개인을 더 높고 독립적인 권력의 주체로 인정할 때 비로소 국가는 진정으로 자유롭고 계몽적인 국가가 된다."

소로는 부당하게 집행되는 권한에 대한 저항은 (존 브라운에 대한 그의 지지에서와 같이) 폭력적이거나 (시민정부에 대한 저항에서 나타난 조세 저항처럼) 비폭력적일 수 있다고 생각했지만 "녹슨 칼이나 칼집에서 칼을 꺼낼 수 없는 무능으로 우리의 평화를 공언하지 말고 최소한 평화가 스스로 칼을 갈아 날카롭게 빛나도록 하자"며 평화주의자들의 무저항을 복종으로 간주하였다. 나아가 1841년 공식적인 청문토론회에서 그는 "물리력을 동원한 저항은 정당하지 아니한가?"라는 긍정적 반어법으로 문제를 제기한다.

마찬가지로 멕시코-미국전쟁에 대한 그의 비난은 평화주의에 기인한 것이 아니라 오히려 멕시코를 "외국 군대가 부당하게 침략 정복하는 것"은 노예제도를 인정하는 지역이 확대되는 것으로 보았기 때문이다.

소로는 산업화와 자본주의에 대해서는 엇갈리는 생각을 가지고 있었다. 그는 한편으로 상업을 "예상외로 확실하고 평화적이며 흥미진진하고 싫증나지 않는 것"으로 간주하고 상업과 연관된 세계시민주의에 대해 경의를 나타냈다:

"나는 화물열차가 덜컹거리며 스쳐 지나가면 마음이 후련하고 롱 와프28)에서 샘플레인 호수29)에 이르기까지 냄새를 풍기며 지나가는 상품들의 냄새를 맡으면 외국의 여러 지역들, 산호초, 인도양, 열대기후 그리고 지구의 광대함으로 떠올린다. 나는 내년 여름 뉴잉글랜드에 사는 수많은 사람들이 쓰고 다닐 모자를 만드는 재료인 야자수 잎을 보면 더욱 더 세계시민임을 느낀다."

반면에 그는 공장제도에 대해서는 경멸하는 태도를 보였다:

"나는 공장제도가 우리가 의복을 마련할 수 있는 최선의 방법이라고 생각하지 않는다. 공장노동자들의 노동조건은 나날이 영국이 그것과 비슷해지고 있으며 내가 보고 들은 바로는 주 목적이 인류를 잘 입히자는 것이 아니라 기업을 부유하게 만드는 것이라는데 의심의 여지가 없다."[56] [57]

소로는 또한 생물지역주의와, 동물과 야생지역의 보호, 자유무역 그리고 학교와 도로를 위한 세금을 지지하였다. 그는 미국 인디언들에 대한 정복, 노예제도, 기술지상주의, 소비지상주의, 속물주의, 대중오락, 분별없는 기술의존에 반대하였다.

56) Long Wharf. 메사추세츠 보스톤 항구에 있는 선창지역 —옮긴이 주

57) Lake Champlain. 뉴욕주와 버몬트주 그리고 북쪽으로 캐나다 퀴벡주 사이에 있는 길이 263km, 면적 1,330km^{2}의 큰 호수 —옮긴이 주

존 브라운을 위한 청원(1859)[58]

나는 여러분들이 내가 여기 와 있는 것을 용서하리라고 생각합니다. 내 생각을 여러분에게 강요하고 싶지 않습니다만 내 자신이 이렇게 하지 않을 수 없었습니다. 나는 캡틴 브라운[59]에 대해 아는 바가 별로 없지만 그의 품성과 행동을 높이 사는 바, 신문과 우리 일반 미국인들의 논조나 발언을 바로 잡기 위해 내 역할을 기꺼이 하겠습니다. 옳은 일은 하는 데는 아무 것도 필요 없습니다. 우리는 최소한 캡틴 브라운과 그의 동지들에게 지지와 경의를 표할 수 있습니다. 나는 그것을 제안하는 바입니다. 우선 그의 과거사를 말씀드리겠습니다. 여러분들이 읽은 것 가운데 가능한 많은 부분을

---

58) 이 글(A Plea for Captain John Brown)은 헨리 데이빗 소로의 에세이이다. 이 에세이는 존 브라운이 하퍼스 페리를 습격한지 2주 뒤인 1859년 10월 30일 메사추세츠 콩코드에서 처음으로 했고 이후 1859년 12월 2일 브라운이 처형될 때까지 반복된 연설에 바탕을 두고 있다. 이 에세이는 1860년에 나온 『하퍼스 페리의 메아리』의 한 부분으로 나중에 출판되었다. —옮긴이 주

59) 흑인노예 출신의 개혁운동가이자 노예제도 폐지론자인 프레데릭 더글라스(Frederick Douglass)가 존 브라운을 캡틴 브라운으로 부른 이후 그의 애칭이 되었다. —옮긴이 주

생략하고 말씀드리겠습니다. 여러분들 대부분이 그를 보아왔고 또 쉽게 잊지 않을 것이기 때문에 그가 어떤 사람인지 일일이 말씀드릴 필요는 없을 것입니다.

나는 그의 조부인 존 브라운이 미국독립전쟁 당시 장교였던 것으로 알고 있습니다. 그는 금세기 초 코네티컷에서 태어났으며 어렸을 때 부친과 함께 오하이오로 갔습니다. 나는 부친이 1812년 전쟁 당시 그곳에 주둔하던 군대에 쇠고기를 계약 공급했다고 그가 말하는 것을 들었습니다. 그는 아버지를 따라서 부대에 갔고 거기서 직접 군인이 된 것 이상으로 군대생활에 관하여 많은 것을 보면서 부친이 하던 일을 도왔습니다. 그는 종종 장교들의 모임에도 참석했습니다. 그는 특히 야전에서 군대가 보급을 받아 생존하는 방법을 체험을 통해 알게 되었습니다. 그는 보급이 전투에서 병사들을 지휘하는 것만큼이나 경험과 숙련된 기술을 필요로 한다는 것을 알게 되었습니다. 그는 전쟁에서 총알을 한 발 쏠 때 돈이 얼마나 드는지 등의 금적적 비용개념을 알고 있는 사람들이 별로 없었다고 말했습니다. 어쨌든 그는 군대 생활에 대해 역겨움을 느끼고 극도로 혐오할 만큼 충분히 많은 것을 보았습니다. 그런 연유로 18세 때 군대에 하급 장교 자리를 제안 받았지만 사양했을 뿐만 아니라 경고를 받고도 훈련을 거부해 벌금을 물었습니다. 이때 그는 자유를 위한 전

'피의 캔자스'(1854-59)

쟁이 아닌 한 어떤 전쟁에도 참여하지 않겠다고 결심했습니다.

캔자스에서 유혈사태[60]가 벌어졌을 때, 그는 노예제도 폐지를 지지하는 주의 주민들을 지원하기 위해 아들 몇 명을 보유하고 있던 무기로 무장시켜 그곳에 보내면서, 사태가 확대되어 도움이 필요하면 뒤따라가 물심양면으로 돕겠다고 말합니다. 여러분들이 아시다

60) 1854년 노예제도 존폐여부를 주민투표에 맡긴다는 취지로 제정된 캔자스-네브라스카법으로 야기된 유혈사태로, 노예제 찬성론자가 반대론자를죽이자 보복이 이러나 커다란 참사로 이어졌으며, 1854년에 시작되어 남북전쟁 직전까지 간헐적으로 지속되었다. —옮긴이 주

시피 그는 곧바로 그 일을 합니다. 캔자스가 노예제도를 폐지한 데는 어느 누구보다 그의 역할이 컸습니다.

그는 한동안 측량사로 일했으며 목양업에 종사하기도 했고 목양업자들을 대표해 유럽을 방문하기도 했습니다. 어디서나 마찬가지로 거기서도 그는 주위를 면밀히 살펴보고 새로운 것들을 발견하였습니다. 예를 들면 그는 영국의 토양은 왜 비옥하고 독일의 토양은 왜 척박한지 그 원인을 알아냈고 그에 관련한 내용을 몇몇 고위층 사람들에게 편지로 알려주려고 했다고 말했습니다. 그 이유는 영국에서는 농민들이 농토에서 거주하고 있기 때문이라고 했습니다.

나는 헌법을 존중하고 우리 북부 연방의 영속성을 존중했다는 점에서 그를 구시대적 인물이라고 하지 않을 수 없습니다. 그가 볼 때 노예제도는 이런 것에 전적으로 반하는 것이었으며 그는 노예제도에 완강히 맞선 사람이었습니다.

그는 대대로 뉴잉글랜드에서 농사를 지어오던 집안에서 태어나 농부가 되었으며 훌륭한 상식을 갖추었고, 농부들이 대개 신중하고 현실적인데, 그는 열 배는 더 그랬습니다. 그는 콩코드 브릿지, 렉싱턴 커먼, 그리고 벙커 힐[61]에서 서 있었던 사람들 가운데 가장 훌륭한 인물과도 비교될 수 있으며 제가 우연히 들은 바로는 거기에 있던 사람들 가운데 어느 누구보다도 더 단호하고 고결하게 원칙을 지켰습니다. 그를 전향시킨 것은 폐지론을 설파한 사람들이 아닙니다. 이선 앨런과 스타크[62]는 몇 가지 점에서 브라운과 비교될지 모르지만 두 사람은 덜 고결하고 덜 중요한 전장에 있었습니다. 그들은 조국의 적들과 용감히 맞섰지만 브라운은 조국이 옳지 않을 때 조국과 맞서는 용기를 보여주었습니다. 서구의 어떤 작가는 브라운이 수많은 위기에서 벗어났던 것을 설명하면서 중부 대평원지대에서도 영웅은 당연히 도시 사람들의 옷만 입어야 하는 것처럼 돼 있지만 그는 "촌스런 외모" 속에 숨겨져 있었다고 말하고 있습니다.

브라운은 역사와 전통을 자랑하는 하버드 대학에 가지 않았습니다. 그는 거기서 가르치는 지식을 배워 성숙하지 않았습니다. 그는 하버드 대학을 높이 평가하였지만 "내가 문법을 모르는 것은 당신들의 송아지 가운데 하나를 모르는 것과 같다"고 했습니다. 그는

61) 열거된 세 군데 지명은 미국독립전쟁의 시작과 전승을 기념하는 장소들이다. －옮긴이 주
62) 미국 독립전쟁 당시 전쟁 영웅인 에단 알렌(Ethan Allen)과 존 스타크(John Stark) －옮긴이 주

서부의 광대한 대학[63]으로 가서 거기서 열심히 자유를 공부했으며 여러분 모두가 아시다시피 일찍이 그런 자유에 대해 애착을 보였고 많은 공부를 하여 마침내 캔자스에서 인류애를 위한 대중적 실천을 시작하였습니다. 그의 인문학은 문법공부가 아니라 그런 것이었습니다. 그는 그리스어 악센트는 틀리게 표시하였지만 쓰러진 인간은 똑바로 일으켜 세우곤 했습니다.

우리가 수도 없이 들었지만 그는 우리들 가운데 대부분은 보지 못한 부류 즉 청교도들 가운데 한 사람이었습니다. 그를 죽이는 것은 헛된 짓이 될 것입니다. 그는 벌써 크롬웰의 시대에 죽었고 여기 다시 나타났습니다. 왜 그가 죽어서는 안 되냐고요? 일부 청교도들이 뉴잉글랜드로 건너와 정착했습니다. 그들은 특이한 방식으로 조상들의 날을 기념하는데 그들은 그 시절을 기억하기 위해 볶은 옥수수를 먹습니다. 그들은 민주당원도 공화당원도 아니고 소박한 삶을 누리며 솔직하고 신앙심이 깊은 사람들로 신을 두려워하지 않는 통치자들을 대단찮게 여기며, 약속을 남발하지도 않고 당선가능성이 있는 후보자들을 찾으려고도 하지 않습니다.

63) 제도적인 교육기관으로서의 대학이 아니라 서부의 광활한 농촌지역을 의미한다. —옮긴이 주

나 자신도 들은 바 있지만 최근 어떤 이가 이렇게 기록했습니다: “그의 진영에서 그는 신성모독을 용납하지 않고 도덕성이 흐트러진 사람이라면 거기 남아 전쟁포로로 고통을 당하지 않았을 것입니다. 그는 ‘나는 차라리 도덕률을 지키지 않은 사람보다는 천연두, 황열병, 콜레라 환자들과 함께 있겠습니다. 약자를 괴롭히는 사람들이 최강의 전사이며 그들이 남부지역 사람들과 싸우는데 가장 적합한 사람이라고 생각하는 것은 우리 쪽 사람들의 실수입니다. 저에게 도덕적 원칙을 가진 사람들, 신을 두려워하는 사람들, 자존심을 가진 사람들을 보내주십시오. 저는 그런 사람 십 여 명만 있으면 보더 루피안[64]들 수 백 명과도 맞서 싸우겠습니다.’라고 하였다.” 그는 어떤 사람이 부하가 되겠다면서 찾아와 스스로 무엇을 할 수 있고 무엇을 할 것인지 이야기할 때, 적을 찾아내는 것만 할 수 있다고 하면 그런 사람은 마음속에 확신이 거의 없는 것이라고 했습니다.

그는 입대시킬 만한 이십 여명 이상의 응모자들을 찾기 어려웠으며 자신의 아들을 포함해서 그 중에 겨우 십 여 명에 대해서만

64) 보더 루피안(Border Ruffians)은 노예제도 찬성론자로 폭력적인 방법으로 캔자스주에서 노예제도 찬성을 강요하였고 노예해방론자들을 공격하였다. —옮긴이 주

확실한 믿음을 가질 수 있었습니다. 몇 해 전 그가 이곳[65]에 있을 때 그는 캔자스에 있는 그의 부대원들의 이름과 그들이 지키기로 한 규칙을 적은 몇 권의 원고철 — 그가 "명령부"라고 불렀던 것으로 기억하는데 — 을 보여주었습니다. 그리고 그는 그들 가운데 몇 사람은 혈서로 서약을 했다고 말했습니다. 누군가가 목사만 한 명 있으면 영락없는 크롬웰 군대가 될 것이라고 말했을 때 그는 예배를 훌륭하게 인도해 줄 사람을 찾을 수 있다면 명단에 목사가 한 명 들어가는 게 좋겠다고 말했습니다. 미국 군대를 위해 한 사람을 찾는 것은 참으로 쉬운 일입니다. 나는 그럼에도 그가 아침저녁으로 영내에서 기도를 했다고 생각합니다.

그는 스파르타적인 생활습관을 가진 사람이었으며 나이 예순에도 군인이나 공인으로서 공개된 삶을 사는데 적응하려는 사람처럼 거친 음식으로 소식을 해야 한다면서 양해를 구하고 식사자리에서도 흐트러짐을 잃지 않았습니다.

보기 드문 상식을 가진 갖춘 사람이자 말과 행동이 단순명쾌하

65) 매사추세츠 주 콩코드 —옮긴이 주

고 이상과 원칙에 따라 모든 것을 초월한 사람, 그것이 그의 남다른 점이었습니다. 그때그때의 기분이나 일시적 충동에 따라 움직인 것이 아니라 인생의 목표를 일관되게 추구했습니다. 나는 그가 과장하지 않고 절제하여 말한다는 것을 알았습니다. 나는 그가 여기서 연설을 할 때 억눌린 울분을 조금도 드러내지 않고 그의 가족들이 캔자스에서 겪었던 일을 언급한 것을 기억합니다. 화산에 난로연통을 달아놓은 것 같았습니다. 그는 노련한 군인처럼 분노와 의미를 절제하고 말을 아껴 보더 루피안들의 만행 대해서도 "그들은 교수형에 처해질 완벽한 권리가 있다"고 언급하였습니다. 그는 결코 꾸며서 말하는 사람이 아니었으며 인기를 끌기 위한 말이나 유권자들의 환심을 사기 위한 연설을 하지 않았습니다. 단순한 진실을 말하고 그의 결의를 전달하는 것 외에 다른 말을 만들어낼 필요가 없었습니다. 그렇기 때문에 그는 비할 데 없이 강해 보였으며 의사당과 다른 곳의 웅변가들은 제가 보기에 한 수 아래였습니다. 그것은 크롬웰의 연설을 어떤 평범한 왕의 연설에 비교하는 것과 같습니다.

그의 기지와 사려분별에 대해서는 이것만 이야기하겠습니다. 노예제도를 폐지한 주에서 캔자스까지 남자 혼자 무기를 빼앗기지 않고 알려진 길로 가는 것이 드물었던 시절, 그가 모을 수 있었던 보잘 것 없는 총을 비롯한 무기들을 감추어 싣고 겉보기에는 측량사를 가장하여 측량장비가 보이도록 실은 소달구지를 여봐란 듯 천천히 몰고 미주리를 통과하면서 의심을 받지 않고 적의 작전계획을 충분히 파악하게 됩니다. 도착해서 한 동안 그는 측량사 역할을 합니다. 예를 들면 당시 평원지대에서 루피안 무리들이 모여 중요한 문제를 논의하고 있는 것을 발견하곤 아들 한 명과 측량장비를 챙겨 그 무리들이 비밀회의를 하고 있는 곳을 지나는 가상의 선을 따라가다 그들과 마주치면 자연스럽게 멈춰서 이야기를 하고 새로운 소식과 종당엔 그들의 작전계획까지 완벽하게 파악한 뒤 그 가상의 선을 따라 측량을 완료하고 그들의 보이지 않는 곳까지 내쳐 갔습니다.

내가 그에게 많은 현상금이 걸려 있고 관련자들을 비롯해서 많은 사람들이 적대적인 상황에서 캔자스에 가서 살 수 있겠냐고 놀라움을 나타내자 그는 "내가 받아들여지지 않을 것이라는 걸 잘 알고 있다"고 말했습니다. 그의 존재가 드러나면서 가난과 질병으로 고통 받으며 늪지대에서 숨어 지낸 몇 년 동안 내내 그의 곁에는 인디언과 소수의 백인들 밖에 없었습니다. 그러나 그가 늪지 어디에 있는지 노출될 수도 있었지만 그의 적들은 한결 같이 그를 쫓아가 잡으려 하지 않았습니다. 그는 심지어 노예해방론자들보다 보더 루피안들이 많은 시내로 나와 거리낌없이 그리고 방해받지도 않고 거래를 했습니다. 그는 여기에 대해 "작은 무리들은 싸우려고 하지 않고 큰 집단은 제때에 모일 수 없기 때문"이라고 설명했습니다.

최근에 있었던 그의 실패에 대해서 우리는 사실을 제대로 알지 못합니다. 그것은 결코 무모하고 자포자기적인 공격 아니었습니다. 그의 적인 밸런디검 씨도[66] "그것은 실패했지만 가장 잘 기획된 작전"이라고 하지 않을 수 없었습니다.

그의 다른 성공은 말할 것도 없이, 목에 현상금이 걸려 있는 사람이 십 여 명의 사람들을 노예상태에서 구출해, 그들과 함께 적대적인 사람들도 알아볼 수 있도록 백주대낮에, 몇 달 혹은 몇 주 동안 느릿느릿 북쪽으로 가는 여정의 절반은 도중에 법정에 들러 자신한 한 일을 이야기하면서, 그렇게 해서 미주리에서는 마을에 노예들을 두는 것이 이득이 될 게 없다는 것을 확신시킨 것이 실패입니까? 아니면 작전의 미숙함을 보여주는 것입니까? 이것은 정부의 말단관리들이 관대했기 때문이 아니라 그를 두려워했기 때문입니다.

---

66) 클레멘트 발렌디검(Clement Laird Vallandigham; 1820-1871)은 당시 오하이오주 출신 하원의원으로 브라운을 심문한 위원회의 일원이었다. 남북전쟁이 일어나자 전쟁에 반대하고 남부와 평화협상을 주장하여 군법회의에 기소되었으나 남부로 망명하였다. ―옮긴이 주

그러나 그는 자신의 성공을 어리석게 '타고난 운'이나 어떤 특별한 능력의 탓으로 돌리지 않았습니다. 한 탈주자가 고백했듯이 브라운은 많은 사람들이 그 앞에서 겁에 질리는 이유는 자신과 자신을 따르는 사람들이 항상 입고 있던 갑옷이라고 할 수 있는 도덕적 명분이 그들에게는 결핍되었기 때문이라고 말했습니다. 결정적인 순간에 잘못되었다고 생각하는 것을 막기 위해 목숨을 내놓으려하는 사람은 거의 없습니다. 그들은 그것이 이승에서 남길 마지막 일이 되는 것을 원치 않았던 것입니다.

시간이 없으니 그가 마지막으로 한 일과 그 영향에 대해 서둘러 이야기하겠습니다.

신문들은 북부 전체를 통틀어 브라운과 브라운이 한 일에 대해서 여기 이 연사처럼 이야기하는 사람들이 마을마다 최소한 두세 명씩은 있다는 사실을 외면하거나 아예 모르고 있습니다. 나는 주저하지 않고 그런 사람들이 중요하고 숫자도 늘어나고 있다고 말하고 싶습니다. 우리는 역사와 성경을 읽는 체 하지만 우리가 숨 쉬며 사는 집과 일상의 소중함을 훼손하며 어리석고 소심한 노예와는 다른 존재가 되기를 원합니다. 불안한 정치인들은 열일곱 명의 백인과 다섯 명의 흑인만이 최근의 사태에 관여했다고 밝힐 수도 있습니다. 그러나 이렇게 밝히면서 그들이 느끼는 불안이 바로 모든 것을 제대로 진술하지 않았다는 것을 스스로 보여주고 있습니다. 왜 그들은 진실을 외면합니까? 그들은 진실을 어슴푸레 의식하기 때문에 진실이 승리하였을 때 최소한 백만 명의 미국의 자유민들이 기뻐할 것이라는 것에 불안해합니다. 그들은 기껏해야 진술을 비판할 뿐입니다. 우리는 상복을 입고 있지는 않지만, 브라운의 입장이나 앞으로 닥칠 그의 운명을 생각하면 북부에 사는 많은 남자들이 다른 생각을 할 수 없게 만듭니다. 만약 여기서 그를 본 누군가가 다른 생각을 이어갈 수 있다면 나는 그가 도대체 어떤 사람인지 알 수 없습니다. 만약 누군가가 편히 잠들 수 있다면 그는 자기 몸이나 지갑만 건드리거나 손대지 않으면 어떤 상황에서도 쉽게 살이 찔 거라고 장담합니다. 나는 베개 밑에 종이와 연필을 넣어두고, 잠들 수 없을 때 어둠 속에서 글을 씁니다.

백만 명을 능가할 수도 있는 한 사람을 제외하면 동포시민들에 대한 존경심은 요즘 들어 대체로 커지지 않고 있습니다. 비범한 '용기'를 가졌고, 버지니아 주지사가 전쟁터의 용어를 써서 "여태까지 본 가장 용감한 남자"라고 했다지만 신문기자나 일반인들이 마치 흔히 볼 수 있는 악한이 잡혀서 교수형에 처해지는 것처럼 냉담하게 말하는 것을 들어서 알고 있습니다. 주지사가 브라운이 용감해 보인다고 생각할 때 브라운은 언감생심 그를 적이라고 생각하지 않았습니다. 내 이웃들이 말하는 것, 혹은 그들이 말했다고 전해들은 것은 그들에 대한 애틋함을 분노로 바꾸어 놓았습니다. 우리가 처음에 그가 죽었다고 들었을 때 시민 중에 한 사람은 "개죽음을 했다"고 말했습니다. 그 개죽음은 미안하지만 이웃을 살리기 위해서 죽는 것을 비유한 것이었습니다. 다른 비겁한 사람들은 경멸하는 투로 정부에 대항해서 "헛되이 목숨을 버렸다"고 말했습니다. 그들은 어떤 식으로 죽기를 빕니까? 혈혈단신으로 도둑이나 살인자 집단을 공격하다 죽는다면 칭찬을 받을 겁니다. 나는 다른 어떤 사람이 북부 사람답게 "그래서 얻는 게 뭐야?"라고 브라운이 마치 사리사욕을 채우기 위해 이 일을 한 것처럼 말하는 것을 듣고 있습니다. 그런 사람들은 세속적 의미 외에 또 다른 삶의 의미가 있다는 것을 모릅니다. 그런 일이 "깜짝" 파티로 이어지거나 새 구두 한 켤레나 찬사를 받지 않으면 실패로 인정될 수밖에 없습니다. "그러나 그는 그 일로 아무 것도 얻으려 하지 않습니다." 나는 지난 일 년을 돌아보면서 그가 푼돈을 얻자고 교수형을 무릅쓰지 않았다고 봅니다. 그러나 그는 여러분이 하지 못하는, 바로 그 영혼의 중요한 부분을 구해낼 수 있습니다. 여러분은 당연히 시장에서 피 한 쿼트보다는 우유 한 쿼트로 더 많은 것을 교환할 수 있지만, 그 시장은 영웅들이 피를 내다파는 시장은 아닙니다.

그런 사람들은 콩 심은 데 콩 난다는 것을 모르며 도덕적 세상에서는 좋은 열매는 좋은 씨앗 때문이지, 물을 주고 가꾸는 것에 달려있지 않다는 것을 모릅니다. 여러분들이 영웅을 이 땅에 심거나 묻으면 영웅들의 열매가 반드시 맺히게 됩니다. 이것은 힘과 생명력의 씨앗이며 그 씨앗은 우리의 뜻에 상관없이 싹을 틔웁니다.

무모한 명령도 거부하지 않고 복종해 군인은 완전히 기계와 같다는 것을 보여주며 발라클라바에서 돌격한 군인들은 계관시인으로부터 응분의 찬사를 받았습니다.[67] 그러나 브라운이 지고지상의 명령에 따라 몇 년간 펼쳐온 이 변함없고 대부분 성공적이었던 노예제도 지지자들에 대한 공격은 이성적이고 양심적인 한 인간이 기계보다 우월하기 때문에 발라클라바의 진격보다 더 기념할 만한 것입니다. 여러분들은 그의 업적이 찬양받을 게 못된다고 생각합니까?

"혼 좀 나야 돼", "위험한 사람", "그는 분명히 제정신이 아냐." 그래서 그들은 그들 나름의 영웅전을 읽고 늑대들의 소굴에 던져졌

67) 1854년 10월 25일 크림전쟁 중에 크림반도의 발라클라바(Balaklava)에서 벌어진 전투로, 영국군 경기병이 작전 실패로 많은 사상자를 냈다. 계관시인 알프레드 테니슨은 「경기병 여단의 돌격」(The Charge of Light Brigade)이라는 시를 써 참전한 군인들의 용기를 찬양하였다. —옮긴이 주

던 퍼트남[68]의 무훈에 크게 경의를 표하면서 건전하고 현명하며 대체적으로 존경할만한 삶을 살아왔습니다. 그들은 이렇게 언젠가 국가를 위해 용감한 일을 하겠다는 생각을 품어왔습니다. 트랙트 소사이어티[69]는 퍼트남의 이야기를 출판할 수 있었습니다. 여러분들은 그 책을 읽으면서 초등학교를 시작했을 수도 있습니다. 독자가 일부 목사들이 양의 탈을 쓴 늑대들이었다는 생각을 떠올리지 못했다면 거기에는 노예제도나 교회에 대한 언급이 없었기 때문입니다. 〈미국해외선교위원회〉[70]가 늑대라는 표현에 대해 항의할지도 모릅니다. 내가 여러 위원회, 미국 위원회에 대해서 들어봤지만 공교롭게 최근까지 이 허접한 위원회에 대해서는 듣지 못했습니다. 그런데 북부지역 남녀노소들이 가족단위로 이러한 단체의 "종신회원권"을 산다는 이야기는 들었습니다. 무덤에 가져갈 종신회원권 말입니다! 여러분들은 그렇게 돈들이지 않고도 묻힐 수 있습니다.

---

68) 미국 독립전쟁의 전쟁 영웅인 이스라엘 퍼트남(Israel Putnam; 1718-1790)은 1775년 벙커힐 전투에서 큰 공훈을 세운 것으로 유명하여 그의 용기와 투지는 전설처럼 많은 일화를 통해 전해지고 미화되었다. —옮긴이 주

69) 1825년 뉴욕에서 기독교 관련 서적을 출판·보급할 목적으로 설립된 비영리 출판사. —옮긴이 주

70) 1810년에 기독교를 세계로 전파하는 것을 목표로 매사추세츠 윌리엄스 칼리지 출신 학생들이 설립한 미국의 선교단체. —옮긴이 주

적은 우리 안에 있으며 우리 모두와 관련되어 있습니다. 내분을 겪고 있지 않은 단체가 거의 하나도 없습니다. 왜냐하면 우리의 적은 머리와 가슴에 편재하는 냉담함, 인간 내면의 활력의 결핍이며 그것은 부도덕함의 결과입니다. 그래서 공포, 맹신, 편협, 박해 그리고 모든 종류의 예속이 야기됩니다. 우리는 가슴 없이 사는 허수아비에 불과합니다. 저주는 우상숭배이며 숭배자들은 결국 자기 자신의 이미지로 우상을 만들게 됩니다. 뉴잉글랜드 사람들은 힌두교도 못지않은 우상숭배자들입니다. 브라운은 예외입니다. 그는 그와 하느님 사이에 어떤 정치적 우상도 세워놓지 않았습니다.

교회로 존재하면서도 그리스도를 파문하는데 아무런 역할도 못해온 교회! 야비하고 천박한 교회들, 편협하고 오만한 교회들을 버리십시오. 한걸음 더 나아가 새로운 스타일의 별채를 만드십시오. 당신을 구원하고 우리가 썩은 냄새를 맡지 않도록 지켜줄 소금을 만드십시오.

새로운 기독교인은 예배를 보면서 여러분들로 하여금 곧바로 잠자리에 들어 편안히 잠들 수 있게 해달라고 모든 기도를 다하겠다고 한 바로 그 사람입니다. 그의 모든 기도는 "이제 잠자리에 듭니다."로 시작하며 그는 "영원한 안식"을 누리게 될 시간을 고대합니다. 그는 재래식 자선을 일부 실천하기도 했지만 새로운 방식의 자선에 대해서는 귀를 막고 있습니다. 그는 요즘 시대에 맞도록 계약서에 어떤 추가조항이 들어가는 것도 원치 않습니다. 그는 교회에 가는 일요일에만 하느님의 말씀을 따르고 다른 요일에는 모른 척합니다. 피 뿐만 아니라 영혼도 흐르지 않고 고여 있으면 해롭습니다. 대다수 사람들이 선하다는 데는 의심의 여지가 없지만 제도와 관습에 얽매여 있으며 제도와 관습보다 더 숭고한 동기에서 행동한 사람을 이해하지 못합니다. 그들은 자신들은 결코 브라운처럼 행동할 수 없다는 것을 알고 있기 때문에 그를 미친 사람이라고 합니다.

우리는 다른 나라, 다른 시대와 인종을 역사나 지리적 공간에서 거리를 두고 생각합니다. 그러나 현재 우리들 가운데서 벌어지고 있는 중요한 사건을 대하면서 우리와 우리의 가장 가까운 이웃들 간에도 이러한 거리와 생소함이 존재하는 것을 흔히 보게 됩니다. 그것들은 우리 안에 있는 오스트리아, 우리의 중국 그리고 우리의 남양군도입니다. 얽히고설켰던 우리 사회가 갑자기 잘 정돈되어 깨끗하고 단정해 보이는, 적당한 거리를 두고 있는 도시가 되었습니다. 우리는 이전에 우리가 왜 이웃에 대해 칭찬과 겉치레 인사로만 끝냈던가를 알게 되었습니다. 우리는 우리와 우리의 이웃 간에 마치 타타르 유목민들과 중국인 정착 마을 사이의 간극과도 같은 것이 있음을 알게 되었습니다. 이 사려 깊은 사람은 시장의 한복판에 나와 있는 은둔자가 되었습니다. 건널 수 없는 바다가 갑자기 우리 사이에 들어섰으며 아득한 초원이 펼쳐졌습니다. 개인과 개인, 국가와 국가 사이에 본질적이며 극복할 수 없는 경계를 만드는 것은 강과 산이 아니라 관습과 지성 그리고 신앙의 차이입니다. 오직 같은 생각을 가진 사람들만이 우리의 법정에서 절대적일 수 있습니다.

이번 사건이 벌어진 이후 일주일 동안 나는 구할 수 있는 모든 신문을 읽었지만 이 사람들에 대해 동정적인 기사를 하나도 찾지 못했습니다. 이후 나는 보스턴에서 발행되는 한 신문지면에서 훌륭한 발언을 찾았는데 논설이 아니었습니다. 다른 문제는 차치하고 일부 면수가 많은 신문들도 브라운의 발언의 전문을 보도하지 않고 있습니다. 그것은 마치 출판업자가 신약성서 출판을 거부하고 지난번 윌슨의 연설[71]을 출판한 것과 같습니다. 이 의미심장한 뉴스를 보도한 신문도 같은 면을 현재 열리고 있는 정치집회 관련 보도 위주로 채웠습니다. 그러나 정치집회를 같은 지면에 보도한 것은 너무 심했습니다. 최소한 같은 면에 싣는 것은 피하고 다른 면에

71) 1855년 당시 상원의원 헨리 윌슨(Henry Wilson)이 미국 영토에서 즉각적인 노예제도 폐지를 주장한 연설로 미국 정치인들은 노예제도 존속에 대한 도덕적 법적 책임이 있다고 질타했다. —옮긴이 주

실었어야 마땅합니다. 진정어린 사람들의 발언과 행동을 헛소리가 난무하는 정치집회와 같은 면에 보도하다니요! 엽관배(獵官輩)와 대중연설가들! 그들은 진실을 말하는 것이 아니라 뻔뻔스럽게 진실을 호도합니다. 그들에게 중요한 게임은 지략을 겨루는 스트로 게임이거나, 더 정확히 말하면 인디언들이 함성을 지르며 즐기는 원시적인 플래터 게임입니다.[72] 종교집회와 정치집회에 관한 보도를 빼고 살아있는 사람들의 발언을 보도하십시오.

나는 그들이 누락시킨 것에 반대하기 보다는 그들이 끼워 넣은 것에 반대합니다. 심지어는 리버레이터[73] 조차도 이번 사건을 "오도되고, 무모하며, 분명히 어리석은 행동"으로 규정했습니다. 신문이나 잡지에 종사하는 사람들에 대해 언급하자면, 우리나라에 구독자가 떨어져 나갈 기사를 일부러 싣는 편집인은 하나도 없다는 것을 익히 알고 있습니다. 그들은 그런 태도가 편의적 방편이라고 생각하

72) 스트로게임(game of straws)은 북미 인디언들이 즐겼던 심리와 계산을 위주로 하는 도박 형 게임으로 밀집이 카드와 비슷한 기능으로 사용되었으며 우연성이 적은 지략을 겨루는 게임이다. 플래터 게임(game of platter)은 북미 캐나다 대서양 연안과 뉴잉글랜드 지역에 살던 아베나키(Abenaki)족 사이에서 성행한 게임으로 주사위 놀이처럼 우연성이 높은 게임. – 옮긴이 주

73) The Liberator ; 노예제도에 반대하는 William Lloyd Garrison과 Issac Knapp에 의해 1831년 1월 1일에 창간되어 남북전쟁이 끝난 1865년 12월 29까지 발행된 신문. 주로 노예제도의에 관한 기사와 노예제도폐지를 옹호하는 논설을 실었다. – 옮긴이 주

지 않습니다. 그러니 그들이 어떻게 진실을 보도할 수 있겠습니까? 그들은 즐거운 소식을 전하지 않으면 아무도 우리 신문을 구독하지 않을 것이라고 주장합니다. 그래서 그들은 외설적인 노래를 불러서 사람들을 손님들을 불러 모으는 떠돌이 행상 같이 처신합니다. 리퍼블리칸[74] 기자들은 조간을 편집하면서 매사를 정치적인 관점에서 보는 데 익숙해져 어떤 존경도, 진정어린 슬픔도 나타내지 않고 이 사람들을 그저 "미혹된 광신자", "오판한 사람들", "분별없거나 미친 사람들"로 규정했습니다. 이것은 다행스럽게도, 최소한 우리가 "오판한 사람들"이 아니라 제정신을 가진 기자들, 즉 이해타산에 밝은 사람들과 함께 있다는 사실을 보여주고 있습니다.

어떤 사람이 용기 있고 고결한 행동을 합니다. 그리고 즉시 사람들과 정당들이 나서서 "내가 안했고 그렇게 하는 것을 어떤 방식으로도 지지하지 않는다. 그건 내 과거 경력을 보면 잘 알 수 있다"고 밝히는 것을 듣게 됩니다. 나는 한 개인으로서 여러분들이 나름대로 입장을 밝히는 데 관심이 없습니다. 나는 과거에도 그랬고 영원

74) The Republican; 1824년 Samuel Bowles II가 매사추세츠주 스프링필드에서 주간지로 창간하여 1844년 일간지로 전환한 신문으로 창업자의 뒤를 이어 발행인이 된 보울스 3세는 1855년 노예제 폐지를 위한 정당의 창당을 주장하였고 당명을 공화당(Republican Party)으로 할 것을 제안하였다. — 옮긴이 주

히 그럴 것입니다. 그러니 여러분들은 존 브라운과 무관하다는 것을 주장하기 위해 애쓸 필요가 없을 것입니다. 지각이 있는 사람이라면 그가 당신들의 사주에 의해 행동했다고 생각하지 않을 것입니다. 그는 자유의지로 행동했고 "존 브라운이 주도했고 다른 어떤 사람도 관련이 없다"고 직접 우리에게 알려주었습니다. 공화당은 브라운의 실패로 얼마나 많은 유권자들이 선거에서 이전보다 더 올바르게 투표하게 될지 알지 못합니다. 그들은 펜실베이니아 철도회사로 얻는 표는 세어왔지만 캡틴 브라운의 표는 정확히 계산하지 않았습니다. 브라운이 선수를 쳐서 힘이 빠진 그들이 갈 길을 멈추고 쉬는 것도 무리가 아닙니다.[75)]

그가 여러분의 정파에 속하지 않은들 어떻습니까? 여러분들은 그의 방법과 신념에는 동의하지 않을 수도 있지만 그의 관대함은 인정합니다. 다른 어떤 점에서는 그가 당신들과 닮거나 비슷하지 않다고 쳐도 그 점에서도 그와 같지 않다고 주장하고 싶습니까? 닮

75) 존 브라운의 노예해방을 위한 하퍼스 페리 습격은 36시간 만에 실패로 끝났다. 하지만 그 여파는 북부 지역에서 노예해방을 위한 하나의 진전으로 평가를 받았다. 많은 북부 사람들, 특히 지식인들은 그의 습격 자체는 무모했지만 숭고한 목적을 가진 용기 있는 행동이라는 점은 인정하였다. 시인 랠프 왈도 에머슨은 브라운이 "교수대를 십자가처럼 영광스럽게 만들었다"고 찬사를 보냈다. 그러나 선거를 앞둔 공화당은 브라운과 하퍼스 페리 습격을 비판하는 강령을 채택했다. —옮긴이 주

았다고 하면 체면이 깎일 것 같습니까? 하나를 내려놓으면 열을 얻게 될 것입니다.

이 모든 것을 진정으로 말하지 않고, 진실을 말하지 않고, 뜻하는 바를 말하지 않는다면 그들은 여전히 낡을 속임수를 부리는 것입니다.

그가 제정신이 아니라고 한 어떤 사람은 "그가 겸손하고 점잖게 처신하는 양심적인 사람이지만 노예제도 문제만 나오면 유난스럽게 화를 내곤 했다는 것은 이전부터 잘 알려졌다"고 말합니다.

죽어가는 노예들을 싫고 노예선이 항해를 합니다. 바다 한가운데서 새로운 노예들이 실립니다. 몇 안 되는 노예주들은 대중들의 지지를 받아 선창 밑에서 4백 만 명의 노예들을 질식시키고 있음에도 정치인들은 이들을 해방할 수 있는 올바른 방법은 "폭동"이 일어나지 않도록 "인류애를 조용히 확산시키는 것"이라고 말합니다. 마치 행동이 따르지 않는 인류애가 존재하고 여러분들이 그것을 확산시킬 수 있어서, 물뿌리개로 물을 뿌려 먼지를 가라앉히듯 쉽게, 필요에 따라 법조문만으로 모든 것을 끝낼 수 있는 것처럼 말하고 있습니다. 배 밖으로 들리는 그것이 무슨 소리입니까? 노예들은 죽어서야 해방됩니다. 그것이 우리가 인도주의와 인도주의 감정을 "확산하는” 방식입니다.

수준이 형편없는 인간들인 정치인들을 다루는데 능숙한 명망있고 영향력 있는 기자들은 무식하게도 브라운이 “복수의 일념으로” 습격을 했다고 말합니다. 그들은 브라운이 어떤 사람인지 모릅니다. 기자들은 브라운을 더 깊이 알 필요가 있습니다. 나는 언젠가 기자들이 브라운의 실체를 있는 그대로 보기 시작할 때가 올 것으로 믿어 의심치 않습니다. 기자들은 그를 정치인이나 인디언[76]으로서가 아니라 신념과 종교적 원리를 따르는 사람이자 일생을 핍박받는 사람들을 위해 헌신하기 전에는 남에게 해를 끼치지 않는다면 개인적으로 간섭이나 방해받는 것을 견디지 못했던 사람으로 이해해야만 합니다.

워커[77]가 남부의 대표로 간주될 수 있다면 브라운은 북부의 대표가 될 수 있다고 봅니다. 그는 우수한 인재였습니다. 그는 이상적인 가치들을 더 소중히 여겨 육체적인 삶을 돌보지 않았습니다. 그는

76) 존 브라운은 어린 시절 오하이오에서 인디언 친구를 사귀며 인디언과 같은 생활을 했다. - 옮긴이 주

77) 데이비드 우커(David Walker; 1796-1830)는 노스캐롤라이나에서 노예 아버지와 흑인이지만 자유민 신분의 어머니 사이에서 태어났다. 급진적 노예폐지론자로 1829년 「세계 유색인종에게 고함」(An Appeal to the Coloured Citizens of the World)을 발표하여 핍박과 불의에 항거하기 위한 흑인들의 단결과 자조를 호소했다.- 옮긴이 주

정의롭지 못한 세속의 법을 인정하지 않고 하느님의 뜻에 따라 세속의 법에 저항했습니다. 이번에야 말로 우리는 시시하고 티끌 같은 정치에서 벗어나 진실과 인간다움을 이야기 하게 되었습니다. 미국에서 그 어느 누구도 스스로를 어떤 정부와도 대등하게 맞서는 한 인간으로 규정하며 그토록 끈질기게 그리고 감동적으로 인간의 존엄성을 옹호한 사람은 없었습니다. 그런 의미에서 그는 우리 모두가 인정하는 최고의 미국인이었습니다. 그는 엉뚱한 논란을 불러일으키며 자기 입장을 정당화하기 위해 언변이 뛰어난 변호사를 필요로 하지 않았습니다. 그는 대다수 미국 유권자들이나 각급 공무원들이 내릴 수 있는 어떤 판결에도 맞서 이길 수 있었습니다. 그와 같은 사람들이 없었기 때문에 그는 자신과 비슷한 사람들로 구성된 배심원단의 평결을 받을 수도 없었습니다. 한 인간이 근래에 보기 드문 악랄한 살인자 취급을 받고 스스로 흑백을 밝히며 사람들의 비난과 원성에 온몸으로 침착하게 맞서는 광경은 장엄했습니다. 리버레이터, 트리뷴[78], 리퍼블리칸의 기자들은 그걸 몰랐습니까? 비교해보면 우리는 범죄를 저지르고 있습니다. 브라운을 인정하는 것은 여러분들의 체면을 세우

78) The New-York Tribune; 1842년 뉴욕에서 창간된 신문으로 공화당의 노예제도 폐지론을 옹호한 신문으로 1924년 뉴욕헤럴드와 합병하여 New-York Herald Tribune으로 발행되다가 1966년 폐간되었다. - 옮긴이 주

는 일입니다. 그는 여러분들의 관심을 바라지 않습니다.

민주당을 지지하는 신문에 대해서 말하자면 그 신문들은 비인도적이라서 나와는 전혀 상관이 없습니다. 나는 그들이 어떤 것을 이야기하든 분노조차 느끼지 않습니다.

나는 내가 좀 앞서 예상을 하고 있고 그가 적들의 손아귀에서 아직 살아 있다는 것을 알고 있습니다. 그런 상황에서 나는 그동안 내내 그를 마치 죽은 사람 취급하며 생각하고 이야기해 왔습니다.

나는 죽은 이의 유골이 아직 진토가 되지 않은 채 우리 가슴 속에 살아있는 사람들의 동상을 세우는 것을 좋아하지 않습니다만 매사추세츠 주의사당 안마당에서 내가 아는 다른 어떤 사람의 동상보다 캡틴 브라운의 동상을 보고 싶습니다. 나는 그와 동시대인으로 살고 있다는 것을 기쁘게 생각합니다.

브라운과 그의 계획을 원래와 다르게 열심히 날조하고, 최소한 브라운이 폐지하려고 무기를 들고 싸웠던 탈주노예법[79], 그리고 다른 모든 부당한 법률을 집행할 수 있는 대통령 후보를 노예소유자들 가운데서 물색하기 위해 주위를 두리번거리는 정당으로 화제를 돌리면 참 대조적입니다.

제정신이 아니라니요! 아버지와 아들 여섯에 사위 하나 그리고 그 외에 몇 명해서 열 두 명이나 되는 사람이 한꺼번에 미쳤다고 합니다. 그런 반면에 독재적 대통령[80)]은 4백만 명이나 되는 노예들을 이전보다 더 강압적으로 통제하고 있고 대통령을 여론으로 주무르는 제정신인 천여 명의 기자들이 나라를 구하고 위기를 넘기고 있다고 합니다! 브라운이 캔자스에서 한 일도 역시 미친 짓입니다. 누가 가장 위험한 인물인지 대통령에게 물어봅시다. 제정신인 사람인지 아니면 미친 사람인지? 그를 가장 잘 알고, 그가 캔자스에 한 일에 환호했으며 그에게 물질적 원조를 제공했던 수천 명에게 그가 미친 사람이냐고 물어봅시다. 미쳤다고 한 것은 끈질기게 그 말을 쓰고 있는 사람들을 수사적으로 표현했을 뿐입니다. 나머지 많은 사람들이 이미 조용히 그런 표현을 거둬들였으리라 믿습니다.

---

79) Fugitive Slave Act. 1850년 노예제도를 허용하는 남부출신 정치인들과 노예제도가 북부 지역으로 확산되는 것을 반대하는 북부의 〈자유토지당〉(Free-Soiler)이 노예제도 반대와 폐지의 절충안의 일부로 제정했다. 이는 탈주 노예들을 체포 즉시 원래 주인에게 송환하는 것과 노예제도가 없는 주의 공무원은 물론 민간인들도 여기에 협조해야 한다는 것을 주요 내용으로 하고 있어서 남부의 노예제도 존치를 사실상 정당화하고 있다. - 옮긴이 주

80) 노예제도를 찬성하는 민주당 출신의 제임스 뷰캐넌(James Buchanan; 1791-1868) 대통령을 말한다. 그는 1857년부터 1861년까지 재임 중 노예제도 찬반을 둘러싼 갈등이 고조되어 폭력적인 충돌을 야기했고 결국 후임 링컨 대통령에 이르러 내전이 일어났다. - 옮긴이 주

그가 메이슨[81]과 다른 사람들에게 한 답변을 읽어보십시오. 그들은 브라운과 대비돼 정말 왜소하고 초라해 보입니다. 한쪽은 절반은 난폭하고 절반은 소심한 질문을 하고 있고 다른 한편은 그들의 타락한 신전 위에 떨어지는 번개같이 명징한 진실을 말합니다. 그들은 본질적으로 빌라도, 게슬러 그리고 종교재판소와 잘 어울리는 것 같습니다.[82] 그들의 말과 행동은 얼마나 무력하며 그들의 침묵은 얼마나 공허합니까! 그들은 이 위대한 일에서 쓸모없는 도구에 불과합니다. 브라운 주변에 사람들을 불러 모은 것은 사람의 힘이 아니었습니다.

매사추세츠와 북부지역은 무엇을 위해 소수의 대표들을 지난 몇 년 동안 의회에 보냈습니까? 무슨 입장을 밝히려고 보냈습니까? 아마 그들 스스로도 고백할지 모르지만 그들의 연설을 종합해 요약하면 남자다운 단순명쾌함과 박력, 자명한 진실도 없으며 여러분들이 교수형에 처해 저세상 – 거기서는 여러분을 대변하지 않겠지만 –

81) 제임스 머레이 메이슨(James Murray Mason ;1798-1871). 버지니아 출신 민주당 상원의원으로 존 브라운의 하퍼스 페리 습격사건을 조사한 상원 조사위원회의 멤버로 활동하였으며 그 이전인 1850년에는 탈주노예법을 발의하고 초안을 작성하였다. - 옮긴이 주

82) 예수를 십자가형에 처한 예루살렘의 로마 총독 빌라도, 실러의 희곡 빌헬름 텔에 등장하는 스합스부르크왕국의 스위스 악덕 영주 알브레히트 게슬러, 그리고 유럽의 마녀사냥을 일삼은 유럽의 종교재판소 등 법을 정의를 구현하는 수단으로서 아니라 불의와 사익 추구의 도구로 사용한 역사적·신화적 사례를 브라운의 재판에 비유한 것. - 옮긴이 주

으로 보내려고 하는 소위 미친 존 브라운이 하퍼스 페리 소방차 차고 바닥에서 무심코 한 발언과도 상대가 되지 않습니다. 그렇다면 그의 유권자들은 어떤 사람들입니까? 여러분들이 브라운의 어록을 의미를 새기며 읽는다면 그것을 알 수 있습니다. 그는 쓸데없이 기교를 부려 말하는 사람이 아니며 준비해서 말을 하거나, 논란을 꺼려 완곡하게 말하거나, 위세에 눌려 찬사를 늘어놓을 사람도 아닙니다. 그의 말은 진실하며 그의 문장은 진지함으로 빛납니다. 그는 비할 데 없이 정확하고 더 사정거리가 긴 소총이라고 할 수 있는 연설 능력을 가지고 있지만 샤프스 소총[83]은 잃어버릴 수도 있습니다.

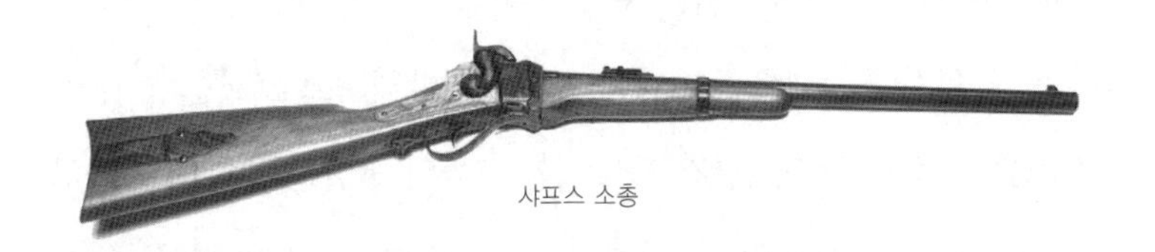

샤프스 소총

그리고 뉴욕 헤럴드는 메이슨과의 대화를 문자 그대로 보도했습니다. 이 신문은 말이 담고 있는 함축적 의미가 무엇인지 모르고 있습니다.

83) 크리스찬 샤프스(Christian Sharps;1810-74)가 1848년에 설계하여 1881년까지 생산된 후방 장전식 개인소총으로 남북전쟁 당시 북군과 남군에서 주로 기병들이 사용하였다. - 옮긴이 주

나는 그 대화에 대한 보도를 읽고도 여전히 브라운을 미쳤다고 말할 수 있는 사람의 인식능력을 존중하지 않습니다. 브라운과의 대화는 평범한 규범과 일상적 관습 그리고 일반적인 조직들보다 한 수 위의 분별력을 보여주고 있습니다. 그 대화중에 어떤 대목이든 골라보지요. "어떤 질문이든 내가 당당히 대답할 수 있는 게 있다면 하겠습니다. 그렇지 않다면 대답하지 않겠습니다. 적어도 내 개인적으로는 모든 것을 정직하게 말했습니다." 그의 영웅적 행동에 감탄하면서도 그가 악의적이라고 말하는 일부사람들은 고결한 인간을 식별할 수 있는 능력, 그의 행동에 들어 있는 황금같이 순수한 가치를 구별할 수 있는 안목을 가지고 있지 않습니다. 그들은 불순한 의도로 브라운의 고귀한 정신을 훼손하고 있습니다.

이런 중상모략으로부터 눈을 돌려 좀 더 진실하지만 두려움을 느낀 교도관과 사형집행관의 증언에 귀를 기울이게 된 것은 그나마 다행입니다. 내가 들은 바에 따르면 와이즈 주지사[84]는 북부의 어떤 언론인이나 정치인 그리고 고위 공직자보다 더 정확하고 올바

84) 헨리 알렉산더 와이즈(Henry Alexander Wise; 1806-76)는 변호사 출신 정치인으로 브라운의 재판이 진행되던 시기에 버지니아 주지사를 지냈으며, 남북전쟁 때는 남군 장군으로 참전하였다.- 옮긴이 주

르게 브라운에 대해 이야기하고 있습니다. 여러분들은 이 문제에 대한 와이즈의 발언을 또 들을 수 있습니다. 그는 이렇게 말했습니다. "브라운을 미친 사람이라고 하는 사람들이 잘못됐습니다. 그는 냉정하고 침착하며 불굴의 의지를 가진 사람입니다. 그리고 그는 포로들에게도 관대했다고 말할 수 있습니다. 그는 진실한 사람으로서 그의 정직함 때문에 나는 그를 신뢰하게 되었습니다. 그는 극렬하고 허영심이 있고 말이 많지만(이 대목은 와이즈 씨의 생각이라고 해둡시다), 의지가 굳고 진실하고 이성적입니다. 살아남은 부하들도 그와 비슷합니다. 워싱턴 대령[85]은 위험과 죽음에 직면해 브라운이 여태까지 본 사람들 가운데 가장 침착하고 굳건한 사람이었다고 말합니다. 아들 하나는 그의 곁에 죽어 있고 또 다른 아들은 관통상을 입었을 때 그는 한 손으로 죽어가는 아들의 맥을 잡고 다른 한 손으로는 소총을 잡은 채 흔들리지 말고 적에게 가능한 큰 피해를 주라고 독려하며 부하들을 지휘하는 놀라운 평정심을 보여주었습니다."

노예제도 찬성자들이 경의를 표한 첫 번째 북부사람들이라고 해

85) 루이스 워싱턴(Lewis ;1812-71)은 하퍼스 페리 습격 당시 브라운의 인질로 잡혔던 인물 중의 한 명. 브라운이 버지니아주에 대한 반역죄로 재판을 받을 때 증인으로 출석하여 브라운이 인질들을 잘 대해주었고 민간인을 해치지 말라는 명령을 내렸다고 증언했다.- 옮긴이 주

도 과언이 아닙니다.

밸런디검 씨는 "브라운이나 그의 계획을 폄하하는 것은 어리석은 짓이다. 그는 평범한 악당이나 극렬분자, 미치광이와는 완전히 차원이 다른 사람이다"고 같은 취지의 증언을 했습니다.

"모든 것이 평온한 하퍼스 페리". 신문들은 이렇게 보도하고 있습니다. 법과 노예 주인들이 지배할 때 평온이라는 것은 무엇을 의미합니까? 나는 이번 사건을 이 정부의 성격을 명약관화하게 규정하는 하나의 시금석이라고 생각합니다. 우리는 정부의 성격을 역사적 관점에 의탁해 파악할 필요가 있습니다. 실체를 볼 필요가 있습니다. 우리정부가 노예제도를 유지하고 노예해방론자들을 압살하는 것처럼 정부가 불의를 편들 때, 그것은 야만적 권력 혹은 더 나아가 악마적 권력임을 드러내는 것입니다. 그런 정부는 불량배의 두목입니다. 폭정이라는 것이 더할 나위 없이 분명합니다. 나는 미국 정부가 실제로 프랑스 오스트리아와 동맹을 맺고 사람들을 탄압하고 있는 것을 알고 있습니다. 4백 만 명의 노예들을 사슬에 묶어 두고 있는 독재자가 권좌에 있습니다. 이때 영웅적 해방자가 나타난 것입니다. 가장 위선적이고 사악한 정부가 권좌에 앉아 가쁜 숨을 몰아쉬는 4백 만 명의 노예들을 바라보며 죄의식도 없이 묻습니다. "무슨 목적으로 나를 공격하는가? 내가 정직한 사람 아니더냐? 노예해방 선동을 중단해라. 너를 노예로 만들거나 교수대에 매달아 줄까?"

우리는 대의정부를 이야기 합니다. 그러나 정부라는 괴물은 정신의 가장 숭고한 능력과 진심을 반영하지 못합니다. 가슴과 머리가 없는 반인반수의 호랑이와 황소가 세상을 활보하고 있습니다. 영웅들은 총에 맞아 다리가 잘려나가도 잘 싸웠지만 정부가 그런 영웅적인 일을 했다는 얘기는 전혀 들은 바 없습니다.

내가 인정하는 유일한 정부는 – 정부의 지도부나 군대가 얼마나 작은 지는 중요하지 않습니다 – 이 땅에 불의가 아니라 정의를 세우는 권력입니다. 정부와 정부가 탄압하는 사람들 사이에 서있는 이 땅의 진정 용감하고 정의로운 사람들을 적으로 삼는 정부를 우리는 어떻게 생각해야 합니까? 정부는 기독교도를 가장하면서 매일 수많은 그리스도를 십자가에 처형하고 있습니다!

반역! 그런 반역이 어디에서 비롯됐습니까? 나는 여러분의 정부가 반역당할 만한 짓을 했다고 생각할 수밖에 없습니다. 분수처럼 솟아오르는 생각을 멈추게 할 수 있습니까? 대역죄는 그것이 현실세계에서 폭정에 대한 저항일 때 인간을 창조하고 영원히 재창조하는 권력[86]이 범한 것입니다. 이 인간다운 반대자들을 붙잡아 교수형에 처할 때 여러분들은 생각의 근원을 끊어버린 게 아니기 때문에 여러분들 스스로 죄를 짓게 될 뿐입니다. 여러분들은 웨스트포인트의 사관생도와 최신 대포들이 적대시 하지 않은 적과 싸운다고 생각합니다. 신의 피조물이 신의 뜻에 반하는 것을 생각할 수 있습니까? 조물주가 우리를 창조할 때 품성보다 생김새가 중요하다고 생각하여 자신의 형상대로 우리를 만들었습니까?

미국은 4백 만 명의 노예를 사슬에 묶어 두고 있습니다. 그들은 작심하고 노예들을 이런 상태로 두고 있습니다. 그리고 매사추세츠는 합중국의 일부로 노예들의 탈출을 막기 위해 감시하고 있습니다. 매사추세츠의 모든 주민들이 그런 것은 아니지만 매사추세츠를 통치하고 지배하는 사람들이 그렇습니다. 버지니아뿐만 아니라 매사추세츠도 하퍼스 페리 반란을 진압하는데 참여했습니다. 매사추세츠는 해병대를 보냈으니 그 죗값을 치러야만 할 것입니다.

자신들의 비용과 관용으로 우리에게 도망쳐온 모든 노예들을 구

86) 신의 권력이자 예수가 본시오 빌라도(Pontius Pilate)의 정부에 순응하지 않은 것을 의미한다. - 옮긴이 주

해주고 모든 유색미국인들을 보호하고 다른 일은 이른바 정부에 맡기는 그런 단체가 미국에 있다고 가정해 봅시다. 그런 정부는 급속히 할 일을 상실하고 사람들에게 웃음거리가 되지 않겠습니까? 민간인들이 어쩔 수 없이 약자를 보호하고 정의를 실현하는 공직자의 직무를 수행해야 한다면 정부는 하찮거나 변변찮은 일만을 위해 고용된 사람들이나 관리들이 되는 겁니다. 물론 그렇게 되면 정부라는 존재는 자경단(自警團) 같은 역할밖에 하지 못하는 정부의 그림자에 불과합니다. 우리가 몰래 활동하는 자경단을 둔 이슬람의 법집행관을 어떻게 생각해야 합니까? 하지만 그것이 노예제도에 반대하는 북부지역 주들의 일반적인 속성입니다. 각주마다 자경단을 두고 있습니다. 그리고 이 정부들은 이런 관계를 어느 정도 인정하고 있습니다. 그들은 실제로 "이런 조건으로 당신들을 위해 일할 수 있어서 좋은데 다만 시끄럽게만 하지 마시오."라고 말합니다. 그래서 정부 관리들은 월급은 꼬박꼬박 받으면서 헌법을 끼고 뒷전으로 물러나 그것을 개정하는 일에 골몰합니다. 내가 근무 중 오가며 그런 이야기를 들을 때면 기껏해야 겨울철에 다른 일을 해서 몇 푼 벌어보겠다는 농부 밖에는 떠오르지 않습니다. 대체 그들의 육신에는 어떤 영혼이 담겨있습니까? 그들은 주식에 투자하고 광산을 개발하지만 길을 내는 것도 제대로 못 합니다. 언더그라운드 레일로드는 자경단이 소유하고 운영합니다. 그들은 도처에 지하조직을 구축했습니다. 구멍이 난 그릇에서 물이 새듯 북부의 정부들은 눈에 띄게 영향력과 권위를 상실하고 있고 스스로 발목을 잡을 수 있는 한 가지 방책으로 유지되고 있습니다.

나는 많은 사람들이 이 사람들이 소수이기 때문에 비난하는 것을 듣고 있습니다. 언제 훌륭하고 용감한 사람이 다수였던 적이 있습니까? 브라운한테 때가 올 때까지, 즉 여러분들과 내가 그에게 합류할 때까지 기다리라고 할 참이었습니까? 그가 불한당이나 용병을 주위에 끌어 모으지 않았다는 바로 그 사실만으로도 그는 보통 영웅과는 다를 것입니다. 모병 당시 통과할 만한 사람들이 적었기 때문에 그가 이끈 부대는 정말 소규모였습니다. 가난하고 억압받는 자들을 위해 목숨을 바친 사람들은 개개인은 모두 백만까지는 안 되도 수 천 명 가운데 선발된, 분명 지조 있고 남다른 용기와 깊은 인간애를 갖추고 언제라도 동시대를 사는 다른 인간의 복리를 위해 자신의 삶을 희생할 준비가 돼 있는 사람입니다. 미국 전역에 이런 면에서 자격을 갖춘 사람들이 더 많을 수도 있지 않았겠냐고 할 수도 있지만 그의 부하들에 국한해서 말하자면 브라운이 부대원을 증원하기 위해 미국 방방곡곡을 찾아다닌 데는 의심의 여지가 없습니다. 이 사람들만이 탄압하는 자와 탄압받는 자들 사이에 개입하려고 했습니다. 그들은 확실히 여러분들이 교수형에 처할 수 있었던 사람들 가운데 가장 훌륭한 사람들입니다. 그것이 이 나라가 그들에게 바칠 수 있는 가장 높은 찬사입니다. 미국정부가 세워놓은 교수대에 그들이 매달릴 시간이 다가왔습니다. 오랫동안 재판을 해왔고 많은 이들을 교수형에 처해왔지만 이전에는 마땅한 사람을 찾지 못했습니다.

상대편에 거의 모든 미국인들이 대오를 이루어 맞서고 있는 상황에서 이 싸움을 위해 브라운 부대에 입대하여 침착하고 경건하고 인도적으로 준비를 진행하고 몇 년은 아니라도 몇 달 동안 양심의 가책을 갖지 않는다는 것 외에는 아무런 보상도 기대하지 않고 일 년 내내 자나 깨나 그 생각을 한 다른 사람들은 열거할 것도 없이 브라운과 그의 아들 여섯 명 그리고 사위를 떠올리면 그것은 하나의 장엄한 광경으로 감동을 느끼게 합니다. 브라운이 "그의 대의명분"을 옹호하는 신문이나 기관지를 가지고 있어서 단조롭고 지루하게 진부한 어조로 도움을 구했다면 그의 영향력에 치명적이었을 겁니다. 그가 어떤 식으로든 정부가 방임하는 가운데 행동을 했다면 그는 의심을 받을 수도 있었습니다. 독재자가 그를 대체하거나 그가 독재자를 대체해야만 한다는 사실이 내가 아는 오늘날의 다른 모든 개혁운동가들과 브라운을 차별화합니다.

인간은 노예들을 구하기 위해 폭력적 수단으로 노예주인과 맞설 수 있는 합당한 권리를 가지고 있다는 것이 브라운 자신만의 원칙입니다. 나는 그의 생각에 동의합니다. 노예제도 때문에 오랫동안 상심한 사람들은 노예주의 갑작스런 죽음에도 어느 정도 가슴이 아프기 받기마련이지만 다른 사람들은 아닙니다. 그 사람들은 브라운을 죽이는 것 보다는 브라운을 살려줄 때 더 충격을 받을 것입니다. 나는 노예를 해방하는 데 가장 단기간 내에 성공한 그가 방법을 잘못 선택했다고 주제넘게 단정하지 않겠습니다. 내가 나를 쏘아죽이지도 해방시키지도 않는 인류애보다는 브라운의 인류애를 더 선호한다고 말할 때 그것은 노예들을 대신해서 말하는 것입니다. 여하튼 나는 한 인간이 지속적으로 영감을 받지 않는다면 이 문제에 관한 말과 글로 일생을 보내는 것이 정상은 아니라고 생각하며 과거에도 그랬습니다. 인간은 다른 일에도 관심을 가질 수 있습니다. 나는 죽이는 것도 죽임을 당하는 것도 원치 않지만 나로하여금 이 두 가지를 피할 수 없게 만드는 상황을 예견할 수 있습니다. 우리는 작은 폭력을 일상적으로 자행하며 우리가 사는 공동체에서 소위 평화라는 것을 유지합니다. 경찰관의 곤봉과 수갑을 보십시오! 감옥을 보십시오! 교수대를 보십시오! 부대의 군종목사를 보십시오! 우리는 다만 이 임시 군대의 언저리에서 안전하게 살기를 바랄 뿐입니다. 그리하여 우리는 우리 자신과 우리의 보금자리를 보호하고 노예제도를 유지합니다. 나는 우리국민들 대다수가 결투

하기 위해서, 혹은 다른 나라에게 공격을 받거나 인디언을 추적하거나 도주한 노예를 사살할 경우 등에만 소총과 권총을 정당하게 사용할 수 있다고 생각하는 것으로 알고 있습니다. 나는 이번 사건에서만은 소총과 권총이 정의로운 목적으로 사용됐다고 생각합니다. 그 총기들은 그것을 사용할 자격이 있는 사람 손에 있었습니다.

예수가 성전에서 장사꾼들을 쫓아냈던 그 분노는 또 다시 성전에서 불의를 몰아낼 것입니다. 문제는 무기가 아니라 여러분이 그것을 사용하는 마음가짐입니다. 아직 미국에는 한 인간을 그토록 사랑하고 그토록 친절하게 대해주는 인물이 나타나지 않고 있습니다. 그는 인간을 위해 살았고 인간을 위해 목숨을 걸고 바쳤습니다. 군인들이 아니라 비폭력적인 시민들이, 평신도들이 아니라 복음을 전하는 목사들이, 호전적인 무리들이 아니라 퀘이커교도들이, 퀘이커 남자들이 아니라 퀘이커 여성들이 장려하는 폭력은 어떤 종류의 폭력입니까?

이번 사건은 죽음 같은 사실, 즉 한 인간의 죽음의 가능성이 없음을 알려주고 있습니다. 마치 이전에 미국에서 아무도 죽지 않았던 것처럼 보입니다. 왜냐하면 죽기 위해서는 먼저 살아 있어야만 합니다. 영구차와 관과 그들이 겪었던 장례식을 믿지 않습니다. 삶이 없었기 때문에 그런 경우에 죽음이 있을 수 없습니다. 그들은 예전부터 그래왔듯이 단지 썩거나 문들어질 뿐입니다. 찢겨질 성전의 휘장도 없으며 어딘가에 파여진 구덩이만 있습니다.[87] 죽은 자들로 하여금 죽은 자들을 묻게 합시다. 그들 가운데 가장 훌륭한 사람들은 정말 시계처럼 멈추었습니다. 벤자민 프랭클린과 조지 워싱턴, 그들은 죽지 않고 떠나갔습니다. 그들은 어느 날 갑자기 사라졌을 뿐입니다. 나는 상당수의 사람들이 내가 아는 무엇인가를 위해 죽거나 죽고 있다고 주장하는 것을 들어 알고 있습니다. 말도 안 됩니다! 어디 한번 그래보라고 하지요. 그들은 이미 그럴 만한 생명을 가지고 있지 않습니다. 그들은 버섯처럼 힘없이 녹아버릴 것이며 그들이 떠난 자리를 백 명의 찬미자들이 모여 닦아낼 것입니다. 세상이 열린 이래로 죽은 사람은 예닐곱 명에 불과합니다. 당신은 당신이 죽을 거라고 생각합니까? 아닙니다! 당신은 그럴 가능성이 없습니다. 아직 뭘 모르고 있군요. 나머지 공부를 해야 할 것 같습니다. 우리는 앗아갈 목숨이 없는데도 목숨을 앗아가는 사형에 대해 쓸데없는 논쟁을 벌입니다. 메멘토 모리![88] 어떤 훌륭한 사람이 자신의 묘비에 새기게 했다는 이 의미심장한 문장을 우리는 이해하지 못하고 있습니다. 우리는 이

87) '마태복음' 제 27장 51절과 52절을 비유한 표현으로 부활의 기회가 없음을 의미한다. - 옮긴이 주
88) Memento Mori; "너 또한 죽음을 피할 수 없다는 것을 기억하라"는 라틴어 경구.- 옮긴이 주

문장을 천박하고 원망이 담긴 의미로 해석해 왔습니다. 우리는 어떻게 죽어야 하는지를 완전히 잊고 살았습니다.

그럼에도 불구하고 죽는 것은 틀림없습니다. 일을 하고 그것을 끝내십시오. 어떻게 시작하는지를 안다면 언제 끝낼지도 알 것입니다.

이 사람들은 우리에게 어떻게 죽을지를 가르쳐주면서 동시에 어떻게 살아야 할지를 가르쳐줍니다. 브라운의 말과 행동이 재현되지 않는다면 그 말과 행동에 대한 가장 의미심장한 풍자가 나타날 것입니다. 이번 사건은 미국인들에게 전대미문의 좋은 소식입니다. 이 사건은 희미해진 북부의 맥박을 다시 뛰게 했으며 이미 상업적 정치적 번영의 시대라고 불렀던 몇 해 동안 공급된 것 보다 더 많은 피를 혈관과 심장에 주입했습니다. 최근까지 자살을 생각했다가 살 이유를 갖게 된 사람들이 너무도 많습니다!

한 작가는 브라운의 독특한 편집증이 미주리 사람들이 그를 "초인적인 존재로 두려하게끔" 만들었다고 말합니다. 우리 같은 비겁자들 사이에서 영웅은 확실히 두려움의 대상입니다. 그가 바로 그런 인물입니다. 그는 자신이 초자연적임을 보여주었습니다. 그는 내면에 신성의 불꽃을 지니고 있습니다.

"자기 자신으로 살아갈 수 없다면
인간은 얼마나 불쌍한 존재인가"[89)]

신문기자들은 또 그가 자신이 한 일이 신의 소명에 따른 것이라고 일말의 의혹도 없이 믿고 있었다는 것을 정상이 아닌 근거라고 주장합니다. 그들은 마치 요즘 세상에 어떤 일을 하는데 "신의 소명을 따르는 것"은 불가능한 것처럼, 신에 대한 서원이나 종교는 일상적인 일과는 무관한, 시대에 뒤떨어진 것처럼, 대통령이 임명한 사람들만이 노예제도를 없앨 수 있는 것처럼 말합니다. 그들은 죽음은 실패고 어떤 식으로 살든 살아남으면 성공인 것처럼 말합니다.

나는 이 사람이 헌신한 그 훌륭한 대의와 경건한 방법을 생각해 보고 또 그를 심판하려는 자들과 무뢰하게 날선 어조로 열변을 토하며 비난하는 자들이 골몰하는 명분을 생각해 보면서 이 둘이 천양지차로 다르다는 것을 알았습니다.

요지는 우리의 '지도자들'은 죄가 없는 사람들이며 그들은 자신

89) 영국 시인 새뮤얼 대니얼(Samuel Daniel 1562-1619)의 시 「컴버랜드 백작부인 레이디 마가렛에게」(To the Lady Margaret, Countess of Cumberland)"의 한 구절. - 옮긴이 주

들이 신에 의해 선택된 것이 아니라 투표로 선출되었다는 것을 충분히 잘 알고 있다는 것입니다.

캡틴 브라운이 교수형에 처해져야 자신의 안전을 보장받는 사람은 누구입니까? 북부지역 사람누구에게든 그의 교수형이 피할 수 없는 일입니까? 이 사람을 미노타우르스[90]에게 제물로 던져주는 것 밖에는 다른 묘책이 없습니까? 그렇게 하고 싶지 않다면 분명히 말하십시오. 이런 일들이 벌어지는 동안 아름다움은 빛을 잃고 음악은 괴성으로 들립니다. 보기 드문 인품을 가진 브라운을 생각해 보십시오. 그런 사람을 키워내기 까지는 오랜 세월이 걸리며 그를 이해하는 데도 그렇습니다. 그는 거짓된 영웅도 아니고 특정 정파의 대표자도 아닙니다. 몽매한 이 땅에 태양에 비견될 브라운 같은 인물은 또 다시 나타나지 않을 지도 모릅니다. 그런 인재를 만들어 내는 데는 물심양면으로 값비싼 비용을 치렀습니다. 속박 받는 자들을 구원하러 보내준 사람에게 고작 한다는 짓이 그를 밧줄 끝에 매다는 것이라니요! 십자가에 못 박히신 예수를 경배한다고 하

90) Μῑνώταυρος; '미노스의 황소'라는 의미의 그리스어로 크레테 신화에 등장하는 반인반수로 내부의 갈등과 잘못된 욕망을 상징한다. 소로스는 여기서 노예제도를 둘러싼 북부지역 내부의 갈등을 미노타우르스라는 신화적 존재에 비유했다. - 옮긴이 주

는 당신들이 4백만 명의 구원자로 자신을 내맡긴 브라운에게 무슨 짓을 하려고 하는지 생각해보십시오.

누구든 시대에 따라 어떻게 처신하는 것이 좋을지 알고 있고 그런 점에서 세상의 모든 똑똑하다는 사람들은 그를 이해할 수 없습니다. 살인자들은 항상 자신들이 응분의 벌을 받는다는 것을 알고 있습니다. 그러나 정부가 양심에 가책도 없이 한 사람의 목숨을 앗아가면 그 정부는 파렴치한 정부이며 스스로 파멸의 길로 가고 있는 것입니다. 개인이 옳고 정부가 틀릴 수도 있다는 것이 말이 안 된다는 것입니까? 법이라는 게 악법임에도 불구하고 입법됐다거나 혹은 몇 사람이라도 좋다고 하면 집행되어야 합니까? 인간이 양심이 어긋나는 일을 하는 도구가 될 필요가 있습니까? 선량한 사람들도 교수형에 처해질 수 있다는 것이 의원들의 입법취지입니까? 판사들은 법을 법정신이 아니라 글자그대로 해석합니까? 어떤 권한을 가지고 있기에 여러분들은 내면의 양심을 거부하고 당신들끼리의 약속에 따라 일을 처리합니까? 마음을 정해 어떤 식으로든 판결을 내리고 밀려오는 회한과 누구든 당신들이 모르는 사람들의 말은 듣지 않는 것이 당신들을 위해서입니까? 나는 변호사들과 그들이 한 인간을 비난하고 옹호하는 방식을 믿지 않습니다. 변호사들은 법정에서 판사를 만나기 위해서 내려왔고 진정으로 중요한 사건에서는 한 인간이 세속의 법을 위반했느냐의 여부는 중요하지 않기 때문입니다. 변호사들은 일상적인 소송이나 맡게 놔둡시다. 이해관계에 밝은 사람들끼리 알아서 하겠지요. 그들이 인간을 묶어놓은 영원불변의 법을 해석하는 사람들이라면 그것은 다른 문제가 될 것입니다. 노예제도와 노예해방에 양다리를 걸친 채 엉터리 법을 양산하는 법률공장! 거기서 노예해방을 위한 법이 만들어지길 기대할 수 있겠습니까?

저는 여러분들에게 그의 정당성을 옹호하기 위해 여기에 왔습니다. 나는 그의 구명이 아니라 그의 기개, 즉 그의 불멸의 생애를 인정해달라고 요구하는 것입니다. 그리하여 그것이 그의 대의명분이 아니라 오롯이 여러분 모두의 대의명분이 되기를 바랍니다. 1800여 년 전 예수 그리스도가 십자가에 처형됐습니다. 오늘 아침 캡틴 브라운이 처형됐는지도 모릅니다. 이것은 서로 무관하지 않은 연쇄사건의 두 단면입니다. 그는 더 이상 올드 브라운이 아닙니다. 그는 빛의 천사입니다.

이제 나는 모든 나라에서 가장 용감하고 관대한 사람은 처형될 수밖에 없다는 것을 알게 되었습니다. 브라운 자신도 아마 알았을 것입니다. 나는 브라운의 목숨이 연장되어 조금이라도 더 사는 것이 그의 죽음보다 나을 게 있을까하면서 그가 석방됐다는 소식이 들려올까봐 두려워하는 정도입니다.

“그릇된”, “말 많은”, “제정신 아닌”, “복수심에 찬”! 당신들은 푹신한 의자에 앉아 그렇게 쓰고 있고 그는 무기창고의 바닥에서 부상한 채 구름 한 점 없는 하늘처럼 맑고 자연의 법칙처럼 참된 목소리로 응답합니다. “누가 시켜서 여기에 온 것이 아니다. 나는 자발적으로 그리고 신의 뜻에 따라 여기에 왔다. 나는 인간은 그 어느 누구도 주인으로 인정하지 않는다.”

그는 자신을 지켜보고 있는 인질들을 대하면서 고상하고 부드러운 어조로 다음과 같이 말합니다: “여러분, 나는 당신들이 신과 인류에게 큰 죄를 짓고 있다고 생각하고 당신들이 고의적으로 그리고 악의적으로 속박하고 있는 사람들을 해방시키기 위해서라면 누군가가 나서 당신들과 맞서 싸우는 것은 지극히 옳을 것입니다.”

그리고 그가 펼쳐온 운동에 대해 언급했습니다. “내 생각에는 그것은 인간이 신에게 바칠 수 있는 가장 숭고한 노력입니다.”

“나는 아무도 도와주는 이 없이 노예상태에 있는 가난한 사람들을 가엾게 생각하고 있습니다. 그게 내가 여기 와 있는 이유입니다. 어떤 개인적인 원한을 갚거나 복수하거나 응징하기 위해서가 아닙니다. 신께서 보시기에는 당신들처럼 귀하고 선량함에도 억압받고 학대받는 사람들에 대한 연민 때문입니다."

여러분들은 성경을 읽으면서도 그것을 모르고 있습니다.

"내가 부유하고 권력 있는 사람들을 존중하듯이 여러분들은 내가 노예제로 핍박받는 가장 가난하고 힘없는 유색인종들을 존중하는 것을 이해해 주기바랍니다."

"나아가 나는 남부의 주민 모두에게 준비하기도 전에 등장할 게 틀림없는 이 문제에 대한 결정에 대비하는 게 좋을 것이라고 말하고 싶습니다. 일찍 준비할수록 더 좋습니다. 저를 미련 없이 죽여도 좋습니다. 나는 지금 거의 죽은 거나 마찬가지입니다. 그러나 이 흑인 노예 문제에 대해서는 결론을 내려야 합니다. 이 문제는 아직 끝

91) 기원전 111년 로마공화국의 노예학대에 대항하여 노예들을 규합하여 반란을 이끌었던 트라키아 출신의 검투사 노예 스파르타쿠스(Spartacus)를 브라운에 비유하여 로마를 거론한 것으로 보인다. - 옮긴이 주

나지 않았다는 말입니다."

나는 화가가 더이상 그러한 주제를 찾기 위해 로마에 가지 않고도[91] 노예해방의 장면을 그리고, 시인이 노래를 그것을 주제로 시를 짓고 역사가들이 청교도들의 상륙 그리고 독립선언과 함께 그 장면을 기록하고 그러한 장면이 내셔날 갤러리를 장식하고 최소한 지금과 같은 노예제도가 더이상 존재하지 않는 때가 올 것으로 내다봅니다. 그날이 오면 우리는 캡틴 브라운을 위해 목놓아 울게 될 것입니다. 그때야 비로소 우리는 원한을 풀게 될 것입니다.

— 서경주 옮김

존 브라운의 교수형 이후의 논평 (1859)[92]

뛰어난 도덕적 위업은 어떤 것이든 어디서나 통하고 널리 회자되고, 피라미드가 정상으로 올라 갈수록 좁아져 한 점에 이르는 것과 마찬가지로, 시대와 장소를 불문하고 거의 유사하기 때문에 내가 직접 메모를 달아 시들을 베껴 써놓은 노트를 넘겨보면 그 가운데 가장 마음에 드는 시들은 일부 구절이나 전부가 브라운의 경우에 꼭 들어맞는다는 것을 알게 됩니다. 이 시기에는 참되고 강하며 진정어린 어린 시구만이 우리 마음에 와닿을 것입니다. 유명한 시들

92) 존 브라운 교수형 이후의 논평은 헨리 데이비드 소로가 존 브라운이 처형되던 1859년 12월 2일 행한 연설이다. 소로는 자신의 말을 짧게 하고 Sir Walter Raleigh의 「영혼의 사명(The Soul's Errand)」, William Collins의 「용감한 자들은 어떻게 잠드는가(How Sleep the Brave)」, Friedrich Schiller의 「발렌슈타인의 죽음(The Death of Wallenstein)」의 일부를 발췌해 Sammuel Taylor Coleridge가 번역한 것, William Wordsworth의 「아 그 길고도 고된 여정이 아무 소용없구나(Alas! What boots the long laborious quest)」 중에서 한 대목, Alfred Tennyson의 「마우드(Maud)」의 한 대목, George Chapman의 희곡 「찰스, 바이런 공작의 음모(Conspirary of Charles, Duke of Byron)」, Henry Wotton의 「행복한 인생의 특징(The Character of a Happy Life)」, 그리고 소로 자신이 번역한 Tacitus을 글을 낭독했다.- 옮긴이 주

은 거의 모두 다 브라운을 위한 송가나 비가로 음송되거나 그를 옹변하는 원고가 될 수 있을 것 같습니다. 실제로 그런 시들을 낭송하는 것은 이제 일반적인 의식의 일부가 될 만하며 교회가 전례에서 기념하지 않는 영웅과 순교자들의 업적에 적당할 것 같습니다. 이것은 이제 그들의 장례식에서 하나의 추도사로 자리를 잡았으며 모든 위대한 시인들이 자신들이 시구를 바치고 있습니다. 마벨[93]은 이렇게 읊었습니다.

> 칼이 판관의 머리위에서 번쩍이고
> 겁쟁이 성직자들이 겁에 질려 말을 잊을 때
> 그때가 시인의 시간이다. 그때 그가 나타나서
> 고결한 대의명분을 위해 홀로 싸운다.
> 그는 제국의 바퀴가 뒤로 구르고
> 세상의 중심축이 엇물려 삐거덕거려도
> 여전히 고대의 인권과 태평성대를 노래하며
> 슬퍼하는 선인을 구하며 뻔뻔한 죄인들을 심문한다.

93) 앤드류 마벨(Andrew Marvell;1621-78)은 영국의 시인이자 정치가.- 옮긴이 주

이번 사건에 비유하여 읽어보면 훌륭한 시의 의미가 보이지 않는 글자에 불빛을 비춘 것처럼 명확히 드러납니다.

모든 제왕들은 차가운 무덤으로
가야만 합니다.
정의로운 사람들의 행동만이
향기를 피우며 유해 속에서 피어납니다.

최근에 옥중에 있는 브라운을 면회한 부인은 그가 체포될 때 온통 칼과 총검에 찢기고 뚫린 옷을 그대로 입고 있었다고 전했습니다. 모자도 쓰지 못한 채 그는 그런 모습으로 재판에 나왔습니다. 부인은 감옥에서 그런 옷들을 꿰매며 시간을 보냈고 기념품으로 피 묻은 핀을 가지고 나왔습니다.

그런 옷을 입고 버틴 것은 무슨 의미일까요?

영원토록 변치 않는 옷은
가난한 이들에 대한 은총의 공덕이며
세월이 흘러도, 곰팡이나 벌레도
그 옷감이 해지거나 좀먹게 하지 않으리니

내가 쓴 월터 롤리경[94]을 보기 바랍니다. 많은 사람들이 월터 롤리경이 자신의 사형집행일 하루 전에 쓴 것으로 추정하는 「영혼의 사명」이라는 유명한 시는 그 자체로도 훌륭하지만, 이번 경우에도 상당한 의미를 갖습니다. 한 번 들어보시지요.

월터 롤리 경의 초상화
(니콜라 힐리어드 작; 1585)

영혼의 사명

가라, 영혼이여, 육신의 방문자여
배은망덕한 자들에게로
진실이 네게 권능을 줄지니
지고지선한 자들을 괴롭힐까 걱정하지 마라
나는 죽을 수밖에 없으니

94) 처녀 여왕 엘리자베스 1세와의 로맨스로 유명해진 영국의 모험가, 작가인 월터 롤리 경(Sir Walter Raleigh; 1554-1618)은 아메리카 초기 식민 개척자이다. Walter Raiegh라고도 표기한다. 엘리자베스 1세의 총신(寵臣)으로 1585년에 기사 작위를 받았으나 제임스 1세 때 반역혐의로 런던탑에 투옥되었다가 결국 처형당했다. 영국에 담배를 처음 들여온 인물이기도 하다.- 옮긴이 주

가서 세상에 거짓이라고 꾸짖어라

가왕실에 가서
썩은 나무처럼 붉게 타올라 빛난다고 말하라
가서 교회는 선해 보이지만
선행을 하지 않는다고 말하라
교회와 왕실이 대꾸하면
그 둘에게 거짓이라고 꾸짖어라

군주들에게 말하라
다른 사람들 덕분에 먹고 산다고
주지 않으면 사랑받지 못하고
파벌이 없으면 힘이 없다고
군주들이 대꾸하면
거짓이라고 꾸짖어라

국사(國事)를 관장하는
고관대작들에게 말하라
그들의 목적은 야망이며
그들의 책략은 증오라고

그리고 대꾸하는 즉시
다 거짓이라고 꾸짖어라

헌신이 없는 열성에 말하라
욕망에 불과한 사랑에 말하라
흐르기만 하는 세월에 말하라
티끌에 불과한 육신에 말하라
거짓이 분명하니
잠자코 있는 게 좋겠다고

헛되이 먹는 나이에 말하라
무상한 명예에 말하라
시들어가는 아름다움에 말하라
불안한 인기에 말하라
그들이 대꾸하면
모두다 거짓이라고 꾸짖어라

운명에 맹목성에 대해 말하라
자연에 쇠락에 대해 말하라
우정에 무정함에 대해 말하라

정의에 더딤에 대해 말하라
그들이 대꾸하면
모두 거짓이라 꾸짖어라

내가 너에게 명한대로
네가 비밀을 알려줄 때
거짓임을 알려주는 것은
칼을 맞을 만한 일이지만
하지만 누가 너를 찌르겠느냐
어떤 칼도 영혼을 죽일 수 없으니

"언제 내가 죽었는지
그 날짜를 기록하지마라"
조종도 울리지 마라
증오가 식으면
"사랑이 그것을 기억하리니"

—서경주 옮김

존 브라운의 최후의 날들 (1860)[95]

존 브라운의 생애 마지막 6주는 우리가 사는 어둠을 섬광처럼 가르고 지나가는 유성과도 같았습니다. 우리는 우리 역사에서 그런 경이로운 사건을 보지 못했습니다.

어떤 사람이 그 당시 강의나 대화를 하면서 브라운의 최근 말과 행동을 간과한 채 카토[96], 빌헬름 텔, 빙켈리드[97] 같은 고대의 영웅적 사례를 인용했다면 북부에 사는 지각 있는 청중들은 핵심을 비

95) 헨리 데이비드 소로가 1860년에 쓴 에세이로 노예폐지론을 주장한 민병대 지도자 존 브라운을 칭송하는 내용을 담고 있다.- 옮긴이 주

96) 카토(Cato, the Younger; 95 BC-46 BC)는 로마 공화정 시대의 정치인이자 철학자로 독재로 치닫는 율리우스 카이사르에 저항하다 북아프리카의 우티카(Utica)에서 자살로 생을 마감한 인물. 불의와 부정에 대한 저항을 상징하는 인물로 서양사에서 자주 언급된다. - 옮긴이 주

97) 아르놀트 빙켈리드(Arnold von Winkelried)는 빌헬름 텔과 유사한 스위스의 전설적인 인물로 1386년 루체른 근처 젬파흐(Sempach)에서 벌어진 구(舊) 스위스연방과 합스부르크 왕가의 레오폴드 3세가 이끄는 오스트리아 군대와의 전투에서 영웅적 행동으로 스위스가 승리하는데 결정적인 역할을 했다. - 옮긴이 주

존 브라운의 마지막 순간(토마스 호벤든 작, 1884)

껴 에둘러 말해 설득력이 없다고 느꼈을 것입니다.

내 입장을 말씀드리자면 나는 보통 인간보다는 자연에 관심을 갖지만 어떤 감동적인 인간사는 우리의 눈길을 자연으로부터 돌리게 할 수도 있습니다. 나는 여전히 살아 움직이는 자연계의 운행법칙을 발견하거나 무심히 일상사에 분주한 사람들을 마주칠 때마다 놀랄 정도로 브라운에게 매료되었습니다. "작은 물총새"가 이전과 같이 아무 일 없었다는 듯 여전히 자맥질을 하는 것이 나에게는 이상하게 보입니다. 그리고 콩코드가 사라져도 이 새는 여기서 그렇게 자맥질을 계속할지 모른다는 생각을 갖게 합니다.

사형선고를 받고 적들에 둘러싸여 있는 죄수 브라운은 그의 이후 계획이나 대책에 대해 질문을 받으면 미국 국민 어느 누구보다도 현명하게 대답할 수 있을 것입니다. 그는 그가 처해진 상황을 가장 잘 이해하고 있습니다. 그는 그것을 가장 조용히 응시하고 있습니다. 그에 비해 남부와 북부의 모든 사람들은 이성을 잃었습니다. 우리는 그와 견줄 만큼 더 위대하거나 현명하거나 선량한 사람을 생각할 수 없습니다. 왜냐하면 그는 바로 그 점에서 모든 사람들을 능가하기 때문입니다. 지금 이 나라가 교수형에 처한 바로 그 사람이 이 나라에서 가장 위대하고 가장 선량한 사람인 것 같습니다.

여론을 뒤집는 데는 몇 년이 필요 없습니다. 이 경우는 며칠, 아니 몇 시간 만에 여론이 확 달라졌습니다. 콩코드에서 그를 추모하기 위한 예배에 참석하러 들어가면서 그를 교수형에 처해야만 했다고 생각했던 쉰 명의 사람들이 나와서는 그렇게 말할 용의가 없었습니다. 그들은 브라운의 어록이 낭독되는 것을 듣고, 집회에 참석한 신자들의 진지한 표정을 보고 마침내 브라운을 기리는 찬송가를 함께 불렀습니다.

정해진 순서는 무시되었습니다. 한 목사는 처음에는 충격을 받고 말을 잊은 채 서 있다가 브라운의 교수형이 집행된 후에는 결국 그를 주제로 설교할 수밖에 없다고 느꼈습니다. 그리고 그 설교에서 그를 일부 칭송하기까지 했지만 그렇게 말한 것은 실수였다고 말했습니다. 한 유명한 교사는 예배를 본 뒤에 처음에는 목사와 같은 입장이었지만 이제는 존 브라운이 옳다는 것을 고학년 학생들에게 이야기할 필요가 있다고 생각했습니다. 그러나 교사가 목사의 생각을 앞선 만큼 학생들은 교사의 생각을 앞서있었던 게 분명합니다. 그리고 나는 집에 있는 아주 어린 아이들이 이미 왜 하느님이 그를 구원하기 위해 나서지 않았냐고 다급한 목소리로 부모들에게 묻고 있다는 것을 잘 알고 있습니다. 어떤 경우든 명색이 교사라는 사람들이 한쪽 눈만 뜬 채 사람들을 이끌어 가는 것이 아니라 때를 놓치고 힘없이 끌려가고 있습니다.

성서를 충실히 따르는 더 양심적인 목사들, 그들은 교리를 남이 네게 해주기를 바라는 것을 다른 사람들에게 해주라고 교리에 대해 말하면서 어떻게 전대미문의 가장 훌륭한 목자이자 성경대로 살고 행동했으며 실제로 교리를 구현하고 황금률을 실천한 브라운을 인정하지 않을 수 있습니까? 도덕관념을 깨우친 사람들, 하늘의 부름에 따라 복음을 전하는 사람들은 모두 그의 편에 섰습니다. 냉정하고 보수적인 사람들로부터 그가 어떤 고백을 받아냈습니까? 그것이 우리들 가운데 새로운 브라운 파벌을 형성하는 요인이 되지 않았다는 것은 놀랍지만 그런대로 괜찮은 일입니다.

으레 그러하듯 교회에 나가든 안 나가든 성경의 자구에 얽매이지 않고 그 안에 담겨 있는 정신에 충실하기 때문에 이단자라고 불리는 사람들이 맨 먼저 브라운을 인정해주었습니다. 남부에서는 전에 노예를 구출하려고 했다는 이유로 사람들이 교수형에 처해졌고 북부는 이런 일로 크게 동요하지 않았습니다. 이런 엄청난 차이는 도대체 무엇 때문입니까? 우리는 그들이 교리를 신봉한다고 생각하지 않습니다. 우리는 미묘한 차이를 구분하여 인간이 만든 법이 아니라 그 정신을 존중합니다. 북부, 다시 말해 북부에 사는 사람들은 갑자기 이상주의자가 됐습니다. 북부는 인간이 만든 법을 다시 돌아보고 명백한 오류를 밝혀내 영구불변의 정의와 명예를 알게 되었습니다. 사람들은 보통 어떤 정해진 방식에 따라서 인생을 살아가며 법질서가 지켜지면 만족스러워 합니다. 그러나 이 경우에 원초적 직관을 어느 정도 생각하게 되었고 거기서 원초적 종교가 조금은 되살아났습니다. 그들은 질서라고 하는 것은 혼돈이며 정의라고 하는 것은 불의고 최상은 최악이라는 것을 알게 되었습니다. 이러한 태도는 우리 선조들을 움직였던 정신보다 더 이성적이고 순결한 정신이며 세월이 흐르면서 이방인과 억압받는 사람들을 위해 혁명을 일으킬 수 있다는 것을 보여주었습니다.

대부분의 북부사람들 그리고 일부 남부사람들이 브라운의 말과 행동으로 감동을 받았습니다. 그들은 자신들이 영웅적이며 고결하다는 것, 그리고 그런 점에서 이 나라 혹은 세계 근세사에서 자신들과 견줄만한 사람들은 없다는 것을 보고 느꼈습니다. 그러나 소수의 사람들은 브라운의 언행에 무감합니다. 그들은 자신들의 이웃의 태도에 놀라 화를 냅니다. 그들은 브라운이 훌륭하다는 것, 브라운이 옳은 일을 했다고 생각한다는 것을 알고 있었지만 브라운에게서 그 이상의 특별한 점을 발견하지 못했습니다. 섬세한 의미 구분하거나 후덕함을 알아보는 데 미숙한 탓으로 그들은 브라운의 말과 글을 듣도 보도 못한 듯 제대로 이해하지 못했습니다. 그들은 영웅적 발언을 언제 지나쳤는지 몰랐고 마음에 화인을 남긴 것도 알지 못했습니다. 그들은 브라운이 권능을 가지고 말한다고 생각하지 않았으며 그렇기 때문에 법대로 처형되는 것이 마땅하다고 생각할 뿐이었습니다. 그들은 오래된 규범은 기억했지만 새로운 계시는 듣지 못했습니다. 브라운의 발언에서 지혜와 고결함, 그리고 거기서 비롯되는 우리의 법률보다 우월한 권능을 발견하지 못한 사람이 오늘날의 민주당원입니다. 이것은 그런 사람들을 찾아내기 위한 시험입니다. 그런 사람은 의도적이 아니라 천성적으로 이런 면을 보지 못하고 자기 자신에 맞춰져 있습니다. 그것이 여태까지의 삶이며 그는 그런 삶을 회의하지 않습니다. 비슷한 방식으로 그는 역사와 성경을 읽어왔고 받아들이거나 받아들이는 것처럼 보이는데 후자의 경우는, 성경을 읽고 양심의 가책을 느끼기 때문이 아니라 정형화된 문구로 받아들일 뿐입니다. 그가 비망록을 가지고 있다면 거기서도 양심의 가책 같은 감정은 볼 수 없을 것입니다.

훌륭한 일을 했을 때 누가 그것을 알아볼 것 같습니까? 훌륭한 사람들이 그것을 알아봅니다. 내 이웃사람들 가운데 몇몇이 존 브라운을 일반적인 흉악범이라고 말해도 나는 놀라지 않았습니다. 그들은 어떤 사람들입니까? 그들은 돈이 많거나 지위가 높거나 혹은 좀 야비한 사람들입니다. 그들은 어떤 의미에서도 고상한 사람들이 아닙니다. 그들의 내면은 칙칙한 기질로 차있습니다. 그들 가운데 몇 명은 완전히 후안무치입니다. 화가 나서 하는 말이 아니라 슬퍼서 하는 말입니다. 내면에 빛이 없는 사람이 어떻게 빛을 볼 수 있겠습니까? 그들은 보이는 것에 충실하지만 이런 식으로 세상을 보면 아무것도 보지 못하니 그들은 눈먼 사람입니다.

빛의 자녀들에게 그들과 다투는 것은 마치 독수리와 올빼미가 겨루는 것과 같습니다. 브라운을 야속하게 생각하는 사람을 알려주면 그가 어떤 고상한 시를 암송할 수 있는지 들어보겠습니다. 그는 마치 입술이 돌로 만들어지기라도 한 듯 입을 떼지 못할 것입니다.

아무리 교육을 많이 받아도 누구나 아주 평범한 의미의 기독교인이 될 수는 없습니다. 그것은 무엇보다 성품과 인성의 문제입니다. 기독교인은 여러 번 거듭나야만 하는 것인지 모릅니다. 나는 기독교인을 자처하는 많은 사람들을 알고 있는데 그들은 기독교인의 자질이 없는데 그러니 어이없는 일입니다. 모든 사람들이 다 자유인이 될 수 있는 것도 아닙니다.

기자들은 한동안 계속해서 브라운이 미쳤다고 말해 왔습니다. 그러나 결국 "어처구니없는 계획"이었다고 말하고 그 말을 뒷받침하기 위해 그 계획 때문에 브라운이 목숨을 잃게 되었다는 것을 유일한 증거로 내세웠습니다. 나는 그가 만약 5천 명을 모아 습격을 감행하고 천 명의 노예를 해방시키고 일이 백 명의 노예주들을 죽이고 브라운 측에서도 비슷한 사망자를 냈지만 그는 살아남았다면 이 기자들은 이 사건을 보다 고상한 이름으로 명명했을 것이라고 믿어 의심치 않습니다. 브라운은 그렇게 한 것보다 훨씬 더 성공적이었습니다. 그는 북부와 남부에서 수천 명의 노예를 해방시켰습니다. 그 기자들은 도덕률에 따라 죽고 사는 것에 대해 아무 것도 모르는 것 같습니다. 그들은 그때 브라운이 미쳤다고 했지만 이제 누가 그를 미쳤다고 할 수 있습니까?

브라운의 놀라운 공격과 이어진 브라운의 행동으로 비롯된 소동을 겪으면서 매사추세츠 주 의회는 목격자 신분으로 버지니아 주로 이송되고 노예주 폭력배 무리의 폭행에 노출될 우려가 있는 주민들을 위해 아무런 조치도 취하지 않고 주류 판매면허 문제에 여념이 없었으며 "면허 연장"이라는 말에 대해 한심한 농담을 주고받는데 시간가는 줄 몰랐습니다. 불량한 정신이 그들의 머릿속을 채우고 있었습니다. 나는 그 당시 위기 상황에서 제대로 된 정치인이라면 그런 문제, 즉 언제라도 논의할 수 있는 하찮은 문제를 논의하는데 참석할 수는 없었을 것이라고 확신합니다!

내가 브라운의 경우에 적용할 만한 예배의식을 찾기 위해 지난 세기 말경에 인쇄된 성공회 전례집을 살펴보니 성공회의 순교자로 인정되고 시성된 사람은 폭군으로 유명한 찰스 1세[98]가 유일했습니

98) 찰스 1세(Charles I of England; 1600-1649)는 1625년 즉위한 뒤 왕권신수설을 주장하며 왕권강화를 획책하다 의회와 충돌하여 내전을 야기했고 결국 올리버 크롬웰이 이끄는 의회 측 군대에 패하여 단두대에서 처형됨. 폭군이었지만 신앙심이 깊어 사후에 영국성공회의 순교자로 시성되었다. - 옮긴이 주

다. 영국을 포함한 전세계 주민들 가운데 영국교회가 전례에 따라 유일하게 순교자이자 성인으로 시성한 찰스 1세, 영국 교회는 한 세기가 넘도록 연례 미사로 그의 이른바 순교를 기념하고 있습니다. 교회에서 정말 우스운 일이 벌어지고 있습니다!

의회나 교회 그리고 영혼 없는 어떤 단체가 아니라 정신이 살아있고 영감을 주는 단체를 여러분의 지침으로 삼으십시오.

지혜와 용기에 비교하면 여러분들의 학문적 성취나 공부는 무슨 소용이 있습니까? 브라운의 다른 행동은 생략하고 상대적으로 못 배우고 무식한 이 사람이 6주 동안 얼마나 대단한 글을 썼는지 보십시오. 그만큼 잘 쓸 수 있는 문학이나 논리학, 수사학 교수가 어디 있습니까? 그는 롤리처럼 옥중에서 세계사를 쓴 것이 아니라, 내 생각에는 롤리의 세계사보다 더 오래 남을 미국의 책을 썼습니다. 나는 로마나 영국 그리고 어떤 역사에서도 그런 절박한 상황에서 그와 같이 많은 이야기를 한 것을 보지 못했습니다. 그 짧은 시간에 그는 정말 다양한 주제에 대해서 언급했습니다! 그리고 아내에게 보낸 편지에서 반드시 딸들을 교육시켜달라고 부탁한 구절은 미국의 모든 가정에서 액자에 넣어 벽난로 위에 걸어둘 만한 글입니다. 이글에 담겨있는 의미심장한 지혜를 『불쌍한 리처드』[99]의 그것과 비교해 보십시오.

어빙[100]의 죽음은 여느 때 같았으면 모든 사람의 관심을 끌었겠지만 이런 일들이 진행되는 동안 일어나 거의 주목을 받지 못하고 지나갔습니다. 나는 그의 죽음에 관한 이야기를 작가들의 전기에서 읽어야만 할 것 같습니다.

작가들, 언론인들, 그리고 비평가들은 그들이 문법과 수사학을 공부했기 때문에 글을 어떻게 쓰는지 알고 있다고 생각합니다. 그러나 그들은 크게 잘못 알고 있는 것입니다. 작문의 기술은 소총에서 총알을 발사하는 것처럼 간단하며 걸작들은 작품이 나온 뒤에 한없이 더 큰 영향력을 갖게 됩니다. 이 제대로 교육받지 못한 사람[101]의 말과 글은 표준 영어입니다. 예전에 비속어나 미국식 영어로 간주된 몇몇 어휘나 구문은 표준 미국어가 되었습니다. "도움이 되다(It will

99) Poor Richard; 벤저민 프랭클린이 Poor Richard라는 필명으로 1732년부터 1758년까지 발행한 팸플릿 형태의 책력. 계절별 날씨와 삶의 지혜를 담은 속담, 격언, 천문 및 점성술 등을 내용으로 담고 있다.- 옮긴이 주

100) 워싱턴 어빙(Washington Irving; 1783-1859)은 미국의 문인이자 외교관. 조지 워싱턴의 전기와 소설 『립 밴 윙클』(Rip Van Winkle)을 썼으며 1842년부터 1846년까지 스페인 주재 미국대사를 지냈다. - 옮긴이 주

101) 존 브라운은 10대 후반에 코넥티컷 주 리치필드 카운티(Litchfield, Connecticut)에 있는 〈모리스 아카데미〉(Morris Academy)라는 남녀공학 사설강습소에 다닌 것을 제외하고는 정규교육을 받지 못했다. - 옮긴이 주

pay)" 같은 말입니다. 나는 수사학 교수는 아니지만 작문의 가장 중요한 법칙은 진실을 말하는 것이라고 주장하지 않을 수 없습니다. 말을 잘하건 못하건 이것이 처음이자 마지막입니다. 진실을 말하는 데는 우선 진심과 용기가 필요합니다.

우리는 원래 로마인들 사이에 자유 시민이 되기 위해 필요하다고 여겨진 '인문 교육'이라는 표현을 잊은 게 틀림없는 것 같습니다. 생계를 유지하기 위한 상거래와 직업교육은 노예들에게 필요한 것으로 여겨졌습니다. 그러나 나는 그 말에서 힌트를 얻어 한 걸음 더 나아가 진정한 의미에서 인문 교육을 받은 사람들은 예술이나 과학 혹은 문학을 공부하는 유한계급 사람들이 아니라 진실하고 자유로운 사람들이라고 말하고 싶습니다. 미국과 같이 노예제도를 유지하는 나라에서 국가가 용인하는 인문 교육 같은 것은 있을 수 없습니다. 그리고 전제군주 치하에서 만족하며 사는 오스트리아와 프랑스의 학자들이 얼마나 교육을 많이 받았는지는 모르지만 그들은 노예교육을 받아왔을 뿐입니다.

브라운의 적들이 할 수 있었던 일은 그의 무한한 장점, 즉 그의 대의명분이 가진 좋은 점을 널리 알린 것 말고는 없었습니다. 그들이 즉각 교수형을 집행하지 않아 브라운이 그들을 상대로 설교할 수 있는 시간을 주었습니다. 그리고 또 한 가지 큰 실책이 있었습니다. 그들은 브라운 추종자들을 브라운과 함께 처형하지 않았습니다. 그래서 브라운의 승리는 연장되고 완성되었습니다. 어떤 연극 연출가도 그의 말과 행동에 힘을 실어주기 위해 그토록 빈틈없이 연출을 할 수는 없을 것입니다. 그런데 누가 연출가라고 생각하십니까? 누가 노예 여인과 브라운이 상체를 굽혀 상징적 키스를 한 그녀의 아이를 감옥과 교수대 사이에 세워놓았습니까?

브라운이 인간에 의해 용서되고 구원받지 못할 것을 그가 알았듯이 우리도 곧 알았습니다. 브라운이 진실로 위대하고 기억될만한 승리를 거두게 한 영혼을 칼을 들었을 때 그에게 샤프스 소총이라는 물리적인 무기를 돌려주는 것은 그를 무장해제 시키는 것이었습니다. 그는 이제 영혼의 칼 옆에 누워있지 않습니다. 왜냐하면그 자신이 순수한 영혼이며 그의 칼 역시 순수한 영혼이기 때문입니다.

"그는 이 기념할 만한 곳에서
어떤 평범한 것도 말하거나 행하지 않았고…
자신의 무기력한 정의를 증명하기 위해
악의에 찬 말로 신을 부르지도 않았다.
침대에서처럼 단정한 머리를 숙였다."

교수형이 처해진 나무에서 내려지자마자 수평으로 누운 그의 시신은 정말 빠르게 운구되었습니다! 시신이 당일 필라델피아를 지나 토요일 밤에는 뉴욕에 도착했다는 것이 신문에 났습니다. 유니온 열차에 실려 남부지역에서 북부로 유성처럼 옮겨졌습니다. 브라운이 살아있을 때 열차를 타고 남부로 간 이래로 열차는 그런 화물을 수송하지 않았습니다.

노스 엘바에 있는 존 브라운의 묘비

그의 말을 글로 옮기던 어느 날 나는 그가 교수형에 처해졌다는 소식을 분명히 들었지만 그게 무슨 의미인지 몰랐습니다. 나는 그 소식을 접하고 슬픔을 느끼지 않았습니다. 오히려 하루 이틀이 지나기까지 그가 죽었다는 소식을 듣지 않았습니다. 그리고 여러 날이 지나도록 믿지 않을 것입니다. 나와 동시대인이라고 할 수 있는 모든 사람들 가운데 오로지 존 브라운만이 나에게는 죽지 않은 사람처럼 여겨집니다. 나는 이제 브라운이라는 이름을 가진 사람의 이야기를 듣지 못합니다. 브라운이라는 이름은 자주 듣지만 용감하고 진실한 사람의 이야기는 듣지 못합니다. 그러나 브라운 하면 바로 존 브라운을 떠올리며 존 브라운과 그 브라운이 무슨 관련이 있는지를 생각합니다. 그는 죽기 전 어느 때 보다 더 생생히 살아 있습니다. 그는 불멸의 존재가 되었으며 노스 엘바[102]나 캔자스 주에만 머물지도 않습니다. 그는 더 이상 몰래 다니지도 않습니다. 그는 이 땅을 비추는 가장 밝은 빛 속에 자신을 드러내고 있습니다.

— 서경주 옮김

102) North Elba; 1848년부터 2년 동안 가족과 함께 살았던 뉴욕주 에섹스 카운티의 작은 마을로 1859년 12월 2일 웨스트 버지니아의 찰스 타운에서 처형된 존 브라운은 이후 이곳으로 옮겨져 묻혔다.

JOHN BROWN'S RAID

National Park Service History Series

Office of Publications, National Park Service,

U.S. Department of the Interior, Washington, D.C.

제 3 권

존 브라운 투쟁기

존 브라운의 습격

1859년 10월 16일 일요일, 야음을 틈타 한 무리의 사내들이 마차 한 대를 앞세운 채 구불구불 이어지는 메릴랜드의 어느 길을 발소리를 죽여 가며 걷고 있었다. 그 길은 버지니아 주 하퍼스 페리로 이어졌다. 사내들은 겨울을 코앞에 둔 쌀쌀한 날씨 탓에 어깨에 두른 회색빛의 기다란 숄 안으로 샤프스Sharps[103] 소총 한 자루씩을 감추고 있었다. 보슬보슬 내리는 가랑비로 블루리지 산맥Blue

103) 1848년에 크리스찬 샤프스가 만든 단발 카빈 소총으로 1881년에 생산이 중단되었다.

Ridge Mountains의 위용은 으스스한 비안개에 가렸다. 사위는 정적에 휩싸인 채 오로지 사내들의 발걸음 소리와 삐걱대는 마차소리만이 허공을 가르고 있었다.

대열에는 변호사와 농부가 함께 걸었고 탈옥수와 독실한 퀘이커 교도도 함께 했으며 심령론자와 해방노예가 뒤섞였다. 그들은 오로지 노예제도를 반대한다는 명분 하나로 뭉쳐 있었다. 그 중에는 이른바 "피의 캔자스Bleeding Kansas"에서 시련을 겪은 이들도 있었다. "피의 캔자스"가 진행된 5년이란 세월 동안 노예제 찬성파와 노예제 반대파 간에는 격렬한 무력충돌이 있었고 그 전쟁이 휩쓸고 지나간 자리에는 죽음과 폐허만이 남았다. 게다가 "피의 캔자스"는 다가올 더 큰 갈등을 예고한 사건이었다. 대열에 낀 사람들 대부분은 게릴라 전술을 익힌 이들로 노예 해방을 위해서라면 기꺼이 목숨을 바칠 각오가 되어 있는 사람들이었다.

흑인 다섯 명과 백인 열네 명으로 이루어진 이 기묘한 소규모 무장병력은 이른바 "미 임시연방군Provisional Army of the united states"으로, 그 나라에서 "기이한 제도peculiar institution", 즉 흑인 노예제도를 철저히 몰아내겠다는 실로 엄청난 계획을 세워둔 참이었다. 이 계획은 지금 마차에 올라타 있는 매서운 눈초리의 수염을 기른 남자, 즉 이 병력의 "총사령관"인 존 브라운의 머리에서 나온 것이었다. 그는 계획의 설계자요 조직자이자 원동력이었으며, 이들 병력이 불투명한 운명을 안고 메릴랜드의 이 험난한 길을 걸어 내려가고 있는 이유 그 자체였다.

하퍼스 페리로 가는 길

나라를 온통 충격에 빠뜨리고 노예제도에 대한 대담한 도발을 통해 나라를 내전으로 한 발짝 더 다가서게 했던 장본인인 이 남자는 1800년 5월 9일 코네티컷 주 토링턴Torrington에서 오언 브라운Owen Brown과 루스 밀스Ruth Mills 부부의 아들로 태어났다. 브라운 가족은 소박하고 검소하고 근면했으며 종교에 대한 관심 또한 깊고 한결같았다. 아주 어릴 적부터 존 브라운은 종교적 습관이 매우 가치 있는 것이라는 가르침을 받았던 터라 형제자매들과 함께 성경을 읽고 기도하는 일을 일상으로 여겼다. 아버지는 '신을 경외하고 신의 율법을 지키라'는 말을 입에 달고 사는 분이었다. 흑인들을 노예로 부리는 일은 신을 거스르는 범죄라고 가르친 것도 다름 아닌 그의 아버지였다.

흑인의 자유를 부르짖다 순교한 미래의 노예 폐지론자가 태어난 집은 아무런 장식도 없고 덧문도 없이 휑뎅그렁한 농가였다. 브라운은 이곳에서 다섯 해를 살았다. 1805년 아버지 오언 브라운은 당시의 다른 수많은 가족들이 그러했듯이 농장을 팔고 그보다 서쪽

아버지 오언 브라운과 존 브라운의 생가

에 있는 오하이오로 이주했다.

존 브라운은 그곳 클리블랜드 남쪽 25마일 지점 허드슨의 자그마한 정착지에서 성인이 될 때까지 자랐다. 그는 정식 교육을 거의 받지 못했다. 그가 아는 것들 대부분은 훗날 스스로 '역경의 학교 School of adversity'라 불렀던 곳에서 배운 것이었다. 공부와는 담을 쌓다시피 했던 존은 집밖을 활개치며 싸돌아다니기를 더 좋아했다. 존은 언제나 '가장 격렬하고 거친' 놀이만을 골라서 즐겼는데 이는 그런 놀이들이 '감옥과도 같은 학교생활에 대한 거의 유일한 보상'이었기 때문이다. 그는 "몸싸움, 눈싸움, 달리기, 뛰어넘기, 낡고 지저분한 모자 낚아채기"에서는 그 누구에도 뒤지지 않았다고 자랑했다.

존 브라운은 해리엇 비처 스토우Harriet Beecher Stowe가 지은 『엉클 톰의 오두막Uncle Tom's Cabin』 1852년 판 삽화에 묘사된 노에 경매를 직접 목격한 적은 없을 것이다. 하지만 노예제도에 경악하고 치떨려 했던 존은 그러한 제도의 폐지를 자기 인생의 "가장 큰 혹은 주요한 목표"로 삼았다.

존은 여덟 살 때 어머니가 세상을 떠나자 스스로 그 "완벽하고도 영원한" 상실로부터 결코 헤어날 수 없을 것이라고 한동안 믿었다. 아버지가 재혼을 하자 존은 계모를 정서적으로 결코 받아들일 수 없어 "오랫동안 죽은 어머니를 애타게 그리워하며 살았다."

어쨌든 "모범생과는 거리가 한참 멀었던" 무심한 학생 존은 결국 학교를 그만두고 아버지의 무두질 공장에서 일을 하게 되었다. 허드슨으로 이사하기 전 무두장이이자 제화공이었던 아버지 오언 브라운은 진즉에 아들에게 "다람쥐, 너구리, 고양이, 개 등의 가죽"을 무두질해 다듬는 기술을 가르쳐준 바 있었다. 얼마 안 가 존은 그 일에 탁월한 능력을 보여주었다. 1812년 전쟁(War of 1812, 미영 전쟁으로도 불리며 1812년 6월 18일에 미국이 영국에 선전 포고를 하면서 발발한 2년 8개월 간의 충돌이다—역주)이 터지자 오언은 미시간 주 미군과 쇠고기 공급 계약을 맺었다. 그는 존에게 숲 속의 들소들을 모아 혼자서 100마일도 더 떨어진 미군 주둔지까지 몰고 가는 일을 맡겼다. 그곳에서 군인들을 접하면서 그들이 입에 달고 사는 욕설과 오합지졸 같은 행태에 넌더리가 난 존은, 훗날 나이가 찬 모든 허드슨의 남성들이 의무적으로 거쳐야 할 방위군 훈련을 받는 대신에

벌금을 내기로 다짐했다.

훗날 브라운이 주장한 바로는, 아버지가 노예제도를 악랄한 제도라고 말한 그 진정한 뜻을 처음으로 이해하게 된 때가 바로 이 전쟁 기간 중이었다. 어느 날 존은 소떼를 주둔지에 막 넘기고 존 또래의 노예를 소유하고 있던 어느 "매우 신사적인 지주" 집에 머물 기회를 갖게 되었다. 그 흑인 소년은 "거지같은 행색에 끼니도 제대로 때우지 못했으며 …… 존의 눈앞에서 삽이나 주변의 손에 잡히는 물건으로 닥치는 대로 두들겨 맞았다." 격분한 채로 집으로 돌아온 존은 이미 "가장 단호한 노예폐지론자"가 되어 있었다. 존은 "노예제도와의 끝없는 전쟁"을 맹세했다.

1856년 캔자스에서 찍은 이 사진에서 존 브라운은 그 유명한 턱수염을 아직 기르지 않은 상태였다. 불멸의 명성을 얻게 될 거사를 3년 정도 남겨둔 시점이었지만 존은 이미 노예제도와의 은밀한 전쟁을 시작한 뒤였다.

1816년 존은 허드슨의 조합교회에 입회한 뒤 이내 목사가 되는 꿈을 키워나갔다. 존은 한동안 매사추세츠 플레인필드Plainfield에 있는 어느 신학교를 다니기도 하고 코네티컷의 리치필드Litchfield에 소재한 신학교에 다니기도 했다. 당시 리치필드는 반노예적 정서의 중심지였다. 리치필드는 해리

엇 비처 스토가 태어난 곳이기도 했는데, 1852년에 출판된 그의 책 『엉클 톰의 오두막』은 미국의 북부와 남부를 막론하고 사람들의 격분을 불러일으켰으며 반노예제도라는 대의에 대해 국제적인 지지를 이끌어냈을 뿐 아니라 1861년 미국 남북전쟁의 도화선이 되기도 했다. 청년 브라운이 리치필드의 반노예적 분위기에 얼마나 영향을 받았는지는 알려져 있지 않다. 학자금이 바닥난 데다가 두 눈에 염증이 심해지자 어쩔 수 없이 존은 1817년 여름 오하이오로 돌아왔다. 목사가 되고자 했던 그의 꿈은 영영 산산조각 나고 말았지만 종교적 열정마저 사라진 것은 결코 아니었다.

스무 살이 된 존은 아버지의 재촉도 있었던 까닭에 자의반 타의반 다이언드 러스크(Dianthe Lusk)라는 처녀와 결혼했다. 러스크는 존보다 한 살 어린 "지극히 평범하면서도" 독실한 처녀였다. 존의 아내는 12년 후인 1832년 8월 일곱 번째 아이를 낳고서 세상을 떠났다. 브라운은 1년도 안 돼 재혼을 했는데 두 번째 아내 메리 앤 데이와의 사이에서는 13명의 자식을 두었다. 키워야 할 아이들이 늘어날수록 먹이고 입히는 문제가 늘 존을 괴롭혔다. 브라운은 일거리를 찾아 오하이오, 펜실베이니아, 뉴욕, 코네티컷, 매사추세츠 등지를 떠돌아 다녔다. 무두질, 측량, 농장 일을 가리지 않고 닥치는 대로 일했다. 때로는 양이나 소를 키워보기도 하고 양모 장수로, 혹

브라운의 두 번째 아내 메리 앤 데이(Mary Ann Day)는 헌신적이고 자기희생적인 사람이었다. 그녀는 남편의 사업상의 방황과 반노예제도 활동을 묵묵히 견뎌냈다. 여기 나오는 사진은 1851년 무렵 두 딸 애니, 사라와 함께 찍은 것이다.

은 우체국장으로 일했으며 한동안은 경주마를 기르기도 하고 부동산 투기에 손을 대기도 했다. 손대는 일마다 실패를 거듭하면서 그의 빚은 눈덩이처럼 불어났고 존의 대가족은 끼니를 때우기조차 힘든 생활을 벗어나지 못했다.

잦은 사업 실패와 가족을 부양하기 위한 악전고투의 와중에서도 브라운은 흑인노예들을 속박으로부터 해방시키겠다는 강렬한 소망을 결코 포기하지 않았다. 그가 그토록 증오했던 관습에 타격을 가할 기회가 캔자스에서 찾아왔다. 1854년에 제정된 캔자스-네브래스카 법안(Kansas-Nebraska Act)[104)]이 발효되면서 노예제도를 찬성하는 보더 러피안(Border Ruffians)[105)]이 캔자스와 네브래스카 지역

104) 미주리 협정(1820년 미국 자유주(自由州)·노예주(奴隷州)의 세력균형 유지를 위해 남·북 양 지역이 타협한 협정)을 무효화하고 캔자스와 네브래스카 두 준주(準州)의 조직을 인정하며 노예제도의 가부에 대해서는 양 준주의 주민 투표에 따라서 결정하기로 한 법령.

으로 노예제도를 확장하기 위해 노예제도 폐지를 주장하는 "폭도 Jayhawker"들과 일대 격전을 벌였던 것이다.

브라운의 장남 존 브라운 주니어도 캔자스에서 아버지를 따라 투쟁에 가담했다. 존 브라운 주니어는 포타와토미 학살 사건(Pottawatomie murders)[106]이 벌어질 당시 그 사건에 직접 가담하지는 않았지만 그로 인해 쉽사리 헤어 나오기 힘들 만큼 큰 정신적 충격을 받았다. 그럼에도 불구하고 그는 1859년 오하이오에서 펜실베이니아 체임버즈버그로 하퍼스 페리를 공격할 무기를 나르는 일을 떠맡았다.

브라운의 아들 중 다섯, 즉 오언, 제이슨, 프레더릭, 새먼, 그리고 존 주니어는 캔자스로 이주해 자유 토지(free-soil, 노예의 사용을 허용하지 않는 지대—역주)의 대의에 합세했다. 이들 다섯 아들이 1855년 5월 아버지에게 지원을 요청하자 브라운은 또 다른 아들 올리버와 사위 헨리 톰슨을 데리고 몸소 캔자스로 달려가 투쟁의 소용돌이 속으로 몸을 내던졌다. 그가 직접 창설한 무장조직 "자유 수비

---

105) 노예주인 미주리 주의 노예제도 찬성론자로 결성된 무장투쟁 단체로 1854년에서 1860년에 걸쳐 캔자스 준주의 경계를 드나들며, 노예제도 수용을 위해 폭력적인 활동을 전개했다.

106) 노예제도 옹호론자들의 로렌스 약탈을 계기로 1856년 5월 24일 밤 존 브라운을 비롯한 노예제도 폐지론자 정착민들이 캔자스 주 프랭클린 카운티의 포타와토미 골짜기에 살던 노예제도 옹호론자 정착민 다섯 명을 그 가족들이 보는 앞에서 토막내 죽인 사건.

대Liberty Guards"의 수장으로서 브라운은 얼마 안 가 과감하고 무자비한 지도자로서 전국적인 악명을 떨치기 시작했다.

이후 몇 년에 걸쳐 살인, 게릴라전, 린치, 방화가 일상적인 일이 되었으며 그에 걸맞게 이 지역은 "피의 캔자스"라는 별칭을 얻게 되었다. 잔학행위는 또 다른 잔학행위를 불렀다. 1856년 5월 노예제도 옹호 세력이 로렌스 지역을 약탈, 방화하자 이에 격분한 브라운은 신의 뜻을 명분으로 내세우며 아들 넷과 세 사람의 무장병사를 데리고 포타와토미 천변을 따라가며 계획적으로 노예제도 옹호자 다섯을 잔인하게 살해했다. 브라운은 이후 몇 달 동안 유혈낭자 했던 일련의 게릴라전을 통해 미주리 – 캔자스 접경지역을 공포의 도가니로 몰아넣었다. 이를 계기로 브라운은 전국 노예제도 반대파들의 주목을 받게 되었다. 브라운은 캔자스를 떠나기 한 달 전쯤 되던 1856년 8월 말 수하 병사들과 함께 오사와토미(Osawatomie)라는 작은 정착지에서 노예제도를 옹호하는 미주리 주민들과 충돌했다. 이 사건으로 인해 브라운은 "오사와토미"라는 별명을 얻었지만 한편으로 아들 프레더릭을 잃었으며, 노예제도에 반대하는 자신의 입장을 한층 확고히 다지게 되었다. 그는 이렇게 말했다. "내게 남은 생은 길지 않다. 누구나 한번 살다 죽으면 그만이다. 나는 이 대의명분을 위해 싸우다 죽을 것이다. 언젠가 끝장날 노예제도가 존속하는 한 이 땅에 더 이상 평화는 없다. 노예주가 확장되는 일을 결단코 용납

하퍼스 페리 습격 사건 당시 존이 가장 신뢰했던 세 사람의 부관들.
왼쪽부터 존 E. 쿡(John H. Cook), 애런 D. 스티븐스(Aaron D. Stevens), 존 H. 카기(John H. Kagi)

하지 않을 것이다. 나는 이 전쟁을 아프리카로 옮겨 갈 것이다."

하퍼스 페리 습격은 브라운이 캔자스로 가기 전 숱한 세월 동안 키워왔던 계획의 정점에 있었다. 1850년대 초반에 이르러 브라운은 대규모 노예 농장들을 쉽사리 습격하고 자유를 찾은 노예들을 북부의 안전한 지역으로 보내기 위해서는 노예주 내에 특정 거점을 확보해야 한다고 믿게 되었다. 역사적으로 볼 때 산악지역이야말로 소수가 다수에 맞서 스스로를 방어할 수 있는 최적의 거점이었다고 확신한 브라운은 소규모 병력이 정규군에 맞설 때도 산악지역의 요새에서 작전을 펼치면 무한정 버텨낼 수 있고 자신들의 자유를 위해 무장한 자유노예들에게 피난처를 제공할 수도 있다고 믿었다. 브라운은 유럽의 요새와 군사작전을 연구한 끝에 소규모 부대로 앨러게니 산맥 모처에 거점을 삼으면 그러한 목적을 달성할 수 있을 것이라고 결론내렸다.

1857년 가을 다시금 캔자스로 잠입한 브라운은 사전에 치밀히 계획된 기습 작전을 펼칠 병력을 모집하기 시작했다. 가장 먼저 그와 뜻을 같이하기로 한 부대원 중에는 이미 캔자스 투쟁에도 가담했던 세 명의 노련한 젊은이 존 E. 쿡과 애런 D. 스티븐스, 존 H. 카기도 끼어 있었다. 이들은 앞으로 있을 하퍼스 페리 습격 작전에서 저마다 중요한 역할을 해낼 터였다.

코네티컷의 부유한 집안 출신인 27살의 젊은이 쿡은 예일대학교를 다녔고 1855년 캔자스로 가기 전 뉴욕에서 법률을 공부했다. 그는 170cm가 안 되는 키에 목 가까이에서 찰랑대는 부드러운 금발을 가진 청년으로 "깊고 푸른 눈동자는 마치 여인의 눈처럼 온화했다." 오하이오와 캔자스에서 쿡을 알게 된 브라운의 아들 새먼은 쿡을 두고 "어디로 뛸지 모르는" 성격에 "도덕에도 크게 억매이지 않는" 사람이라고 표현한 바 있다. "그는 여자들의 마음을 사로잡는 재주만큼이나 …… 권총 사격에도 일가견이 있었다. 나는 지금까지 그만한 명사수를 본 적이 없다." 쿡은 "스스로를 내세워 떠벌리기"를 무척 좋아했다.

당시 26세였던 스티븐스는 쿡과 마찬가지로 코네티컷 태생이었다. 스티븐스는 16세에 가출해서 '멕시코전쟁'에 참전할 매사추세츠 의용군연대Massachusetts Volunteer Regiment에 지원했다. 전쟁 종식과 함께 명예롭게 제대한 스티븐스에게 민간인 생활은 너무도 따분했다. 그래서 미연방 서부 기마병연대의 나팔수로 입대, 나바호 및 아파치 인디언 토벌작전에 수차례 참전했다. 스티븐스는 불같은 성격의 소유자였다. 1850년대 중반 즈음에는 뉴멕시코 타오스Taos의 한 술자리에서 싸움이 붙어 한 관리를 죽음 일보직전까지 이르게 했다. 이 일로 스티븐스는 사형을 언도받았지만 대통령 프랭클린 피어스Franklin Pierce가 캔자스 주 레번워스 교도소Fort Leavenworth에서의 중노동 3년형으로 감형해주었다. 1856년 1월 스티븐스는 이곳을 탈옥해 자유주(自由州)가 내세우는 대의에 동참했다. 스티븐스는 제2 캔자스 의용군연대Second Kansas Volunteer Regiment 연대장으로 노예주와의 유혈낭자했던 영역쟁탈전에 몇 차례 참전했다. 180cm를 막 넘긴 키의 스티븐스는 기병도(騎兵刀)로 상대의 목숨을 단번에 끊을 정도로 기골이 장대한 인물이었다. 그는 검은 곱슬머리에 검고 음울한 눈을 가진 털북숭이 사내였다. 어린 시절 성가대원으로 활약하기도 한(스티븐스의 아버지와 형들이 그에게 노래를 가르쳤다) 스티븐스는 풍부한 바리톤 음성을 갖고 있었으며 그 자신도 노래 부르기를 좋아했다. 노예제도 타파에 온몸을 던진 스티븐스는 언젠가 캔자스의 한 보안관에게 이렇게 말했다. "우리가 옳다. 우리는 온 세상에 맞서 싸울 것이다."

오하이오 출신의 스물두 살 청년이었던 카기는 거의 독학으로 공부를 해서 버지니아에서 교편을 잡기도 했다. 하지만 노예폐지론자였던 그와 지역 관리들 사이에 의견충돌이 빚어지면서 버지니아를 도망쳐 나와야 했다. 카기는 1856년 캔자스로 가던 중 네브래스카 시에서 변호사로 일하면서 이따금 법원 속기사나 속기기자 일을 보기도 했다. 또 카기는 동부 몇몇 신문의 특파원을 지내기도 해서 존 브라운은 그에게 "우리의 호러스 그릴리(Horace Greeley)[107]"라는 애칭을 붙여주기도 했다. 카기는 1856년 스티븐스의 제2 캔자스 의용군연대에서 활동하다가 연방군에게 붙잡혀 4개월을 복역한 뒤 보석으로 풀려났다. 1857년 1월 카기는 노예제도를 찬성하는 어느 판사와 논쟁을 벌이다 총에 맞아 브라운 진영에 가담할 당시에도 여전히 부상의 고통에 시달리고 있었다. 큰 키에 몹시 야윈 모습의 카기는 평소 부스스한 머리에 수염도 깎지 않은 모습이어서 외관상 딱히 특출할 것 없는 그런 청년이었다. 하지만 카기는 자기주장이 분명하고 매우 지적인 젊은이였으며 차분한 성품에 쉽사리 흥분하지도 않았다. 하퍼스 페리 습격 작전에 함께하기로 했다가 그 전에

107) 미국 언론사상 최고의 논설기자로 평가받은 미국의 언론인. 《뉴요커》의 편집주간으로 활동했으며 《뉴욕 트리뷴》을 창간했다. 공상적 사회주의자로 노예제도 폐지의 강력한 지지자이기도 했다.

1857년에 석판 인쇄된 사진 속 하퍼스 페리 소재 미연방 무기공장 및 무기고가 브라운의 공격 목표였다.

존 브라운을 떠난 아이오와 출신의 젊은이 조지 B. 길(George B. Gill)은 이렇게 기록하고 있다. "그는 지략과 이런저런 재능이 워낙 뛰어나서 존 브라운에게는 일종의 힘의 원동력이었다. 그는 일반적인 수준을 뛰어넘는 일종의 논리학자였다. 그는 언제나 놀라운 활력으로 넘쳐흘렀으며 그의 두뇌는 무엇이든 먹어치울 태세였다."

이들 세 사람을 대원으로 가담시킬 당시 브라운은 쿡과 스티븐스, 카기에게 노예제도 찬성론자들의 공격에 맞서기 위한 저항군을 모집하고 있다고만 이야기하고 자신이 계획하고 있는 공격 목표를 언급하지 않았다. 브라운은 아이오와 주 테이버(Tabor)에서 일곱 명의 자원자가 합세하자 대원들에게 "그들의 최종 목표지점이 버지니아 주"라는 사실을 알렸다. 결국 하퍼스 페리가 공격 목표라는 사실이 대원들 사이에 거의 확실해진 직후, 한때 그 지역에서 교편을 잡았던 카기는 브라운에게 그 도시에 관한 유용한 정보를 제공했다. 그곳은 브라운이 생각했던 요건에 완벽히 들어맞는 곳이었다. 하퍼스 페리는 브라운이 은신처로 염두에 두었던 산악지역 가까이에 위치했고, 자유주 펜실베이니아로부터 40마일밖에 떨어지지 않은 노예주 버지니아의 접경지역이었다. 또 하퍼스 페리에는 그들에게 절대적으로 필요한 무기들이 보관된 미연방 무기고와 무기 공장도 있었다.

브라운은 활동자금을 마련하기 위해 뉴잉글랜드를 다녀온 후 1858년 5월 8일자로 캐나다 온타리오 주 채텀(Chatham)에서 그의 지지자들이 모이는 일종의 "헌법 제정회의"를 소집했다. 이 회합에는 브라운 무리 외에도 34명의 흑인이 참석해서 캔자스 게릴라대장이 노예상태에 있는 자기 형제들을 어떻게 구출할 것인지 그 대략적인 계획을 들었다. 맨 먼저 브라운은 남부의 특정 지점을 공격할 계획이라고 그들에게 말했다. 이 습격 작전이 있은 다음에는 노예들의 봉기가 뒤따를 것인데 그 봉기는 북부 주와 캐나다에 있는 자유노예들까지도 그의 기치 아래 모여드는 전면적인 형태를 띨 것이라고도 덧붙였다. 브라운은 자신이 그들을 산악지대로 이끌 것이라고 말하며 이렇게 말했다. "우리들에 맞서는 그 어떤 적대행위도, 그것이 개별 주 방위군에 의해 자행되는 것이든, 연방군에 의해 자행되는 것이든 우리는 먼저 주 방위군을 패퇴시킨 다음 가능하다면 연방군에게도 패배의 쓴맛을 보여줄 작정이다……."

회의는 자유의 군대가 새로운 정부를 구성하는 동안 그 땅의 법으로 기능할 "미 연방 인민을 위한 임시 헌법 및 법령(Provisional Constitution and Ordinances for the People of United States)을 만장일치로 채택했다. 그들이 구성할 새 정부는 미 연방 정부를 대체하는 것이 아니라 그것과 공존하는 것으로 노예제도를 명시적으로 금지하게 될 터였다. 회의는 존 브라운을 새로이 창설될 임시 군대의 "총사령관"으로 추대하고 각급 장교들을 임명한 뒤 산회(散會)했다. 브라운은 공격작전에 필요한 보급물자와 자금을 조달하기 위해 다시 뉴잉글랜드로 떠나기 전에 쿡을 하퍼스 페리로 보내 그 지역을 염탐하도록 했다. 나머지 사람들은 버지니아로 행군하기 위한 소집이 있을 때까지 저마다의 살길을 찾아 흩어졌다.

하퍼스 페리 습격이 가능했던 데는 이른바 "6인의 배후(The Secret Six)"로 알려진 아래 인물들의 도덕적, 재정적 지원이 있었다.

브라운의 계획을 실행에 옮기는 데 필요한 병력을 무장시키고

위 왼쪽부터 사무엘 그리들리 하우(Samuel Gridley Howe), 토마스 웬트워스 히긴슨(Thomas Wentworth Higginson), 프랭클린 B. 샌본(Franklin B. Sanborn), 조지 루터 스턴스 (George Luther Stearns), 게릿 스미스(Gerrit Smith), 시어도어 파커(Theodore Parker)

또 그것을 유지하고 이동시키는 데는 막대한 자금과 무기가 필요했다. 그에게는 그 어느 것도 없었다. 하지만 브라운은 캔자스에서의 활동 덕에 노예제도에 반대하는 투쟁에 북부 노예반대론자들의 지지를 얻어낼 수 있었다. 여러 철학자, 인문학자, 종교지도자, 자선가, 사업가들이 기꺼이 그러나 신중하게 그의 대의에 지원을 아끼지 않았다. 브라운의 후원자들 중 으뜸은 6인의 비밀위원회였다. 교육가,

목사이자 개혁가였던 매사추세츠 주 보스턴 출신의 사무엘 그리들리 하우, 매사추세츠 주 우스터(Worcester) 출신의 투쟁적인 성직자 토마스 웬트워스 히긴슨, 보스턴의 유력한 유니테리언 파 목사 시어도어 파커, 매사추세츠 콩코드의 언론인이자 학교 교사였던 프랭클린 B. 샌본, 뉴욕 주 의원을 지낸 바 있는 피터버러(Peterboro)의 대지주 게릿 스미스, 매사추세츠 주 메드포드(Medford)의 실업가이자 무역상이었던 조지 루터 스턴스가 그들이었다. 브라운은 이들을 통해 활동자금과 무기 대부분을 조달받았고, 이것들을 밑거름 삼아 하퍼스 페리 습격을 감행할 수 있었다.

혁명을 위해 모이다

하퍼스 페리는 버지니아 북부 블루리지 산맥 안 포토맥 강과 셰넌도어 강이 합류하는 지점의 좁다란 사주(沙洲)에 자리잡은 소도시로, 1859년 여름까지만 해도 차분히 번창하고 있던 산업과 교통의 요지였다. 18세기 말 연방군의 병기고를 위한 부지로 선정되기 전까지 이 도시의 성장은 더뎠다. 이는 셰넌도어 계곡에 이르는 험난한 경로 위에 이 도시가 자리잡고 있었던 데 기인했다. 그 도시가 자리한 땅은 1733년 페테르 스테펜스(Peter Stephens)라는 펜실베이니아 출신 네덜란드 사람이 처음 정착한 곳으로 그는 자그마한 운반선으로 사람과 짐을 강 너머로 건네주는 일을 했다. 당시 그곳은 "페테르의 웅덩이Peter's Hole"라 불렸는데 북쪽으로는 메릴랜드 고지(Maryland Heights), 남쪽으로는 라우던 고지(Loudoun Heights), 서쪽으로는 볼리바 고지(Bolivar Heights)가 있어 삼면이 우뚝 솟은 벼랑으로 둘러싸여 있었기 때문이다. 이후 필라델피아의 숙련된 건축가이자 물방아설계사였던 로버트 하퍼(Robert Harper)가 1747년이 땅을 산 뒤 운반선(Ferry) 사업을 확장 개편하고 제분소를 세웠다. 이후 볼리바 고지 기슭에 자리한 이들 시설 주변에 점차 하퍼스 페리 마을이 자리를 잡게 되었다.

1794년 미연방과 영국 사이에 팽팽한 긴장 관계가 조성되자 미 의회는 자국의 군사적 준비 태세에 불안을 느꼈다. 사기업들의 유사시 군수품 생산 능력을 믿을 수 없었던 의회는 조지 워싱턴 대통령에게 총포를 생산하고 비축할 병기창을 여럿 세우도록 다그쳤다. 그때 워싱턴이 선정했던 병기창 부지 중 하나가 하퍼스 페리였다.

워싱턴은 하퍼스 페리를 익히 알고 있었다. 18세기 중반, 그러니까 청년 시절에 워싱턴은 버지니아 귀족들이 이 지역에 보유하고 있던 광대한 토지를 조사하는 측량조사단을 따라 하퍼스 페리를 방문한 적이 있었다. 그는 하퍼스 페리가 병기창 건설 부지로 "포토맥 강 연안 위의 최적지"라고 생각했다. 풍부한 수력자원을 이용할 수 있고 인근에서 풍부한 철광석을 확보할 수 있으며, 단단한 목재를 얻을 수 있는 삼림이 있어 제철소 연료로 쓸 목탄을 안정적으로 공급받을 수 있었기 때문이다. 그리고 무엇보다도 해안으로부터 충분히 멀리 떨어진 내륙이어서 외국 군대의 침공으로부터 안전을 보장받을 수 있었다.

1796년 6월 정부는 하퍼의 자손들로부터 125에이커에 이르는 땅을 구입해서 포토맥 강과 훗날의 포토맥 가(街) 사이 부지에 공장을 짓기 시작했다. 병기창 상류에 댐을 짓고 수로를 통해 공장으로 물을 보내는 방식으로 수력자원을 활용했다. 이 공장은 총포 제작 기술자와 군수품 생산 설비의 태부족으로 수년 동안 정상적인 가동이 불가능했지만 1798년 영국 모라비아교도인 병기창 초대 공장장 조셉 퍼킨(Joseph Perkin)의 지휘 아래 뒤늦게 제한적이나마 무기제작을 시작할 수 있었다.

1763년형 프랑스 구식 보병용 소총에 기반을 둔 첫 머스킷 소총이 1801년에 생산되기 시작했고, 1803년에는 라이플소총으로 생산이 확대되었으며 그보다 2년 후에는 권총 대량 생산체제도 갖춰졌다(하퍼스 페리에서 생산된 1805년형 권총은 미 연방 병기창에서 생산된 최초의 손에 쥐는 무기였다). 처음 머스킷 소총 생산 비율은 보잘 것 없었다. 하지만 1810년에 이르러 연간 1만 자루를 생산할 수 있는 체제를 갖추게 되었고, 그렇게 생산된 무기는 셰넌도어 가(街) 인근의 무기고 두 동에 보관되었다.

1819년 연방 정부는 메인 주 출신의 총포제작자 존 홀(John Hall)과 계약을 맺어 그가 직접 설계한 후장식(後裝式) 라이플 소총 1천 자루를 생산 납품하도록 했다. 하퍼스 페리로 파견된 홀은 포토맥 강과 합류하는 지점으로부터 약 반마일 떨어진 셰넌도어 강 가운데 버지니어스 섬(Virginius Island)과 인접한 로어 홀 섬(Lower Hall Island)의 공장 두 동에 〈홀 라이플 제작소Hall Rifle Works〉를 설립했다. 홀이 제작한 라이플은 매우 정밀해서 모든 부품들의 호환이 가능했으며 이는 오늘날 이루어지고 있는 대량생산 방식의 기틀이 되었다. 육군성은 홀의 이 같은 성과에 고무되어 그와의 계약을 계속해서 갱신했다. 1844년 홀의 라이플 생산이 중단되자 정부는 옛 공장 건물을 부수고 그 자리에 새 라이플 공장을 세웠다. 그곳에서 생산된 라이플이 스탠다드 유에스 모델(Standard U.S. Model)이었는데 이 모델은 공장이 1861년 남북전쟁이 발발해 군수복합단지와 함께 파괴되면서 생산이 중단되었다.

군수산업을 유인했던 풍부한 수력자원은 이내 다른 산업을 이 지역에 끌어들였다. 홀 섬에 위치한 라이플 공장들 말고도 버지니어스 섬에는 철 주조공장, 제분소, 방적공장, 기계공장 등, 말하자면 물을 동력으로 삼는 온갖 시설들이 앞 다투어 들어섰다. 물은 셰넌도어 강에 세워진 댐과 일련의 인공수로 및 지하수로를 통해 동력화해 섬의 여러 시설들을 가동시켰다. 200명이 넘는 사람들이 이

번창하는 섬의 공장들 주변에 집을 지어 삶의 터전으로 삼았다.

하퍼스 페리(그 온전한 공식 명칭)에 건설된 연방 병기창이 형성, 발전, 확장한 상황이야말로 그 도시의 성장에 주요한 자극제로 작용했다. 그 시작은 조촐했지만 1859년에 이르면 길이 500m가 넘는 지역에 스무 개의 공장과 사무실이 2열로 나란히 들어서는 위용을 보여주고 있었다. 그 최고 전성기에는 병기창에 고용된 인원만 400명이 넘었는데 이들 대부분은 그곳 토착 주민들이 "외지인"으로 분류하는 북부 출신 이주민이었다. 이 주요 산업의 65년에 걸친 역사를 통틀어 미국 정부는 토지 매입, 수자원 개발, 방벽 설치 및 성토 작업, 수압 기계설비, 건물 건조 등에 모두 2백만 달러 가까이를 투입했다.

1830년 이후 하퍼스 페리는 이미 중요한 산업의 중심지로 인식되었고 오하이오와 셰넌도어 계곡과 동부를 잇는 운송 및 통신의 중요한 연결고리로 명성을 얻었다. 1830년에 이미 역마차가 그 도시와 워싱턴 D.C.를 주 2회 오갔는데 두 도시 간 편도 여행에만도 보통 하루 온종일이 걸렸다. 같은 해 하퍼스 페리에서 찰스 타운(Charles Town) 서쪽 8km 지점에 있는 미들웨이(Middleway)까지 쇄석을 깐 26km 길이의 유료도로를 건설할 목적으로 유료도로 회사가 설립되었다. 또 다른 유료도로가 하퍼스 페리에서 동쪽으로 32km쯤 떨어진 메릴랜드 주 프레더릭에서부터 건설되기 시작해 1832년 그 도시까지 연결되었다. 또 1851년에 설립된 또 다른 유료도로 회사는 하퍼스 페리로부터 남동쪽으로 16km쯤 떨어진 힐스버러(Hillsborough)까지 도로를 개설했다.

하지만 하퍼스 페리의 상업적 위상을 확립하는데 일종의 신호탄이 된 것은 운하와 철도 연결이었다. 체서피크 – 오하이오 운하(Chesapeake and Ohio Canal)(워싱턴 D.C.를 시발점으로 하는)와 볼티모어 – 오하이오 철도(Baltimore and Ohio Railroad)(메릴랜드 주 볼티모어를 시발점으로 하는)는 자원이 풍부한 오하이오 계곡에 먼저 닿아 교역을 동쪽으로 확장하려고 피나는 경쟁을 벌였다. 둘은 기회가 있을 때마다 상대방의 진전을 방해했다. 결국 이 운하와 철도는 둘 다 1830년대 초반 하퍼스 페리와 연결되었다. 조지타운(Georgetown)에서 시작돼 포토맥 강을 따라 북쪽과 서쪽을 오가며 이어지는 체서피크 – 오하이오 운하는 철도보다 한 해 이상 앞선 1833년 11월 하퍼스 페리와 연결되었다. 하지만 운하가 메릴랜드 컴벌랜드를 끝으로 공사를 멈춘 사이 철도는 오하이오 계곡을 향해 공사에 박차를 가했다. 이 두 간선 교통망이 완성되면서 운송업자들은 각지의 산물들을 보다 값싸게 운송하게 되었고 승객들은 보다 효율적이고 경제적인 교통수단을 이용해 목적지에 닿을 수 있게 되었다. 산업이 확장되고 우수한 교통 편의시설이 발전하면서 하퍼스 페리의 인구는 1859년에 이르러 3천 명에 육박하게 된다. 이들 중 150명 정도는 "자유 유색인종"이었고 약 150명은 노예였다. 하퍼스 페리 주변의 총 6

개 카운티에 거주하는 노예의 총 숫자는 1만 8천 명을 약간 웃돌았는데 그중 남성의 수는 5천 명이 채 못 되었다. 이 지역 토양과 기후가 대규모 농업을 꾸리기에 적절치 않았던 까닭에 그곳에는 대규모 농장이 없었다. 농장을 경영하는 노예소유자는 소수에 불과했고 소유 혹인 대부분은 "잘 길들여진 집안의 하인"이었다.

하퍼스 페리에 거주하는 백인들 대다수는 병기창이나 버지니어스 섬에 있는 공장에서 일했다. 대지가 귀했기 때문에 주택, 술집, 호텔, 가게 등은 셰넌도어 강과 포토맥 강, 그리고 큰길가를 따라 줄을 지어 다닥다닥 붙어 있거나 볼리바 고지 비탈면에 아무렇게나 흩어져 있었다. 암벽 곳곳에서 새로운 건물 터를 마련하기 위한 발파작업이 이루어졌다. 주택 대부분은 단순한 모양새를 하고 있었지만 병기창 관리들을 위해 정부가 공급한 주택들은 좀 더 공을 들인 모습이었다.

도시 거주자들은 주로 아일랜드, 영국, 독일에서 건너온 자들이거나 그 후손들이었다. 그들은 각기 다른 신앙을 가진 여섯 개의 교회(그중 성 베드로 성당은 지금도 여전히 그곳에 서 있어 신도들의 예배 장소로 이용되고 있다)를 세운 것 말고도 다섯 개의 사립 여학교를 세웠다. 남자들은 골트 하우스(Gault House)에서 술을 마시거나 포토맥 레스토랑(Potomac Restaurant) 혹은 웨이저 하우스(Wager House)에서 식사를 했다. 꼭 원한다면 메이슨(Masons), 즉 비밀공제조합(Odd Fellows)이나 '금주 청년회(Sons of Temperance, 1842년 뉴

포토맥 강 메릴랜드 쪽 강변에서 바라본 습격사건 즈음의 하퍼스 페리의 모습.
왼쪽으로는 존 브라운과 대원들이 도시 진입 당시 건넜던 볼티모어-오하이오 철교가 보인다.

욕시에서 발족한 금주 운동 홍보 및 상조 모임-역주)' 등에 가입할 수도 있었다. 거의 모든 사람들이 흡족한 삶을 누렸다. 하퍼스 페리와 그곳 주민들에게 당시는 그야말로 호시절이었다.

존 브라운은 하퍼스 페리가 한창 호황기를 누리던 1859년 7월 3일 그곳에 도착했다. 60세가 채 안 된 나이였지만 변경 지역의 혹독한 삶은 그에게 깊은 흔적을 남겼다. 사람 중에는 그가 유난히 나이 들어 보였고 걷는 모습도 "노인네 같았다"고 말하는 축도 있었다. 그 해 3월에 발행된 오하이오 주 클리블랜드의 한 신문은 그를 이렇게 묘사하고 있다. "중간 체격에 호리호리하지만 다부진 모습을 하고 동작이 고양이처럼 재빨랐다. 머리칼은 희끗희끗하고 돼지털처럼 뻣뻣하다. 길게 굽이치는 유백색의 염소수염은 그를 다소 위엄 있는 인물로 보이게 한다. 회색빛이 도는 눈동자는 날카롭다." 브라운은 1858년 마지막으로 캔자스를 들르기 전 턱수염을 길렀는데, 그 수염이 사각턱과 한일자로 굳게 다문 입술을 가려 전혀 다른 사람처럼 보이게 했다. 브라운은 하퍼스 페리에 도착했을 당시 턱수염을 2cm 가량의 길이로 짧게 다듬어 얼굴 중심선 아래쪽만 남겨 두었다. 딸 애니가 훗날 회상하기로 브라운은 그런 모습이 "맨얼굴이나 긴 턱수염을 하는 것보다 자신을 변장시키는데 더 적절하다"고 생각했다고 한다.

브라운의 아들들 중 둘, 즉 34세의 오언과 20세의 올리버, 그리고 캔자스 투쟁에 참여했던 제레미아 G. 앤더슨(Jeremiah G. Anderson)이 브라운과 동행했다. 26세의 나이로 인디아나 출신인 앤더슨은 남부 노예소유주의 손자로 행상, 농부, 톱질꾼 등으로 일하며 별 재미를 보지 못하다가 1857년 노예제도 반대라는 대의에 합류했다. 노예제도를 척결하기로 결심한 앤더슨은 언젠가 "자유와 평등의 이 땅을 뿌리까지 뒤흔들겠다"고 맹세한 바 있다.

한때 학교 교사, 책 판매원, 운하 수문 관리인으로 일했고, 한 해 전 하퍼스 페리로 보내진 이후 그곳에서 현지 여성과 결혼까지 한 쿡과 잠시 협의한 뒤 브라운과 세 동지는 메릴랜드 해안 포토맥 강 아래로 2km쯤 떨어진 작은 마을 샌디 훅(Sandy Hook)의 한 살림집에 거처를 마련했다. 주인에게 자신들은 "아이작 스미스와 아들들"이라고 소개했고, 그곳에 무슨 용무로 왔느냐는 누군가의 질문에 자신들은 그저 농투성이일 뿐으로 그곳에서 농지로 개발할 적절한 땅을 찾고 있다고 대답했다.

7월 4일 브라운은 일찌감치 잠자리에서 일어나 메릴랜드 쪽 포토맥 강 강기슭을 따라가며 습격대원들에게 은신처가 될 만한 곳을 탐색했다. 현지인들은 그를 하퍼스 페리 북쪽 8km 지점에 위치한 D. F. 케네디 박사(Dr. D. F. Kennedy) 후손 소유 농장으로 안내했다. 언뜻 보아도 그곳은 여러모로 제격이었다. 조금 작기는 하지만 접근성이 뛰어나고 은신처로는 그만한 곳이 없어 보였다. 농장은 마을로부터 꽤 멀리 떨어져 있었고, 주변이 숲으로 둘러싸인 데다 덤불이 뒤덮여 외부에서는 농장이 보이지 않았다. 호기심 많은 이웃들의 시선으로부터 사람과 무기 등 군수물자를 숨기기에 이상적인 입지였다.

브라운은 금화 35달러에 그 농장을 임대했다. 농장은 통나무 건물 두 채와 별채 그리고 목초지로 이루어져 있었다. 본채는 분스버러(Boonesborough) 및 메릴랜드 주 사프스버그(Sharpsburg)와 하퍼스 페리를 연결하는 공도로부터 100m 정도 떨어져 있었는데, 지하실에는 부엌과 창고가 있고 이층에는 거실과 침실이 있었으며 다락방도 하나 있었다. 브라운 일행은 2층을 주방과 거실, 식당으로 이용하고 다락방은 창고 겸 훈련실, 그리고 사람들 눈을 피하기 위

케네디 농장이 외따로 떨어져 있다 해서 호기심 많은 이웃들이 "잠시 들렀다 가는" 것까지 막지는 못했다.

한 '감옥'으로 활용했다. 농장 본채 근처에 있는 자그마한 오두막 한 채는 나중에 창고와 습격 대원들의 잠자리로 이용되었다.

의심을 사지 않기 위해 브라운의 딸 애니와 올리버의 아내 마사(Martha)(위 사진은 1859년 마샤의 남편과 함께 찍은 것이다)가, 무기들을 농장으로 무사히 옮기고 대원들이 집결할 동안 그 농장에 기거했다. 마사는 주로 요리를 책임지고 애니를 도와 허드레 집안일을 했다. 무엇보다 브라운은 이웃들이 혹시나 "아이작 스미스와 아들들"을 의심해서 자신의 혁명적인 거사 계획이 들통나지나 않을까 우려했다. 집단 내에 여자들이 끼어 있으면 이웃들의 의심을 덜 살 것이라고 생각한 브라운은 뉴욕 주 노스 엘바(North Elba)의 집에서 살고 있던 아내와 딸 애니에게 케네디 농장으로 와서 함께 살자고 부탁하며 "이 일은 당신과 애니 네가 세상에 대해 할 수 있는 가장 값진 봉사가 될 거야"라고 말했다. 브라운의 아내는 긴 여행을 할 수 없는 처지여서 애니와 올리버의 아내 마사만 7월 중순 브라운과 합세했다. 두 사람의 합류는 이웃들의 의심을 덜 사는 것 말고도 대원들의 사기를 북돋는 데 크게 기여했다. 마사는 이층 거실에 놓인 장작 난로에서 식사를 준비하며 요리사이자 가정부 역할을 톡톡히 해냈다. 마사는 이웃들의 동정을 살피는 일을 한시도 게을리 하지 않았다. 세월이 흐른 뒤 애니는 이렇게 말했다. "접시를 닦을 때도 저는 식탁 끝에 서서 했어요. 그래야 창문 너머로 밖을 내다볼 수 있고 누군가 집 쪽으로 접근하면 곧바로 문을 열 수 있었거든요. 현관 건너편으로 음식을 나르거나 방을 치우고 청소를 할 때도 항상 집 밖의 동정에 귀를 기울였죠. 남정네들이 식사를 할 때 제가 서 있는 곳은 언제나 현관 앞이었고요. 밤이 되면 늘 현관 앞을 서성대거나 계단에 앉아 망을 보거나 귀를 쫑긋 세우는 게 제 일이었죠."

작전 본부가 차려지자 브라운은 무기와 군수품들을 농가로 옮기고 대원들을 집결시킬 계획을 짰다. 7월 10일 브라운은 무기들을

케네디 농가는 존 브라운 대원들의 작전 본부 역할을 했다. 애니 브라운

모아둔 펜실베이니아 주 체임버즈버그(Chambersburg)에 있던 카기에게 서한을 보내 대원들과 샤프스 소총 200자루, 권총 200정 그리고 창 1천 자루에 이르는 '화물'을 케네디 농가로 옮기는 운송작전을 지시했다. 무기들은 '철물 및 주물(Hardware and Castings)'이라 표기된 커다란 나무궤짝에 담겨 오하이오에서 체임버즈버그로 운송되었고, 그곳에서 카기는 그 무기들을 짐마차에 실어 브라운이 있는 케네디 농가로 보냈다. 기타 보급품은 체임버즈버그에서 하퍼스 페리로 이동하는 중간 중간 적절히 조달했다.

대원들은 홀로 혹은 두셋이 짝을 이뤄 농가로 집결하기 시작했다. 왓슨 브라운은 8월 6일 케네디 농가에 도착했다. 그는 훤칠한 키에 약간 창백해 보이지만 균형 잡힌 몸매를 한 스물네 살의 청년으로 다부지고 활달한 모습이었다. 왓슨은 두 매형, 그리고 노스 엘바의 이웃 윌리엄 톰슨(William Thompson), 도핀 톰슨(Dauphin Thompson)과 함께였다. 톰슨 형제는 예전에는 반노예제도 운동에 적극적으로 참여한 바 없었지만 이제 헌신적인 노예제도 반대파가 되어 있었다. 스물여섯 살의 윌리엄은 재미있는 일을 찾아서 하는 천성이 착한 청년이었고 스무 살의 도핀은 여태껏 집 밖을 떠나본 적이 없는 젊은이였다. 금발의 곱슬머리에 앳된 안색을 한 준수한 용모의 이 세상 물정 모르는 청년은 "전사라기보다는 차라리 계집애처럼" 보이는 데다 "소심하고 말이 없었다." 하지만 형제는 존 브라운의 대의가 옳다는 확고한 신념을 갖고 케네디 농장에 합류했다.

왓슨의 뒤를 이은 사람은 애런 스티븐스와, 메인 주에서 벌목꾼으로 일했던 스물다섯 나이의 찰스 플러머 티드(Charles Plummet Tidd)였다. 티드는 캔자스에서의 활동 경력이 있었다. 그는 1857년 아이오와 주 테이버에서 브라운의 대열에 합류한 첫 무리에 끼어 있었다. 티드는 성질이 급했지만 애니 브라운에 따르면 "화를 내다가도 이내 수그러들고 그런 다음에는 자신의 손상된 이미지를 어떤 식으로든 원상태로 되돌려놓으려고 애썼다. 노래를 멋들어지게 부를 줄 아는 티드는 가족에 대한 사랑이 남달랐다."

티드와 스티븐스를 뒤이어 케네디 농장에 합류한 사람은 스물두 살의 앨버트 해즐릿(Albert Hazlett)으로 그 역시 캔자스 투쟁에 참여한 경력을 갖고 있었다. 그와 함께 캐나다 출신의 스튜어트 테

에드윈 코폭, 도핀 톰슨, 찰스 플러머 티드

일러(Stewart Taylor), 아이오와 주에서 온 형제 에드윈 코폭과 바클리 코폭(Barclay Coppoc)도 브라운의 대열에 합류했다. 해즐릿은 브라운의 케네디 농장에 합류하기 전 웨스트펜실베이니아 주에 있는 형제의 농장에서 일했다. 그는 노예제도를 뒤집어엎는데 자신의 모든 것을 바쳤다. 해즐릿은 이렇게 말했다. “나는 자유라는 큰 뜻을 위해 기꺼이 목숨을 바칠 것이다. 내게 만 개의 목숨이 있다면 나는 그 목숨 모두를 같은 대의를 위해 망설임 없이 내려놓을 것이다.” 스물세 살 먹은 테일러는 한때 마차 제작자였다. 그는 1858년 아이오와 주에서 브라운을 만났는데 “반 노예제도라는 대의에 열과 성을 다했다.” 학구적이고 토론을 즐겼으며 역사 공부에 심취했던 테일러는 스티븐스처럼 심령론자여서 자신이 하퍼스 페리에서 죽음을 맞이할 것이라는 예감에 젖어 있었다. 코폭 형제는 퀘이커

교도로 태어나 이후에도 그 신앙을 계속 키워온 이들이었다. 형제는 캔자스에서 분쟁이 벌어졌을 당시 그곳에 있었지만 투쟁에는 참여하지 않았다. 스물네 살의 에드윈은 동생 바클리보다 네 살 위였다. 두 사람은 1858년 아이오와 주 스프링데일(Springdale)에서 처음 브라운이 이끄는 부대의 대원이 되었는데, 그들은 채텀 회의 직전까지 스프링데일에서 어머니와 함께 생활하고 있었다.

스물 살의 윌리엄 H. 리먼(William H. Leeman)은 8월 말이 다 되어 케네디 농가에 합세했다. 메인 주에서 태어나 교육받은 리먼은 매사추세츠 주 헤이버힐(Haverhill)에 있는 한 구두공장에서 일하다가 1856년 캔자스로 가 브라운의 의용군 "자유수비대" 대원으로 활약했다. 180cm가 넘는 키에 충동적이고 통제하기 힘든 성격의 소유자였던 리먼은 "담배 골초인 데다 때때로 술도 마셨지만" "대단히 독창적인 지적 능력을 가진 인물"이었다. 리먼은 하퍼스 페리 습격 직전에 어머니에게 편지를 보내 자신의 생각을 이렇게 전했다. "저는 지금 노예제도와 싸우고 있습니다. 노예제도는 미국을 줄곧 오염시켜 온 가장 추악한 저주예요. 우리는 자유를 위해 싸우고 노예들이 반란을 일으키도록 선동하고 자유로운 정부를 세우기로 했습니다. 신의 가호로 우리는 이 일을 완수할 것입니다."

리먼 다음으로 브라운의 작전본부에 합류한 이는 데인저필드 뉴비(Dangerfield Newby)였다. 그는 노예로 태어난 물라토(mulatto, 백인과 흑인 부모 사이에서 태어난 사람—역주)였지만 스코틀랜드 태생의 아버지 덕분에 자유를 찾았다. 그와 함께 온 오스본 P. 앤더슨(Osborn P. Anderson)은 1858년 캐나다에서 브라운의 손을 잡기 전까지 인쇄공으로 일한, 나이 서른셋의 자유 흑인이었다. 마흔네 살의 뉴비는 브라운 자신을 제외하고는 대원들 중에서 가장 연장자였는데 아내와 대여섯 명의 자식들이 남부에서 노예 신분을 벗어나지 못하고 있었다. 그는 아내와 자식들에게 자유를 찾아줄 유일한 길은 라이플과 총알뿐이라는 확신을 갖고 케네디 농가로 왔다. 뉴비는 몇 주가 지나도록 아내가 보낸 편지를 다 헤지도록 읽고 또 읽었는데 뉴비의 아내는 편지에서 "저와 이제 막 기기 시작한 갓난아이를 당신이 가능한 한 빨리 사주세요. 당신이 저를 사지 않으면 누군가 다른 사람이 저를 사가고 말 것"이라고 애원하고 있었다.

"황제"라는 별명을 가진 스물세 살의 쉴즈 그린(Shields Green)은 사우스캐롤라이나 주 출신의 도망노예로 글을 전혀 깨우치지 못한 젊은이였는데, 브라운이 저명한 흑인 노예폐지론자로 연설가이자 언론인이었던 프레더릭 더글러스(Frederick Douglass)에게 도움을 청하기 위해 8월 중순 방문했던 체임버스버그에서 입대했다. 브라운과 더글러스는 1847년 매사추세츠 주 스프링필드에서 처음 만나 이후 막역한 친구가 되었다. 그 흑인 지도자는 하퍼스 페리 습격 계획을 자세히 들은 뒤 자신은 그 거사에 참여하지 않겠다고 거절했다. 정부에 대한 공격은 “온 나라를 당신의 적으로 만드는” 행위가 될 것이며 노예폐지론자들이 지지를 구해야 할 사람들까지 등을 돌리게 할 것이라는 주장이었다. 게다가 더글러스는 그 계획이 물거품이 될 공산이 크다고 보고 브라운이 “일단 걸리면 결코 살아서 빠져나올 수 없는 철제 덫을 향해 스스로 걸어 들어가고 있다”고 믿었던 것이다. 체임버스버그를 떠나기 전 더글러스는 두 사람이 만나는 자리에 합석했던 쉴즈 그린에게 어찌할 작정인지 물었다. 그린의 대답은 단순했다. “저 나이든 양반과 함께 가야죠.”

케네디 농장에서의 생활은 지루하고 따분했다. 브라운이 가장 신경 썼던 일은 점차 늘어나는 부대원들에게 집중력을 불어넣고 그들이 외부의 눈에 띄지 않게 하는 것이었다. 어쩔 수 없이 하루 온종일 두 채의 작은 건물에 머물 수밖에 없는 처지에서 그들이 할 수 있는 일은 거의 없었다. 기나긴 여름 한나절 대원들은 잡지를 읽거나 잡담을 나누고 정치와 종교를 논하거나 체커 혹은 카드놀이를 하며 시간을 보냈다. 그래서 대원들은 자주 군사훈련을 받고 맞춤형 군사 교범에 따라 게릴라전에 필요한 전술을 익혔다.

식사는 농장 본채 건물 아래층에서 이루어졌는데 그들이 식사를 하는 동안 애니와 마사가 망을 보았다. 매일 아침 식사 후 존 브라운은 성경에서 마음에 드는 구절을 찾아 읽거나 짧게 기도를 올리곤 했다. 또 이따금 하퍼스 페리에 나가 자신이 구독하는 볼티모

저명한 흑인 노예폐지론자였던 프레더릭 더글러스는 브라운이 캔자스에서 활동할 수 있도록 지원을 아끼지 않았지만 브라운이 하퍼스 페리를 습격한다고 하자 그에게 경고의 말을 던졌다. 더글러스는 습격작전에 참여하기를 거부했지만 그의 친구 쉴즈 그린은 브라운과 함께 하기로 했다. 오른쪽이 쉴즈 그린.

어의 한 신문을 받아오거나 버지니어스 섬에 있는 제분소에서 밀가루를 사오기도 했다. 어쩌다 식사시간에 느닷없이 이웃이 방문하면 대원들은 음식과 접시, 식탁보 등을 주섬주섬 모아들고 다락방으로 자리를 옮기곤 했다.

밤이 되면 대원들은 밖으로 나가 신선한 공기를 마시고 저마다 운동을 할 수 있었다. 대원들은 천둥 번개가 치며 비가 내려치는 날을 무척 반가워했다. 소음이 농장 밖으로 새나갈지도 모른다는 두려움에서 벗어나 주변을 마음껏 활보할 수 있었기 때문이다. 짧지만 이 막간의 해방감은 장시간 하는 일 없이 갇혀 지내는 동안 쌓였던 긴장감을 해소하는데 일조했다. 하지만 그렇듯 닫힌 공간에서의 비밀스런 생활을 참아내기란 썩 쉽지 않은 일이었다. 저항심과 짜증이 불쑥 솟아나는 일은 불가피했다. 습격 계획에 반발하는 거의 반란에 가까운 행동이 두 번 있었다. 한 번은 티드가 화를 참지 못하고 농장을 떠나 하퍼스 페리에서 쿡과 함께 사흘 동안 머문 적이 있었다. 티드의 일탈 행동이 워낙 위중해서 브라운은 총사령관으로서 티드의 대원 자격을 박탈하는 제안을 했다. 그리고 그 제안은 대원들이 투표를 통해 그를 재신임함으로써 겨우 철회되었다. 9월이 다 가고 공격의 시간이 다가오자 브라운은 애니와 마사를 노스 엘바로 돌려보냈다. 브라운과 대원들은 소총과 권총을 정비하고 창날을 자루에 부착하느라 바쁜 나날을 보냈다. 창을 사용하기로 한 것은 브라운의 착상이었다. 브라운은 1857년 캔자스로 돌아올 채비를 하던 중, 코네티컷 주의 한 대장장이와 교섭해서 창 1천 자루를 만들어달라고 부탁했다. 브라운이 요구한 창은 180cm 길이의 자루에 20cm 길이의 양쪽으로 날을 세운 철제 창날을 부착한 창이었다. 원래 이 창들은 캔자스 자유 토지 정착민들의 방어용으로 의도된 것이었는데 브라운은 이 창의 제작 대금을 지불하지 못하다가 1859년 봄에 이르러서야 비로소 그 대금을 지불할 수 있었다. 그때 브라운은 하퍼스 페리에서 그 창들을 이용하겠다고 최종 결심했다. 그와 함께 할 것으로 예상되는 노예들 대다수가 화기를 잘 다룰 줄 모른다는 데 생각이 미친 브라운은 그들을 창으로 무장시키기로 결정했다. 1천 명의 장정들이 창으로 무장하고 브라운의 좀 더 노련한 "병사들"이 그들을 뒷받침한다면 그야말로 가공할 군대가 조직될 터였다.

너무도 많은 사람들이 브라운의 의도를 알고 있었던 까닭에 비밀이 새어 나가는 것은 불가피했다. 8월 말 육군장관 존 B. 플로이드(John B. Floyd)는 서명이 빠진 서한 한 통을 받았다. "전면적인 반란을 통해 남부의 노예들을 해방시킬 목적을 가진 비밀 결사가 존재한다"는 내용이었다. 거기에는 그 결사의 수괴로 브라운의 이름이 명기되어 있었고, 그들의 타격 목표가 "메릴랜드 주의 한 병기창"이라는 사실도 적시되어 있었다. 플로이드는 정보제공자가 병기창의 소재지를 버지니아가 아닌 메릴랜드로 잘못 거론하고 있었던 데다 스스로도 미국 시민이 그런 계획을 가슴에 품고 있다는 사실을 믿을 수 없었기 때문에 그 편지를 한쪽으로 치워두고 잊어버렸다. 그러다가 뒤이어 사건들이 발생하자 비로소 그 편지에 담긴 경고를 떠올리게 되었다.

마침내 10월이 왔다. 브라운은 좀 더 많은 사람들이 대열에 합류하기를 기대하면서 여전히 거사를 미루고 있었다. 그가 함께 할 것을 기대했던 사람들 중 상당수가 이런저런 이유로 대열에 합류하지 못했다. 자신의 아들 중 둘, 제이슨과 새먼도 거사에 참여하기를 거부했다. 실망했지만 거사가 지연되면 될수록 발각되고 좌절될 가능성도 그만큼 커진다는 게 더 큰 문제였다. 마침내 10월 15일 스물두 살 청년 프랜시스 J. 메리엄(Francis J. Meriam)과 오하이오에서 온 스물다섯 살의 흑인 두 사람 존 코플랜드(John Copeland)와 루이스 S. 리어리(Lewis S. Leary)가 대열에 합류하면서 "미 임시연방군" 부대원이 최종 확정되었다. 부대는 총사령관을 제외하고 총 21명의 병사로 구성되었다. 이들 중 열아홉은 서른 살 미만이었으며 그중 셋은 스물한 살도 채 되지 않은 젊은이였다. 브라운은 더 이상 기다릴 수 없었다. 부대원들을 한자리에 집결시킨 브라운은 거사일이 이튿날 즉 10월 16일 밤이라고 선언하고 불필요한 인명 살상을 하지 말라고 주의를 주었다.

"여러분 모두 자신의 생명이 얼마나 소중한지 잘 알 것이다. 당신의 목숨이 소중하듯이 다른 사람들의 목숨도 그만큼 소중하다는 사실을 잊지 말기 바란다. 따라서 피할 수 있다면 누군가의 목숨을 거두는 일을 하지 마라. 하지만 여러분의 목숨을 지키기 위해 누군가의 목숨을 어쩔 수 없이 취해야 한다면 가능한 한 재빨리 목숨을 거두어주기 바란다."

노예 해방을 위하여

1859년 10월 16일 일요일, 해가 떠 있는 동안 케네디 농장은 고요

했다. 아무 일 없이 불확실하기만 하던 기나긴 시간이 바야흐로 절정에 다다르고 있었다. 아침 일찍 존 브라운은 대원들을 모아 기도의 시간을 가졌다. 공격이 임박해서인지 좌중에는 "깊은 엄숙함"이 드리워져 있었다. 아침 식사와 점호가 있은 후 마지막 회합이 열리고 작전 지시가 있었다. 이제 만반의 준비가 끝났다.

오후 8시 경 브라운은 대원들에게 몸을 돌려 선언했다. "제군들, 이제 무장을 하고 페리를 향해 진군한다." 오랜 시간 대기 중이던 대원들은 저마다 샤프스 소총을 어깨에 걸고 그 위에 외투 역할을 할 긴 회색 숄을 둘러 무기를 감춘 뒤 진군 명령을 기다렸다. 말 한 마리가 끄는 마차가 농가 출입문 앞에 대기하고 있었다. 장정들이 앞으로 상황에 따라 필요할지도 모를 몇 가지 장비, 예컨대 대형 해머, 쇠 지렛대, 창 몇 자루 등을 마차에 실었다. 오언 브라운, 바클리 코폭, 메리엄에게는 일종의 후방부대 임무를 맡아 농장에 남아 있으라는 명령이 떨어졌다. 그들은 날이 밝는 대로 나머지 무기들을 도시에 보다 가까운 장소로 옮기는 임무를 맡았다. 브라운의 예상대로라면 그곳에서 큰 무리의 노예들이 들고 일어날 것이고, 이 무기들은 그들에게 보급될 것들이었다.

브라운은 낡아 헤진 캔자스 모자를 눌러썼다. 그 모자는 서로 간의 다툼으로 발기발기 찢긴 그 지역에서 그가 얼마나 격렬하게 투쟁해왔는지를 보여주는 상징과도 같은 것이었다. 브라운은 마차

오언 브라운, 프랜시스 J. 메리엄, 바클리 코폭

에 올라 몸짓으로 출격 명령을 내렸다. 대원들은 농가로부터 좁다란 길을 따라 이동해 내려가 하퍼스 페리로 가는 도로에 들어섰다. 그들이 이동해갈 경로에 가장 밝았던 티드와 쿡이 척후병 역을 맡아 맨 앞에서 본대를 이끌었다. 도시에 도착하는 대로 두 사람은 포토맥 강 양쪽 기슭 메릴랜드와 버지니아에 접한 전신선을 모두 자르는 임무를 띠고 있었다.

대원들은 침묵을 유지하라는 브라운의 명령에 충실히 따르면서 두 시간 너머 마차 뒤를 따라 걸었다. 밤 10시 30분 대원들은 하퍼스 페리에 진입하기 위한 관문이라 할 볼티모어 – 오하이오 철교에 도착했다. 이 철교는 남쪽으로부터 흘러 들어오는 셰넌도어 강이 포토맥 강과 만나는 지점, 즉 포토맥 강의 중상류 지점을 가로지르는 목재 지붕을 얹은 구조물이었다. 맨 먼저 다리에 진입한 카기와 스티븐스가 랜턴을 들고 접근하는 윌리엄 윌리엄스(William Williams)라는 경비원과 맞닥뜨렸다. 두 사람은 순식간에 그를 생포했다. 후위대 역을 맡아 메릴랜드 쪽에 머물게 된 왓슨 브라운과 스튜어트 테일러를 제외한 나머지 부대원들은 잽싸게 달려 나갈 준비를 하며 탄약통을 외투 밖으로 매고 철교를 향해 마차 뒤를 좇았다.

대원들은 신속한 동작으로 그 터널처럼 생긴 다리의 어두컴컴한 목구멍을 지나 잠들어 있는 도시를 향해 걸음을 재촉했다. 그들 앞에 철도차량기지와 웨이저 하우스(Wager House)를 겸하는 거대한 건물이 모습을 드러냈다. 그리고 바로 그 건너 왼쪽에, 수천 자루의 총기류가 보관되어 있는 미연방 병기창 건물이 서 있고, 오른쪽으로는 무기 공장들이 포토맥 강을 따라 2열로 뻗어 있었다. 브라운은 말과 마차를 무기 공장들이 늘어선 쪽으로 돌렸다.

무기 공장 야간 경비원 다니엘 웰런(Daniel Whelan)은 철도차량 기지로부터 도로를 따라 마차 한 대가 내려오는 소리를 들었다. 경비대장이 오고 있다고 생각한 웰런은 소방차 차고지(무기 공장 구내 바로 안쪽, 초소로도 이용되고 있는) 내 자기 위치를 벗어나 밖으로 나왔다. 그런데 대여섯 자루의 소총이 자신을 겨누고 있는 것이 아닌가! 누군가가 소리쳤다. "정문을 열어라!" 순전히 자기 고집 때문인지 아니면 놀라서인지 웰런은 이를 거부했다. 대원 하나가 마차에서 쇠 지렛대를 꺼내 자물쇠가 부러지도록 쇠사슬에 비틀어 넣었다. 정문이 활짝 열리자 마차가 구내로 미끄러져 들어갔다. 브라운은 두 포로 웰런과 윌리엄스에게 자신이 이곳에 온 목적을 알렸다.

"나는 캔자스에서 왔다. 이곳은 노예주이다. 내가 원하는 것은 이 주 안의 모든 흑인들에게 자유를 주는 것이다. 이제 내가 미연방 무기 공장을 접수했다. 만일 시민들이 나를 가로막는다면 이 도시를 불태울 수밖에 없다. 그 결과는 피바다다."

일단 무기 공장을 장악하자 브라운은 대원들을 나누어 다른 목표 지점으로 파견했다. 올리버 브라운(Oliver Brown)과 윌리엄 톰슨(William Thomson)에게는, 해즐릿과 에드윈 코폭이 무방비 상태로 있는 병기창으로 잠입하는 동안 셰넌도어 강을 가로지르는 다리를 감시하는 임무가 주어졌다. 스티븐스 이하 다른 대원들은 로어 홀 섬에 있는 소총 공장을 향해 셰넌도어 가를 따라 내려갔다. 이번에도 놀란 경비원을 쉽사리 사로잡을 수 있었다. 스티븐스는 카기와 코플랜드(나중에 리어리가 이들에 합류한다)에게 소총 제작소를 감시하라 이르고 자신은 무기 공장 구내로 되돌아갔는데 도중에 길에서 만난 젊은이 대여섯과 경비원을 데리고 갔다.

이때까지만 해도 도시를 접수하는 일은 소리 없이 순조롭게 진행되었다. 하지만 이는 오래가지 않았다. 자정 즈음에 샌디 훅(Sandy

브라운은 이 학교 건물을 습격이 시작된 후 무기고로 활용했다. 이 삽화는 〈하퍼스 뉴 먼슬리 매거진(Harper's New Monthly Magazine)〉 독자들 사이에 "포트 크레용(Porte Crayon, 크레용 끼우개라는 뜻-역주)"으로 알려진 데이비드 헌터 스트로더(David Hunter Strother)가 1859년 쯤 그린 것이다. 스트로더는 19세기 중반 미국에서 인기 있는 삽화가로 손꼽혔다.

Hook)에 사는 또 다른 경비원 패트릭 히긴스(Patrick Higgins)가 윌리엄스와 교대하기 위해 볼티모어－오하이오 철교 메릴랜드 쪽 입구에 도착했다. 건물에 불이 꺼져 있는 것을 발견한 히긴스는 큰소리로 외쳐댔다. 하지만 그의 소동은 이내 테일러와 왓슨 브라운에 의해 진압당했다. 히긴스가 다리를 건너 끌려오던 중 갑자기 브라운에게 달려들어 그의 얼굴을 가격하고는 도심지 쪽으로 도망치기 시작했다. 테일러가 히긴스를 향해 총을 발사했다. 탄환은 히긴스의 머리 거죽을 스치고 지나갔지만 그는 무사히 웨이저 하우스에

당도했다. 마침내 습격 작전의 첫 총성이 울린 것이다.

그 즈음 스티븐스는 여섯 명의 대원을 데리고 조시 워싱턴의 오촌 조카인 마흔여섯 살의 루이스 W. 워싱턴(Lewis W. Washington)을 체포하러 갔다. 농장 규모는 작았지만 부유한 지주였던 대령은 하퍼스 페리 서쪽 약 8km 지점 찰스 타운(Charles Town) 고속도로 통행요금 징수소를 막 벗어난 홀타운(Halltown) 근처에 살고 있었다. 대령은 라파예트 후작(Marquis de Lafayette, 미국독립혁명 당시 조지 워싱턴을 도왔던 프랑스 귀족—역주)이 조지 워싱턴에게 선물한 권총 한 자루와 프러시아 프리드리히 대왕이 선물한 것으로 알려진 검 한 자루를 갖고 있었다. 브라운은 이 무기들을 손에 넣고 싶어 했다. 그는 지금 노예들이 처한 폭압과 한때 미국 식민지 주민들이 처했던 처지가 비슷하다고 보았다. 그래서 노예해방을 위한 첫 출격 당시 브라운은, 미국 식민지 주민들을 해방시키는 투쟁의 선두에 섰던 인물이 한때 소유했던 검과 권총을 허리에 차고 싶은 유혹을 뿌리치기 힘들었다.

워싱턴의 집 대문을 부수고 들어간 스티븐스, 티드, 쿡과 세 명의 흑인 앤더슨, 리어리, 그린은 대령을 침대에서 끌어냈다. 워싱턴은 아무런 저항도 하지 않았다. 검과 권총을 순순히 내준 대령은 옷을 챙겨 입고 자기 마차에 올라 하퍼스 페리로 향했다. 대원들과 워싱턴의 노예 세 명은 네 마리 말이 끄는 대령의 짐마차에 몸을 구

루이스 워싱턴 대령의 자택 "비올에어Beallair" 모습. 10월 16일 밤 늦게 여섯 명의 대원들이 대령의 오촌 당숙 조지 워싱턴이 한때 소유했던 권총과 검을 찾기 위해 이 집에 들이닥쳤다. 워싱턴 대령(원 안)은 그 자리에서 인질로 잡혔다.

겨 넣고 대령이 탄 마차 뒤를 따랐다.

도중에 대열은 볼리바 고지 정서 방향에 있는 또 다른 노예소유주, 존 알슈타트(John Allstadt)의 집에 들이닥쳤다. 이번에도 가로대 울타리를 넘어 집으로 침입한 대원들은, 공포에 사로잡힌 여자들이 이층 창문을 통해 "사람 살려!" 하고 외쳐댔지만 그에 아랑곳 않고 알슈타트와 그의 열여덟 살 아들을 마차에 밀어넣었다. 알슈타트 소유의 네 노예 역시 대열에 합류했다.

스티븐스 무리가 인질들을 끌어모으는 동안 비극의 서막이 올랐다. 오전 1시 25분 볼티모어 행 볼티모어–오하이오 여객열차가 하퍼스 페리에 도착했을 때 웨이저 하우스의 직원 한 사람이 열차를 멈춰 세우며 차장 펠프스(A. J. Phelps)에게 방금 전 일어난 "깜짝 놀랄 만한" 사건들을 이야기했다. 펠프스는 다리를 점검한 후 열차를 통과시키기로 하고 기관사 윌리엄 맥케이(William McKay)와 수하물 담당자 제이콥 크롬웰(Jacob Cromwell)을 조사차 보냈다. 하지만 브라운의 대원들이 그들을 막아서며 총구를 들이대 돌려세웠다.

역 수하물 담당 헤이워드 셰퍼드(Hayward Shepherd)는 밖이 소란스럽자 무슨 일이 있는지 알아보려고 역사 밖으로 걸음을 옮겼다. 자유 흑인이었던 셰퍼드는 그를 아는 모든 사람들로부터 존경받고 인기도 있는 사람이었다. 그가 다리로 접근하자 한 대원이 그에게 멈추라고 소리쳤다. 그러나 셰퍼드는

10월 17일 브라운의 대원들 중 하나에게 사살당한 수하물 담당자 자유 흑인 헤이워드 셰퍼드를 그린 포트 크레용의 소묘로 이 비극적인 인물을 그린 유일한 인물화다.

멈춰서지 않고 오던 길을 되돌아 역사로 향했다. 한 발의 총성이 울려퍼졌다. 셰퍼드는 중상을 입은 몸을 이끌고 역으로 돌아왔지만 그날 오후 숨졌다. 노예들을 해방시키기 위해 온 사람들의 손에 사망한 첫 인물은 사실상 이미 자유를 얻은 흑인이었던 것이다.

오전 4시에서 5시 사이 워싱턴 대령과 알슈타트 부자를 태운 마차들이 무기 공장에 도착했다. 브라운은 놀라 잔뜩 겁에 질려 있는 노예들을 창으로 무장시키고 그들에게 인질들을 감시하는 임무를 맡겼다. 소방차 차고에 갇힌 인질들의 수는 모두 여섯이었다. 브라운은 "이 백인들이 도망치지 못하도록 감시하라"고 말하고 워싱턴을 향해 몸을 돌렸다. 브라운은 워싱턴을 인질로 잡은 이유를 이렇게 밝혔다. "당신이 버지니아 주지사의 보좌역으로 자기 임무를 충실히 해 왔음은 익히 알고 있소. 아마 그 때문에 당신은 내게 골칫거리였는지도 모르겠소. 그게 아니어도 나는 워싱턴이라는 이름을 가진 인물 한 사람이 우리의 인질이 됨으로써 우리의 대의가 얻게 되는 도덕적 효과에 아주 큰 기대를 걸고 있소." 동이 터오고, 이상한 낌새를 전혀 채지 못한 무기 공장 직원들이 출근을 하느라 정문을 통과하면서 브라운의 인질 수는 크게 늘었다. 마침내 40여 명의 인질들이 차고 안 방 두 개를 가득 채웠다.

동틀 무렵 존 쿡과 대원 두 사람, 그리고 창으로 무장한 흑인 몇

브라운은 왼쪽으로 보이는 소방차 차고에 늘어나는 인질들을 가뒀다. 차고는 미연방 무기 공장 구내로 들어서자마자 있었다. 소총이 쌓여 있던 조립공장들이 오른편에 보인다.

사람이 마차를 타고 메릴랜드 쪽을 향해 다리를 건넜다. 얼마 안 있으면 투쟁의 대열에 합세할 것으로 기대되는 수백의 노예들을 무장시키기 위해 무기들을 보다 도시 가까이로 옮기기 위해서였다. 브라운 "군"의 나머지 대원들은 날이 밝기를 기다리며 채 가시지 않은 어둠 속에서 각자의 위치를 지키고 있었다. 그리고 새로이 밝을 날은 그들 중 상당수에게는 생애 마지막 날이 될 터였다.

그때까지 하퍼스 페리의 시민들은 자기들 도시가 습격당한 데 아무런 저항의 기미도 보이지 않았다. 이는 무엇보다도 주민 대다수가 그 도시에서 무슨 일이 벌어지고 있는지 새까맣게 모르고 있었기 때문이었다.

동이 트자마자 밤새 사경을 헤매는 헤이워드 셰퍼드 곁을 지키던 서른다섯 나이의 그 지역 의사 존 스타리(Dr. John Starry)는 시민들에게 도시에 위험이 닥쳤음을 알리기 시작했다. 먼저 버지니어스 섬 주민들에게 이 사실을 알린 뒤, 말을 몰아 무기 공장 감독 대행 A. M. 키츠밀러(A. M. Kitzmiller)에게 위험을 알렸다. 그러고 나서 루터 교회에 종을 울리도록 해서 시민들을 한곳에 집합시킨 다음, 저마다 들고 나올 수 있는 방어무기들을 확인하도록 조치했다. 이후 스타리는 셰퍼즈타운(Shepherdstown)과 찰스 타운에 각기 한 명씩 전령을 보내 그곳 민병대에 하퍼스 페리가 무장한 무리들에게 접수당했음을 통지했다.

하지만 시민들이 가진 총기는 22구경 소총 한두 자루와 엽총 몇 자루에 불과했으며 그나마 아무짝에도 쓸모없는 고물들이었다. 그 밖의 모든 무기들은 병기창 건물들 안에 있었다. 그리고 그 건물들은 브라운의 병사들에게 점거된 상황이었다. 아무런 무장도 하지 않은 상태로 브라운의 병사들을 맞닥뜨리게 되면 모든 일이 무산되리라 생각한 스타리는 그곳에서 12km 남짓 떨어진 찰스 타운으로 말을 돌렸다. 스타리는 그곳 민병대가 한시바삐 이 상황에 대처하기를 바랐다. 하지만 스타리가 이처럼 서둘러 민병대 소집을 독려할 필요가 전혀 없었다. 하퍼스 페리로부터 날아든 소식에 찰스 타운 주민들은 몸서리를 쳤다. 그 소식이 1831년 버지니아 주 해안지대에서 일어난 냇 터너(Nat Turner, 1831년 8월 21일 버지니아 주 사우스 햄턴에서 노예들과 자유 흑인들의 반란을 이끌었던 아프리카계 흑인 노예—역주)의 노예 반란을 떠올리게 했기 때문이다. 이 유혈 봉기는 백인 50명 이상의 목숨을 앗아간 끝에 진압되었는데 희생자들 대다수가 여성과 아이들이었다. 따라서 당시의 참상에 대한 기억 때문에 제퍼슨 수비대와 서둘러 소집된 민병대가 가능한 한 신속히 하퍼스 페리로 진군할 태세였다.

10월 17일 날이 밝자 브라운은 볼티모어 – 오하이오 여객열차가 볼티모어로 떠나도록 허용했다. 차장 펠프스는 한시도 지체하지 않고 하퍼스 페리의 상황에 대한 경보음을 날렸다. 오전 7시 5분 메릴랜드 모노카시(Monocacy)에서 상관들에게 간밤에 일어난 사건들을 다음과 같이 전보로 알렸던 것이다.

"그들은 노예를 해방시키기 위해 왔으며 기필코 그 일을 성사시키고야 말겠다고 말한다. 무리의 우두머리인 자는 우리 열차가 동으로든 서로든 그 다리를 통과하는 마지막 열차가 될 것이라는 점을 당신에게 보고하라고 요청했다. 만일 이후 다리를 통과하고자 한다면 관련자들의 목숨을 걸어야 할 것이다. …… 여러 정황 상, 육군장관에게 즉시 보고하는 편이 나을 듯하다. 전신선은 하퍼스 페리 동과 서 모두 끊긴 상태다. 전신을 보낼 수 있는 첫 번째 역에서 이 급보를 전한다."

볼티모어-오하이오 철도회사 사장 존 W. 가렛(John W. Garrett)은 전보가 도착하자 내용을 살펴보고 그 즉시 대통령 제임스 뷰캐넌(James Buchanan)과 버지니아 주지사 헨리 A. 와이즈(Henry W. Wise)에게 그 내용을 보고함과 동시에 메릴랜드 의용대 볼티모어 제1경(輕)보병사단을 지휘하던 조지 H. 스튜어트(George H. Stewart) 소장에게 상황의 위중함을 알렸다. 또한 같은 내용이 메릴랜드 주 프레더릭에도 순식간에 알려져 프레더릭 민병대도 이내 무장을 하고 출격을 기다렸다.

오전 7시가 되자 하퍼스 페리 주민들은 브라운 대원들의 경계가 소홀한 건물에서 총기를 확보하기에 이른다. 그리고 주민들 가운데 일부는 브라운과 그 병사들을 향해 진격을 개시했다. 엽총으로 무장한 알렉산더 켈리(Alexander Kelly)는 무기 공장으로부터 100m도 채 떨어지지 않은 하이 가(High Street)와 셰넌도어 가가 만나는 모퉁이까지 접근했다. 켈리가 미처 사격을 하기도 전에 몇 발의 총탄이 그의 머리 옆을 스쳐 지나갔고, 그 중 하나는 그의 모자에 구멍을 냈다. 잠시 후 힘이 장사인 데다 불굴의 용사라 할 만한 잡화점 주인 토마스 보얼리(Thomas Boerly)가 켈리가 있던 모퉁이로 접근해서, 무기 공장 정문으로부터 대각선으로 거리를 가로질러 있는 병기창 마당의 브라운 부대원들을 향해 총을 발사했다. 곧바로 브라운 측으로부터 응사가 있었고, 보얼리는 그 총탄에 맞아 "끔찍한" 부상을 입고 이내 절명했다.

보얼리의 사격이 있은 이후 잠시 소강상태가 이어졌다. 대원들과 인질들의 식사에 대한 대비가 없었던 브라운은 일찍이 인질로 잡혀 있던 웨이저 하우스의 허약한 바텐더를 45인분의 식사와 맞교환하는 조건으로 석방했다. 하지만 막상 식사가 당도했을 때 아무도 음식을 입에 대지 못했다. 워싱턴, 알슈타트, 그리고 브라운 자신을 포함해서 그곳에 있던 많은 사람들이 혹시 음식에 약이나 독을 타지 않았을까 두려워했던 것이다.

그러는 동안 여전히 소총 제작소에 있던 카기는 그나마 기회가 있을 때 하퍼스 페리를 뜨자고 설득하는 전갈을 브라운에게 걱정스럽게 보내고 있었다. 브라운은 카기의 간청을 무시하고, 일단 경보가 발령되어 확산되면 외부의 세력들이 그에 맞서 움직일 것이라는, 그야말로 삼척동자도 할 수 있는 생각을 뒤로 한 채 계속해서 외골수 작전을 펴고 있었다. 도대체 왜 그랬을까? 아무도 풀 수 없는 수수께끼다. 간간이 도시 주민들이 쏘아대는 총탄이 날아들긴 했어도 10월 17일 정오까지는 산악지대로 들어가 안전을 도모할 길을 뚫고 나갈 가능성은 있었다. 하지만 브라운은 아무런 대책 없이 오직 기다리기만 했다. 한낮이 되자 때는 이미 늦어 있었다. 프레더릭 더글러스가 예견한 대로 "철제 덫"의 이빨은 신속히 닫혀버렸다.

정규부대 제퍼슨 수비대와 임시 소집된 의용군으로 구성된 찰스 타운 민병대가 무장을 하고 오전 10시에는 하퍼스 페리 행 기차에 이미 올라 있었다. 민병대 사령관 존 T. 깁슨(John T. Gibson) 대령은 리치몬드로부터 하달될 명령을 기다리지 않고 병사들이 군장을 갖추자마자 출격했다. 깁슨 대령은 찰스 타운과 하퍼스 페리의 중간 지점 쯤 되는 홀스타운에 도착하자 전방의 열차 선로가 파괴되었을까 우려해서 민병대원들을 기차에서 내리게 해 볼리바 고지 서쪽 알슈타트 교차로까지 도보로 행군하도록 지시했다.

왓슨 브라운과 윌리엄 톰슨

깁슨은 알슈타트 교차로에서 병력을 나눴다. 깁슨은 멕시코 전쟁에 참여한 바 있는 J. W. 로완(J. W. Rowan) 대위를 제퍼슨 수비대와 함께 보내 하퍼스 페리 서쪽을 넓게 수색해 나간 뒤 볼티모어 – 오하이오 철교를 접수하도록 했다. 깁슨 자신은 의용군을 지휘해서 시가지로 직접 진입하기로 했다. 로완의 부대원들은 하퍼스 페리 위쪽 약 1.5km 지점에서 포토맥 강을 건너 체서피크 만과 오하이오를 잇는 운하의 예선로(曳船路)를 따라 진군한 뒤 정오에 메릴랜드 쪽 다리 입구에 도착했다. 로완의 부대는 다리를 지키고 있던 올리버 브라운, 윌리엄 톰슨, 데인저필드 뉴비를 큰 어려움 없이 무기 공장 구내로 몰아넣었다. 그런데 무기 공장 구내로 퇴각한 것은 브라운과 톰슨 둘뿐이었다. 아내와 자식들에게 자유를 찾아주기 위해 존 브라운 대열에 합류했던 해방노예 뉴비는 활강(滑腔) 소총에서 발사된 6인치 탄환에 맞아 숨을 거뒀다. 브라운의 대원들 중에서 첫 사망자가 발생한 것이다.

그러는 동안 깁슨 대령의 병력이 하퍼스 페리에 도착했다. 깁슨은 시민들로 구성된 파견대를 찰스 타운의 변호사로 활동 중인 로손 보츠(Lawson Botts) 대위 휘하로 보내 병기창 뒤편, 셰넌도어 다리와 무기 공장 정문을 내려다보고 있는 골트 하우스 주점(Gault House Saloon)을 확보하도록 했다. 또 찰스 타운 교도소장 존 에이비스(John Avis) 대위 휘하의 다른 파견대는, 셰넌도어 가를 따라 늘어서 있어 병기창 구내를 향해 사격을 할 수 있는 주택들에 자리를 잡았다.

찰스 타운 민병대의 공격은 브라운의 탈출로를 차단하고, 메릴랜드에 있는 부하들, 그리고 여전히 소총 제작소를 점거하고 있는 대원들과 브라운을 분리시켜 고립시켰다. 마침내 상황이 절망적으로 돌아가고 있음을 깨달은 브라운은 휴전을 제의했다. 하지만 인질 레진 크로스(Rezin Cross)와 습격대원 윌리엄 톰슨이 백기를 들고 소방차 차고로부터 모습을 드러내자 주민들은 백기를 무시하고 톰슨을 사로잡아 웨이저 하우스로 끌고 가 가뒀다.

그런 상황을 납득할 수 없었던 브라운은 다시금 휴전협상을 시도했다. 이번에는 자신의 아들 왓슨과 애런 스티븐스를, 그날 일찍부터 인질로 붙잡혀 있던 무기 공장 감독 대행 키츠밀러와 함께 내보냈다. 세 사람이 거리를 걸어 골트 하우스 건너편에 다다르자 몇 발의 총성이 울리고 두 대원은 그 자리에 쓰러졌다. 중상을 입은 스티븐스는 거리에 피를 흘리며 쓰러져 있고 치명적인 부상을 입은 왓슨 브라운은 몸을 돌려 다리를 질질 끌며 소방차 차고로 돌아왔다. 인질들 중 한 사람인 요셉 브루아(Joseph Brua)가 자원해서 부상당한 스티븐스를 돕고자 나섰다. 보도에 총탄이 빗발치며 튀는 가운데 브루아는 밖으로 걸어나가 부상당한 스티븐스를 부축해서 웨이저 하우스로 데려가 치료를 받게 했다. 믿기지 않겠지만 브루아는 그런 조치를 취한 뒤 차고지로 어슬렁어슬렁 되돌아와 인질들 사이 자기 자리를 찾아 앉았다. 키츠밀러는 탈출했다.

스티븐스와 왓슨이 피격당할 즈음에 습격대원 윌리엄 리먼은 탈출을 시도했다. 그는 무기 공장 구내 위쪽 끝으로 달려 나가 차가운 포토맥 강물에 몸을 던졌다. 이 지점은 수심이 비교적 얕아 리먼은 메릴랜드 쪽 강기슭을 향해 물을 헤치며 나아가기 시작했다. 하지만 리먼의 기척은 곧바로 탄로가 나 그 주변 수면 위로 총탄이 빗발치듯 쏟아졌다. 하는 수 없이 리먼은 강 한가운데 작은 섬에 몸을 숨겼다. 그러자 하퍼스 페리 주민 G. A. 쇼퍼트(G. A. Schoppert)가 리먼이 고립되어 있는 섬 쪽으로 물을 헤치며 나아가 그의 머리에 권총을 겨누고 방아쇠를 당겼다. 그날 내내 리먼의 시체는 훈련받지 않은 민병대원과 도시 주민들의 사격 훈련용 표적이 되었다.

조지 W. 터너(George W. Turner)가 한 습격대원에게 피격당해 숨진 시각은 오후 2시 경이었다. 군중들 사이에 분위기가 험악해졌다. 터너는 미국 육군사관학교 출신으로 그 지방에서 매우 존경받는 저명한 농장주였다. 그러다 하퍼스 페리 시장이자 볼티모어-오하이오 철도 대리인이었던 폰테인 베컴(Fontaine Beckham)까지 목숨을 잃자 급기야 주민들은 분노하며 울부짖는 폭도로 변해버렸다.

베컴은 다소 신경질적인 성격의 소유자였지만 인기 있는 시장이었다. 그는 앞서 자신의 친구이자 충실한 수하물 담당 직원이었던 헤이워드 셰퍼드가 총격으로 사망한 사건으로 마음에 큰 상처를 입은 상황이었다. 베컴은 교전 현장에서 멀리 떨어져 있으라는 친구들의 만류에도 불구하고 아무런 무장도 하지 않은 채 현장 상황을 살피기 위해 철로 위로 나왔다. 그는 차고로부터 30m도 채 떨어지지 않고 무기 공장 구내와 경계를 이루는 볼티모어 – 오하이오 철도 육교 위를 서성거렸다. 몇몇 습격대원들은 베컴이 자신들의 거점 앞 급수탑 주변을 눈여겨보는 것을 발견하고 그가 차고를 향해 사격할 위치를 탐색하고 있다고 생각했다. 차고 출입구에 있던 에드윈 코폭이 시장을 향해 소총을 겨눴다.

"쏘지 마세요, 제발!" 인질 중 하나가 날카롭게 소리쳤다. "저들이 이쪽으로 총탄을 퍼부어 우리 모두를 죽이고 말 거예요."

코폭은 경고를 무시하고 방아쇠를 당겼다. 그를 향해 날아간 탄환은 정확히 그의 심장을 관통했다. 베컴이 그 자리에 풀썩 쓰러졌다. 반쯤 열린 출입문 코폭 옆에 서 있던 올리버 브라운이 육교 위에 서 있는 또 다른 남자를 향해 소총을 겨눴지만 방아쇠를 미처 당기기도 전에 "끔찍스런 고통을 주는 치명적인 부상"을 입고 쓰러졌다. 브라운의 아들 가운데 둘이 바야흐로 아버지의 발아래서 쓰러져 죽어가고 있었다.

베컴이 피습 당하자 분노한 시민들은 좀 전에 사로잡은 윌리엄 톰슨이 갇혀 있던 웨이저 하우스로 달려갔다. 찰스 타운의 젊은 의용군이자 살해된 시장의 종손이었던 해리 헌터(Harry Hunter)가 주도하는 한 무리의 남자들이 웨이저 하우스로 뛰어들어 톰슨을 붙잡아 볼티모어 – 오하이오 다리로 끌고나왔다. 톰슨이 고함을 쳤다. "너희들이 나를 죽이면 반드시 앙갚음이 있을 것이다. 그렇게 하겠다고 맹세한 사람이 8만 명이나 된다." 이것이 그의 마지막 말이 되었다. 흥분한 무리는 그에게 대여섯 발의 총탄을 쑤셔 박았다. 그리고 그의 시체를 리먼처럼 나머지 반나절 사격 연습용 표적으로 쓰도록 포토맥 강으로 던져버렸다.

소방차 차고에 있던 브라운의 상황이 악화일로를 걷는 가운데 소총 제작소를 지키고 있던 세 명의 파견대도 집중포화를 받게 된다. 카기가 이끌고 있는 파견대는 오전 내내 그리고 정오를 지나서까지도 아무런 공격도 받지 않았다. 오후 2시 30분 스타리 박사는 "시민들과 이웃들"로 부대를 구성해서 셰넌도어 가로부터 습격대원들을 공격하기 시작했다. 잠시 교전이 있는 듯 하더니 이내 카기와 루이스 리어리, 존 코플랜드이 건물 뒤쪽으로 달려나와 윈체스터 – 포토맥 철도 선로를 가로질러 허둥지둥 도망쳐 수심이 얕은 셰넌도어 강으로 뛰어든 뒤 강물을 헤쳐나가기 시작했다. 건너편 강기슭에 자리잡고 있던 시민 몇 사람이 도망치는 그들을 발견하고 공격을 개시했다. 집중공격에 갇힌 대원들은 강 한가운데 있는 편편하고 너른 바위로 몸을 피했다. 브라운이 가장 신뢰하고 능력을 인정했던 부하 카기는 그 과정에서 목숨을 잃었고, 리어리는 치명적인 부상을 입었다. 코플랜드는 가까스로 바위까지 가기는 했지만 결국 강기슭으로 끌려나왔다. 흥분한 군중은 "당장 쳐죽여라! 쳐죽여라!" 하고 고함을 질러댔지만 스타리 박사가 나서 그들을 진정시켰다. 잔뜩 겁에 질린 그 흑인은 즉시 감옥으로 이송되었다.

한편 차고에서는 습격대원들이 찰스 타운 민병대, 시민들과 간간이 교전을 이어갔다. 그 사이 브라운은 인질들을 둘로 나눴다. 나중에 협상이 있을 경우, 활용할 만한 중요 인물들 열한 명을 점차 그 수가 줄고 있는 대원들과 함께 엔진룸으로 이동시키고 나머지 사람들은 비좁은 경비실에 남겨두었다. 두 공간 사이에는 벽돌로 쌓은 단단한 벽이 가로놓여 있었다.

오후 3시 경 습격대원들이 소총 제작소로부터 내몰린 직후, E.

루이스 S. 리어리와 윌리엄 H. 리먼

G. 알버티스(E. G. Alburtis) 대위가 이끄는 민병대가 버지니아 주 마틴즈버그(Martinsburg)로부터 기차로 하퍼스 페리에 도착했다. 이

민병대는 주로 볼티모어－오하이오 철도 직원들로 구성되어 있었는데, 무기 공장 구내 위쪽 끝으로부터 차고를 향해 쳐들어와 습격대원들의 마지막 숨통을 죄기 시작했다. 브라운은 대응사격을 위해 차고 건물 앞으로 부대원들을 배치했다. 알버티스의 분견대가 차고를 향해 거침없이 전진하면서 쉴 새 없이 총알을 퍼붓자 습격대원들은 차고 안으로 후퇴할 수밖에 없었다. 알버티스의 민병대가 경비실 창문을 박살내고 인질들을 구출했다. 하지만 반쯤 열린 차고 출입문으로부터 계속해서 총탄이 빗발치면서 민병대원 여덟이 부상을 입자 알버티스 병사들은 일단 후퇴할 수밖에 없었다. 훗날 알버티스는 현장의 다른 민병대 소속 병사들이 자기 부하들을 지원해주기만 했어도 존 브라운의 습격작전은 그 순간 끝장났을 것이라고 불만을 터뜨렸다.

다른 민병부대들도 속속 하퍼스 페리로 도착하기 시작했다. 오후 3시에서 4시 사이에 햄트랙 수비대(Hamtramick Guards)와 버지니아 셰퍼즈타운 부대(Shepherdstown Troop)가 둘 다 셰퍼즈타운으로부터 도시로 진입했다. 땅거미가 깔릴 무렵에는 군복 차림의 부대 셋이 메릴랜드 주 프레더릭으로부터 하퍼스 페리에 도착했다. 그 뒤를 이어 저녁에는 버지니아 주 윈체스터에서 R. B. 워싱턴(R. B. Washington) 휘하의 부대와 볼티모어로부터 스튜어트 장군(General Stewart)이 이끄는 메릴랜드 의용군 소속 5개 중대가 도시

알버티스 대위의 볼티모어-오하이오 철도 직원 민병대가 차고를 공격하는 장면이 프랭크 레슬리(Frank Leslie)의 〈삽화신문Illustrated Newspaper〉에 실린 당대의 판화에 그려져 있다. 알버티스의 공격은 습격 대원들을 진압하는 데 실패했지만 브라운의 인질 대여섯 명을 가까스로 구출하는데 성공했다.

로 진입했다. 하지만 이들 부대는 차고에 있는 브라운과 그의 대원들을 진압하는데 힘을 보태기보다는 도시 전역에 만연한 혼란과 과잉흥분 상태를 더욱 부추겼을 뿐이었다.

한편 포토맥 강 건너편에서는 쿡, 오언 브라운, 바클리 코폭, 메리엄, 티드 그리고 흑인 대여섯이 하퍼스 페리와 케네디 농장 사이 중간쯤 되는 지점에 있는 자그마한 학교 건물로 무기들을 옮기고 있었다. 시간이 꽤 지나도록 도시에서의 총성이 멈출 기미를 보이지 않고 오히려 더욱 거세지자 그들은 무언가 일이 잘못 흘러가고 있는 게 아닐까 하는 의심을 하기 시작했다. 오후 4시 경 쿡이 형세를 살피러 볼티모어 – 오하이오 철교로 향했다. 쿡은 정찰에 좀 더 나은 지점을 찾으려고 도시 중심가가 한눈에 내려다보이는 메릴랜드 고지의 험준한 바위 벼랑을 기어올랐다. 동지들이 "완벽히 포위되어 있음"을 두 눈으로 확인한 쿡은 포위된 동지들이 한숨 돌릴 수 있도록 무기 공장이 내려다보이는 하이 가의 주택들에 포진한 적들을 향해 강 건너로 사격을 가하기로 결심했다. 그가 강 건너로 사격을 하자 적들은 응사로 즉각 화답했다. 그 과정에서 몸을 지탱하려고 붙잡고 있던 나뭇가지 하나가 부러지면서 쿡은 바위 벼랑 아래로 굴러 떨어져 골절상과 타박상을 입었다. 그는 다리를 절뚝이며 돌아와 대원들과 합류했다. 차고에 꼼짝없이 갇힌 동지들을 돕기 위해 할 수 있는 일이 아무것도 없음을 깨달은 이들은, 어쩔 수 없이 각자의 소지품을 챙긴 뒤 산을 올라 북쪽으로 향했다.

존 브라운에게는 황금 같은 시간이 덧없이 흘러가고 있었다. 하

스튜어트 테일러 존 A. 코플랜드 제레미아 G. 앤더슨

퍼스 페리 곳곳에서 브라운에 대항하는 저항세력이 조직되면서 바야흐로 습격대원을 지원하려 해도 지원할 수 없는 말하자면 지원 가능성 자체가 봉쇄되는 단계에 이르렀다. 브라운의 습격이 전면적 봉기의 일부일지 모른다는 우려 때문에 도시로의 접근은 전면 차단되었다. 그 지역 주민과 친분이 없는 여행객들은 한 사람도 빠짐없이 즉각 체포되어 찰스 타운에 있는 군 교도소로 압송되었다.

밤이 다가왔지만 총성은 멈출 줄 모르고 계속되었다. 이미 탈출은 불가능하다고 느낀 브라운은 다시 한번 협상을 시도했다. 브라운은 직접 육성을 통하거나 글로 써서 자신과 부대원들이 공격받지 않고 안전하게 이곳을 빠져나가도록 허용한다면 인질들을 풀어주겠노라고 말했다. 하퍼스 페리에서 버지니아 민병대를 진두지휘하고 있던 로버트 W. 테일러(Robert W. Taylor) 대령은 브라운의 제안을 거절했다. 대신 대령은 브라운이 인질들을 즉각 석방한다면 정부와 브라운 간에 협상할 수 있는 다리를 놓아주겠노라고 답했다. 하지만 나이든 노예폐지론자는 항복하지 않을 터였다. 이제 그들이 할 수 있는 것이라고는 인질들과 노예들과 습격대원들이 한곳에 웅크리고 앉아 길고도 우울한 밤을 지새울 준비를 하는 것뿐이었다.

브라운은 우리에 갇힌 호랑이처럼 차고 안을 서성거렸다. 브라운이나 차고에 갇힌 모든 사람들이 이미 꽤 오랜 시간을 아무것도 먹지도 마시지도 못한 상태였다. 차가운 밤공기가 뼛속을 파고들고 강렬한 화약 냄새가 콧구멍을 찌르고 있었다. 브라운이 믿고 있던 노예들의 대규모 지원은 현실화되지 않았고, 그들을 위해 준비해두었던 창도 무용지물이 되고 말았다. 하지만 상황이 이 지경에 이른 데는 브라운 자신의 책임이 컸다. 그는 이 거사가 성공하려면 무엇보다 비밀이 철저히 유지되어야 한다는 생각에 그가 하퍼스 페리를 급습할 것이라는 사실을 사전에 대원들 이외에는 그 누구에게도 알리지 않았기 때문이다. 노예들은 브라운이 하퍼스 페리를 습격해왔다는 사실을 전혀 모르고 있었다. 브라운의 대원들이 워싱턴과 알슈타트의 농장에서 데려온 몇 명의 노예들은 그에게 아무런 쓸모도 없었다. 그들은 겁에 질려, 자신들의 해방을 위해 무언가 적극적인 역할을 하기보다는 그저 백인 인질들 곁에 남아 있기를 더 원했다. 그들에게 총구를 들이대지 않았더라면 십중팔구 브라운의 대열에 결코 합세하지 않았을 그런 사람들이었다.

이따금 브라운은 부하대원들을 향해 "어이, 잠든 거 아니지?" 하고 소리쳤다. 부대원들 가운데 아직 부상을 입지 않고 소총을 들 수 있는 사람은 브라운 자신과 에드윈 코폭, J. G. 앤더슨, 도핀 톰슨, 쉴즈 그린 모두 다섯에 불과했다. 캐나다 출신 용병 스튜어트 테일러는 차고 한쪽 구석에 숨을 거둔 채 누워 있었다. 죽음에 대한 그의 예감이 적중한 셈이었다. 그는 올리버 브라운처럼 차고 입구에서 피격당했다. 고통에 몸부림치던 올리버는 차라리 자신을 죽여달라고, 그래서 고통을 끝장내달라고 애원했다. 하지만 아버지의 목소리는 차가웠다. "죽을 수밖에 없을 때, 그때 남자답게 죽어라." 잠시 후 올리버가 잠잠해졌다. "숨을 거둔 모양이군" 브라운의 말이었다. 가까이에서 왓슨 브라운도 조용히 마지막 숨을 거두었다. 불과 24시간 전에 시작된 습격은 바야흐로 끝을 향해 치닫고 있었다.

덫의 이빨이 순식간에 닫히다

소방차 차고에 스며든 칙칙한 어둠은 외부의 소음과 선명한 대조를 이루었다. 밖은 거리를 가득 메운 민병대원과 시민들 수백이 내지르는 함성과 고함으로 메아리쳤다. 브라운이 붙잡은 인질들의 친구, 친지들도 불안과 발작적 흥분 속에서 이 혼란의 대열에 합류했다. 준군사작전이 해질녘에 끝난 반면에 비군사적 행동은 이후에도 열기를 더해가며 계속되었다. 웨이저 하우스 내 술집과 골트 하우스 주점은 전례 없이 흥청대고 있었다. 많은 이들이 술에 취한 채 허공을 향해 미친 듯이 총을 쏴댔고 개중에는 차고를 향해 총을 쏘는 이들도 있었다. 하퍼스 페리는 질서라는 허울을 벗어던졌다. 밤새 그곳은 말 그대로 "흥분의 도가니"였다.

이런 혼란을 틈타 브라운의 대원 두 명이 탈출을 꾀했다. 10월

앨버트 해즐릿과 오스본 P. 앤더슨

17일 한낮에 제퍼슨 수비대가 볼티모어 – 오하이오 철교를 탈환할 당시 하퍼스 페리에서 사로잡힌 습격대원들 가운데 병기창을 지키던 앨버트 해즐릿과 오스본 P. 앤더슨은 이후 내내 사람들 관심 밖에 방치되었다. 밤이 되자 두 사람은 슬그머니 밖으로 기어나와 어수선한 군중들 속으로 섞여들었다가 메릴랜드 쪽으로 포토맥 강을 건너 북쪽으로 도주했다.

술이 취해 난동을 부리는 민병대원과 시민들로 혼란스러운 가운데 쉰둘 나이의 육군 대령 로버트 E. 리가 이끄는 90명의 미 해병대원이 하퍼스 페리로 진군해왔다. 그날 오후 알링턴의 집에 머물고 있던 리 대령은 J. E. B. 스튜어트(J. E. B. Stuart) 중위의 방문을 받았다. 중위는 리 대령에게 육군성에 즉시 출두하라는 비밀 명령을 전했다. 육군성에 출두한 리 대령에게 뷰캐넌 대통령과 육군 장관

플로이드는 브라운의 습격 소식을 전하면서, 즉각 출동 가능한 유일한 연방군인 워싱턴 해군 주둔지 내 해병부대를 이끌고 하퍼스 페리로 출동하라고 명령했다. 하퍼스 페리에 도착하는 대로 리 대령은 도시 내 모든 병력을 하나의 지휘 체계 아래 두는 권한도 부여받았다. 뭔가 신나는 일이 일어나고 있음을 감지한 스튜어트 중위는, 서둘러 떠나느라 집에 들러 군복으로 갈아입을 시간조차 없었던 리 대령을 수행하겠다고 요청해 이를 허락받았다.

이스라엘 그린(Israel Green) 중위의 직속 관할 하에 있던 해병대원들은 리 대령에 앞서 워싱턴을 떠나 오후 늦게 샌디 훅에 도착했고, 리 대령과 스튜어트 중위는 오후 10시 30분에 이들과 합류했다. 하퍼스 페리로 진군한 해병대원들은 오후 11시 경 무기 공장 구내로 진입해서 어수선하고 무질서한 민병대와 임무를 교대했다. 리 대령은 "인질로 …… 잡혀 있는 몇몇 신사분들의 목숨이 위태로울 수 있다는 우려만 아니었어도……" 차고에 대한 즉각적인 공격을 명령했을 것이다.

10월 18일 오전 2시 30분 경, 리 대령은 항복 요구서를 작성해 백기를 들고 브라운에게 가 그것을 전달하라고 스튜어트 중위에게 건넸다. 리 대령은 습격 작전의 우두머리가 평화롭게 항복에 응함으로써 더 이상의 유혈 충돌이 없기를 희망하면서도 무력을 사용하지 않는 한, 그를 체포할 수 없을 것이라 예상하고 그에 따른 계획들을 세웠다. 이른 아침, 브라운의 습격이 연방 정부가 아니라 주로 주 당국을 겨냥하고 있다고 믿은 리 대령은 메릴랜드 의용군의 슈라이버(Shriver) 대령에게 차고에 대해 공격할 영예를 주었다. 하지만 슈라이버 대령은 다음과 같이 말하며 이를 거부했다. "내 휘하의 병사들은 아내와 자식들을 둔 사람들이다. 나는 내 병사들을 그런 위험에 노출시키지 않을 것이다. 반면에 당신은 이런 작전 수행에 대해 응분의 보상을 받지 않는가." 그러자 리 대령은 버지니아 민병대의 베일러(Baylor) 대령에게 그 임무를 맡겼다. 베일러 역시 같은 이유로 즉각 리 대령의 제안을 거부했다. 이번에는 그린 중위에게 "저 사람들을 소탕할 영예"를 차지할 의향이 있는지 물었다. 그린은 군모를 들어올리며 리 대령에게 감사 인사를 하고는 열두 명의 돌격대를 선발했다. 그는 총을 쏠 경우 인질들 중 일부가 다칠 수 있으니 오로지 총검만을 사용할 것을 지시했다.

오전 7시가 되자 작전을 수행하기에 충분할 정도로 날이 밝았다. 공격을 위한 모든 준비가 끝났다. 민병대가 무기 공장 담장 밖으로 대열을 이루어 정렬했다. 거리의 구경꾼들이 무기 공장 쪽으로 접근하는 것을 막고, 돌격대에 상해를 입힐지도 모를 무분별한 사격을 미연에 방지하기 위한 조치였다. 해병대원들은 차고 북서쪽 모퉁이에 자리를 잡았다. 그곳은 차고 출입문으로부터 있을 사격의 사

습격대원들과 인질들이 무기 공장 차고에 갇힌 채
로버트 E. 리 대령 휘하 미국 해병대의 공격을 기다리고 있다.

선(射線)을 막 벗어난 지점이었다. 그러자 스튜어트 중위가 항복 요구서를 들고 앞으로 나섰다. 브라운은 차고 출입문을 빼꼼히 열고, 중위가 차고 안을 들여다볼 수 없도록 열린 문틈을 자기 몸으로 막았다. 브라운은 한 손에 장전된 소총을 들고 있었다. 스튜어트는 리 대령이 제안한 조건들을 읽었다.

"이곳에서 발생한 반란을 진압할 목적으로 미합중국 대통령이 파견한 군대의 지휘관 미 육군 대령 리는 무기 공장 건물들을 무단 점거한 자들의 투항을 요구한다. 만일 그들이 평화롭게 투항 요구에 응하고 약탈한 재산을 반환한다면 대통령의 명령을 기다리는 동안 신변의 안전을 보장받게 될 것이다. 리 대령은 한 치의 거짓 없이, 그들이 탈출하는 것은 불가능함을 밝히는 바이다. 무기 공장은 사면을 군대가 물샐 틈 없이 포위하고 있다. 불가피하게 그가 무력으로 그들을 진압하는 상황이 온다면 그들의 안전은 보장받을 수 없다."

하퍼스 페리 습격사건이 있을 당시 로버트 E. 리와 J. E. B. 스튜어트 모습. 스튜어트의 거의 알려지지 않은 인물사진을 보면 그가 민간인 복장에 다듬어진 턱수염을 하고 있음을 알 수 있다.

스튜어트에 따르면 협상은 "오랜 시간이 걸렸다." 브라운은 항복을 거부했다. 대신에 그는 자신과 대원들, 그리고 인질들이 아무런 공격도 받지 않으면서 무사히 강을 건널 수 있도록 허용해야 한다고 주장하는 가운데 놀라운 기지로 모든 가능한 상황을 고려하면서 자기 쪽 제안을 내놓았다.

그 어떤 역제안도 받지 말라는 지시를 받은 스튜어트는 더 이상 그 어떤 논의도 소용없는 일임을 느꼈다. 스튜어트는 차고 입구로부터 물러서면서 모자를 벗어 흔들었다. 해병대의 공격을 개시하라는 사전에 약속된 신호였다. 브라운이 차고 출입문을 쾅 하고 닫자 해병대 병사들이 움직이기 시작했다. 대형 해머를 든 세 명의 병사가 차고 중앙 출입문을 세게 가격했다. 하지만 문은 부서지지 않았다. 습격대원들은 소방차들을 끌고 와 출입문을 막았다. 근처에서 무거운 사다리를 발견한 그린 대위는 그것을 공성(攻城)망치처럼 사용하라고 부하들에게 명령했다. 두 번째 가격에 문이 쪼개지면서 작은 틈이 생겼다.

이스라엘 그린 대위는 해병대의 차고 공격을 지휘했고 그 건물에 가장 먼저 진입했다.

그린 대위가 그 틈을 비집고 차고 내로 제일 먼저 진입했다. 오직 등나무 막대 하나만을 무기로 들고 W. W. 러셀(W. W. Russell) 소령이 그 뒤를 이었다. 그리고 러셀에 이어 문틈으로 몸을 우겨넣은 사람은 루크 퀸(Luke Quinn) 이등병이었는데 입구에 들어서자마자 사타구니에 관통상을 입고 쓰러져 사망했다. 또 다른 해병대원 매슈 루퍼트(Mathew Ruppert) 이등병은 쓰러진 퀸을 뛰어넘다가 총을 떨어뜨리는 바람에 총알이 뺨을

차고 내부에 있는 습격대원들이 총을 쏘아대자 해병대원들이 차고 출입문을 부수고 있는 장면.

스치고 지나가 안면에 찰과상을 입었다. 나머지 돌격대원들은 부상 없이 차고로 진입했다.

인질들은 건물 뒤쪽에 웅크리고 앉아 있었고 브라운은 소방차들 사이에 소총을 든 채 한 쪽 무릎을 꿇고 있었다. 그린이 나란히 놓여 있는 두 대의 소방차를 따라 달려오자 워싱턴 대령이 그에게 반갑다는 반응을 보이며 브라운을 가리켰다. 그린은 칼을 들어 있는 힘껏 내리그었다. 습격대장의 뒷덜미에 깊은 상처가 났다. 브라운이 쓰러지자 그린은 칼을 들고 달려들었지만 습격대장의 옷에 칼자국을 남겼을 뿐 칼날이 반으로 접혀버렸다. 그러자 그린은 브라운이 의식을 잃을 때까지 얼굴에 소나기 펀치를 날렸다. 습격대원

포로로 붙잡힌 브라운과 생존 대원들은 차고 밖 마당으로 끌려나와 감시 하에 있었는데 그곳에서 그들은 성난 민병대원들과 시민들의 위협과 조롱의 대상이 되었다.

두 명은 해병대원들이 차고 건물에 진입한 직후 살해당했다. 도핀 톰슨은 총검에 꽂혀 뒷면 벽에 매달렸고 제레미아 앤더슨은 소방차 밑으로 기어들었다가 군도(軍刀)에 찔려 죽었다. 에드윈 코폭과 쉴즈 그린은 항복했다. 전투는 불과 3분 만에 종지부를 찍었다.

인질들은 모두 무사히 구출되었다. 하지만 그린 중위는 그들을 "지금까지 내가 본 사람들 중 가장 딱한 운명"이라 여겼다. 사망한 습격대원의 사체, 죽어가거나 부상을 입은 습격대원들은 밖으로 끌려나와 잔디밭에 줄지어 놓였다. 브라운이 점차 의식을 되찾자 해병대원들은 부상당한 습격대의 우두머리를 보려고 구름처럼 모여든 민병대와 시민들의 접근을 막느라 진땀을 흘려야 했다. 정오가

지나자 브라운과, 10월 17일 입은 부상으로 여전히 고통을 호소하던 스티븐스는 경리담당자 사무실로 끌려갔다. 두 사람은 그곳에서 버지니아 주지사 헨리 A. 와이즈(Henry A. Wise), 상원의원 제임스 M. 메이슨(James M. Mason), 오하이오 주의회 의원 클레멘트 L. 밸런디엄(Clement L. Vallandigham) 등으로부터 세 시간동안 심문을 받았다. 심문자들은 두 사람에게 거사의 목적과 그들을 지원하는 북부 인사들을 꼬치꼬치 캐물었다.

브라운은 바닥에 드러누워 심문을 받았다. 머리칼은 헝클어져 엉겨 붙었고 얼굴, 손, 옷은 온통 피로 얼룩져 있었다. 브라운의 대답에는 거리낌이 없었다. 그는 자신의 의도가 노예를 해방시키는 것, "오직 그것 하나뿐"이라고 순순히 인정한 반면에 북부의 후원자들에 대해서는 입을 굳게 닫았다. 그는 이렇게 말했다. "나를 이곳에 보낸 사람은 아무도 없다. 이 거사는 순전히 내가 앞장서서 이루어낸 작품이다. 그리고 조물주의 뜻이 담긴 작품이거나 악마가 부추긴 작품이다. 당신들이 그 어느 쪽 탓을 하든 난 상관하지 않겠다. 어쨌든 나를 제외한, 인간의 형상을 한 그 누구도 이 거사와 무관하다." 그러고는 다음과 같이 말을 이었다.

"내가 부유하고 힘 있는 사람들의 권리를 존중하듯이 노예제도의 억압에 시달리는, 유색인들 중에서도 가장 불쌍하고 힘없는 사람들의 권리를 존중한다는 점을 신사 여러분들도 이해해주었으면 좋겠다. 바로 그것이 나를 움직인 신념이다. 오직 그것 한 가지다. 우리는 고난과 엄청난 억압 속에 신음하는 사람들을 우리가 대접받고자 하는 것과 똑같이 대하려 애쓰는 데서 얻는 만족감 말고는 아무런 보상도 바라지 않는다. 어찌 그랬느냐고 묻는다면 억압받는 자들의 고통스런 외침이야말로 그 이유다. 오로지 그것 한 가지가 나를 이곳까지 오도록 했다."

그런 다음 브라운은 경고성 예언 하나를 던진다.

"나아가 이 말 하나를 덧붙이고 싶다. 당신들, 당신들과 같은 남부의 모든 사람들은 스스로 그 문제에 대한 해결책을 준비해두는 편이 좋을 것이다. 이를 해결해야 한다는 문제 제기는 필연적으로 있을 것이고, 그때부터 준비하기에는 너무 늦을지 모른다. 준비는 빠를수록 좋다. 당신들이 내 목숨 하나 처리하는 것은 대단히 쉬운 일일지 모른다. 아니 내 죽음은 이미 눈앞에 와 있다. 하지만 이 문제, 다시 말해 이 흑인 문제는 여전히 해결되어야 하고 따라서 그 끝은 아직 오지 않았다."

존 브라운의 시체

습격대원들이 생포된 이튿날 브라운과 생존 대원들, 스티븐스, 에드윈 코폭, 쉴즈 그린, 존 코플랜드는 삼엄한 경계 아래 찰스 타운으로 압송되어 군 교도소에 투옥되었다. 그들이 자신들에 대한 재판이 매우 신속히 이루어질 것이라는 사실을 알았을 때는 이미 감방문은 쾅 하는 요란한 소리와 함께 닫힌 뒤였다. 반년마다 열리는 순회재판소가 리처드 파커(Richard Parker) 판사 주재로 개정되었다.

브라운을 포함한 다섯 명의 습격대원은 체포된 지 꼭 일주일이 지난 10월 25일 기소 인정 여부 절차를 거쳐 이튿날 버지니아 주에 대한 반역, 노예들과의 반란 공모, 살인 혐의로 기소되었다. 각 피고는 "무죄" 소견으로 답변서를 제출하면서 분리 재판을 요구했다. 판사는 그들의 요구를 받아들이고 제일 먼저 브라운을 심리하기로 했다. 브라운을 변호하도록 법원이 지정한 변호사는 두 명으로, 습격대원들을 체포하는 데 도움을 준 서른여섯 살의 로손 보츠와 찰스타운의 시장인 서른아홉 살의 토마스 C. 그린(Thomas C. Green)이었다. 그리고 제퍼슨 카운티 소속 버지니아 주 검사 찰스 하딩(Charles Harding)과 찰스 타운의 경험 많은 변호사 앤드류 헌터(Andrew Hunter)가 버지니아 주의 입장을 대변하는 검사를 맡았다.

재판은 10월 27일 시작되어 모두 사흘 반나절 동안 열렸다. 여전히 부상으로 고통받고 있던 브라운은 교도소에서 법정까지 들것에 실려 오갔으며 심리가 진행되는 대부분의 시간을 간이침대에 누워 있어야 했다. 파커 판사는 피고측 변호인 보츠가, 오하이오 주 애크런(Akron) 시의 A. H. 루이스(A. H. Lewis)가 10월 26일자로 보낸 전문(電文)을 낭독해 방청객으로 가득 찬 법정을 경악에 빠뜨리자 그들을 진정시키느라 진땀을 흘렸다.

"하퍼스 페리 반란의 주모자 존 브라운과 대여섯 명의 가족은 여러 해 이곳 카운티에 살아왔다. 정신이상은 그 가족의 유전질환이다. 그의 이모가 그 증세로 사망했고 그 이모의 딸은 최근 2년 동안 정신병원에 수용되어 있다. 브라운의 외삼촌의 아들과 딸 또한 정신병원에 갇혀 있으며 그 외삼촌의 또 다른 아들 역시 정신이상 증세로 철저한 통제 하에 생활하고 있다. 이는 이곳에 살고 있는 증인들이 확실히 입증할 수 있는 사실로, 법원이 요구할 경우 이들은 언제라도 법정에 출두할 의향이 있다."

존 브라운은 하퍼스 페리에서 16km 정도 떨어진 찰스 타운 법정에서 재판을 받았다. 재판은 제퍼슨 카운티 소속 순회 판사 리처드 파커(오른쪽 사진)가 주재했다.

전문을 받은 보츠는 교도소로 가 그 내용과 관련해서 브라운과 대화를 나눈 바 있었다. 그 자리에서 습격대장은 자기 가족들 가운데 외가 쪽에 정신이상의 사례들이 있다는 사실을 기꺼이 인정했다(실제로 브라운의 어머니는 정신이상 증세로 사망했다). 하지만 친가 쪽에는 그런 증세를 보인 사람이 한 명도 없다고 못박았다. 그는 자신의 첫 번째 아내가 그런 징후를 보인 적이 있으며 둘 사이에서 낳은 아들 중 프레더릭과 존 주니어가 그런 증상을 보였다고 말한 바 있었다. 변호인 측은 루이스의 전문을 소개함으로써 브라운을 공공연히 정신이상자로 몰아세워 공공시설에 감금함으로써 그의 목숨을 건질 수 있을 것으로 기대했다. 하지만 나이든 노예제도폐지론자는 보츠의 변론 내용을 그대로 승인하지 않았다. 간이침대에서 일어선 브라운은 큰소리로 외쳤다.

"이 법정이 허락한다면 한마디 덧붙이고자 합니다. 물론 그들에게 어떤 방침이라는 것이 있는지는 모를 일입니다만 나는 그 전문 내용을, 나와 관련해서 다른 방침을 취할 수밖에 없는 사람들의 초라한 책략이자 변명이라 여깁니다. 내 입장을 굳이 말하자면 나는 그 전문 내용을 경멸합니다. 그린 씨에게 이미 말했듯이 내 경험에 따르면 정신이상 증세를 보이는 사람들은 자신이 제정신인지 아닌지 여부를 판단할 능력이 거의 없습니다. 그래서 말입니다만 만일 내가 정신이상자라면 이 세상에서 나 말고 더 잘 아는 사람은 없다고 생각할 게 분명합니다. 하지만 나는 그런 생각을 하지 않습니다. 나는 내 정신이상 증세를 전혀 깨닫지 못하고 있습니다. 따라서 나는 그 점에 관해 내 행동에 개입하려는 그 어떠한 시도도 가능한 한 거부하고자 합니다."

파커 판사는 증거를 신뢰할 만한 근거가 부족하다는 이유로 브라운이 정신이상자라는 변론을 받아들이지 않았다. 그는 또한 브라운 자신이 선임한 새로운 변호인이 오하이오에서 오기로 되어 있다며 재판 진행을 연기시켜달라는 보츠의 요구도 거부했다.

브라운은 북부의 친구들이 제공해준 세 명의 변호사를 오히려 더 신뢰했다. 하지만 브라운을 구하고자 했던 그들의 노력은 물거품이 되었다. 내전 기간 중 장교로 근무할 당시 조지 호이트(George Hoyt)의 모습

피고 측 변호인은 보츠와 그린에 조지 호이트가 합류하면서 셋으로 늘었다. 스물한 살의 보스턴 변호사 호이트는 브라운을 후원하는 누군가가 습격대장을 변호하도록 북부에서 찰스 타운으로 파견한 인물이었다. 하지만 그것은 표면상의 임무였다. 그의 진짜 임무는 브라운의 탈옥을 꾀하고 있던 사람들을 위해 유용한 정보를 수집하는 일이었다.

재판이 진행되면서 법원이 임명한 자신의 변호인들이 점점 더 거슬렸던 브라운은 그들을 신뢰할 수 없다는 자신의 심정을 노골적으로 밝혔다. 이에 보츠와 그린이 변호인을 사임하고 호이트 혼자 남았는데 그는 한심할 정도로 경험이 없는 "수염조차 나지 않은 애송이"였다. 호이트는 버지니아 법원의 법규와 소송절차에 대해 완전히 무지했으며 브라운 사건에 대해서도 아는 바가 거의 없었을 뿐 아니라 미국 역사상 가장 이목이 집중되어 있다 할 만한 그 재판을 홀로 책임지고 떠맡아야 하는 부담감에 시달렸다. 하지만 얼마 안 가 지원군이 도착했다. 노련한 변호사 두 사람이 브라운의 변호인으로 선임된 것이다. 워싱턴 D.C.에서 활약하던 사무엘 칠턴(Samuel Chilton)과 오하이오 주 클리블랜드의 하이럼 그리스월드(Hiram Griswold)를 노예폐지론자의 구명 투쟁에 합류하도록 설득한 것은 브라운의 영향력 있는 친구들이었다. 하지만 그들이 변호인단에 참여했다고 해서 달라질 것은 아무것도 없었다. 재판의 결과는 이미 정해진 것이나 다름없었다.

검찰 측 증인들이 줄줄이 등장해서 하퍼스 페리 습격, 노예들의 무장, 그리고 헤이워드 셰퍼드, 폰테인 베컴, 조지 W. 터너의 죽음에 관해 자기들의 목격담, 경험담을 늘어놓았다. 임시 연방군 총사령관으로서 자신이 일반 범죄자로 취급되어서는 안 되며 마땅히 전시 법규에 따라 재판을 받아야 한다는 브라운 주장은 각하되었다.

변호인단이 제기한 다른 주장들 역시 아무런 소득 없이 거부되었다. 10월 31일 마침내 검찰 측의 최후 논고와 변호인단의 최후 변론이 있고 오후 1시 45분에 사건은 배심원단에 넘겨졌다. 배심원단의 심의에는 45분이 걸렸다. 평결은 세 가지 죄목에 대해서 모두 유죄였다. 한 신문기자는 평결에 대한 반응을 다음과 같이 묘사했다.

"배심원의 평결을 받아든 판사가 그 내용을 읽어나가자 방청객으로 꽉 들어찬 법정은 쥐죽은 듯 조용했다. 현장에 있던 그 누구의 입에서도 기쁘다든가 이겼다든가 하는 말 한마디 흘러나오지 않았다. 바로 직전까지만 하더라도 그들은 법정 밖에서 브라운의 뒤통수에 대고 저주와 위협의 욕설을 쏟아 붓던 사람들이었다. 이 기묘한 침묵은 이후 재판의 형식적 절차가 진행되던 동안에도 계속 유지되었다. 나이든 브라운 자신의 입은 굳게 닫혀 있었다. 다만 재판을 받아오던 나날들 내내 그랬던 것처럼 몸을 돌려 간이침대를 정리하고는 아무 일도 없었다는 듯 평온하게 거기에 자신의 몸을 뉘였다."

버지니아 주 소속 특별검사 앤드류 헌터는 길어야 열흘 이내에 기소, 심리, 유죄평결, 선고를 거쳐 브라운이 교수대에 오르는 꼴을 볼 것이라고 장담했다.

선고는 11월 2일에 있었다. 존 브라운을 교수형에 처할 날짜는 1859년 12월 2일 금요일로 잡혔다. 다른 습격대원, 코

브라운이 재판을 받던 법정은 그림에 묘사된 만큼 넓지는 않았지만 증인들과 방청객들로 발을 들여놓을 틈조차 없을 정도로 들어찼다. 브라운은 재판 절차가 진행되는 동안 대부분의 시간을 간이침대에 누워 있다가 자신을 변호하는 주장을 펼치고자 할 때 이따금 몸을 일으켜 세웠다.

폭, 스티븐스, 코플랜드, 그린도 연이어 재판을 받아 유죄평결을 받은 뒤 같은 선고를 받았다. 하퍼스 페리를 탈출했던 일곱 명의 대원들 가운데 존 쿡과 앨버트 해즐릿은 펜실베이니아에서 체포돼 찰스 타운으로 압송된 뒤 재판과 유죄평결을 거쳐 교수형에 처해졌다.

브라운의 선고가 있은 이후 버지니아 주지사 와이즈에게는 우편물이 쇄도했다. 많은 편지들이 브라운에 대한 선처를 청원하는 내용이었고 개중에는 노골적인 위협이 담긴 것도 있었다. 또 어떤 편지는 이 노예폐지론자의 탈옥을 꾀하는 기상천외한 계획을 경고하기도 했다. 찰스 타운에 계엄령이 선포되었다. 찰스 타운 전역에 민

PROCLAMATION!

IN pursuance of instructions from the Governor of Virginia, notice is hereby given to all whom it may concern,

That, as heretofore, particularly from now until after Friday next the 2nd of December, STRANGERS found within the County of Jefferson, and Counties adjacent, having no known and proper business here, and who cannot give a satisfactory account of themselves, will be at once arrested.

That on, and for a proper period before that day, stangers and especially parties, approaching under the pretext of being present at the execution of John Brown, whether by Railroad or otherwise, will be met by the Military and turned back or arrested without regard to the amount of force, that may be required to effect this, and during the said period and especially on the 2nd of December, the citizens of Jefferson and the surrounding country are *EMPHATICALLY* warned to remain at their homes armed and guard their own property.

버지니아 주지사 헨리 A. 와이즈와 포고문.

병대원들이 깔리고 무장한 순찰대원들이 찰스 타운으로 진입하는 모든 도로를 철통같이 지켰다. 처형일이 다가왔지만 브라운을 탈옥시키겠다는 계획은 어느 하나 현실화되지 못했다.

“버지니아 주지사의 명령에 따라 다음에 해당하는 자들에게 이 포고문을 통해 알린다.

특히 현시점으로부터 12월 2일에 이은 다음 금요일까지, 종전처럼 제퍼슨 카운티와 인근 카운티에서 정당한 업무가 없거나 목적 불명의 업무를 가졌거나, 자신의 업무에 스스로 만족할 만한 설명을 하지 못하는 외지인들은 현장에서 즉각 체포할 것임. 또한 당일 이전 적정 기간 동안 존 브라운의 처형 현장에 참석하겠다는 구실 아래 열차나 기타 이동수단을 통해 접근하는 외지인, 특히 단체에 대해서는 군의 검문 후 강제적 수단이 필요하다면 모든 역량을 다 동원해 귀가조치하거나 체포할 것임. 상기의 기간 동안 특히 12월 12일 당일 제퍼슨 카운티와 인근 지역 주민들은 무장한 채 집에 머물면서 자신의 재산을 지킬 것을 강력히 경고한다."

처형 전날 오후 비탄에 빠진 브라운의 아내가 감방에서 남편을 면회할 수 있도록 허용되었다. 두 사람은 대여섯 시간 동안 대화를 나눴다. 해질 무렵 두 사람은 헤어졌다. 그리고 메리 브라운은 하퍼스 페리로 가 남편의 시신을 인도받기 위해 기다렸다. 브라운의 유해를 노스 엘바에 있는 두 사람의 집으로 가져가 매장하는 일은 메리 브라운에게 주어진 고통스런 임무였다.

1859년 12월 2일 오전 11시가 막 지나서 존 브라운이 찰스 타운 교도소 계단을 걸어 내려와 준비된 마차 뒤편에 올라 자기 시신이 안치될 관 위에 앉았다. 양 옆으로 병사들이 대오를 갖춰 경계를 서는 가운데 마차가 교수대가 서 있는, 도시에서 그리 멀지 않은 들판을 향해 움직이기 시작했다. 처형장에는 민간인의 접근이 엄격히 통제되었다. 들판에는 종을 울려 소집한 1,500명의 병사들이 운집해 있었다. 그들 중에는 버지니아 군사학교 간부후보생 1개 중대도 파견 나와 있었는데 이 중대를 인솔하는 사람은 근엄한 인상의 한

길을 따라 병사들이 대열을 이룬 가운데 존 브라운이 처형장으로 가기 위해 찰스 타운 교도소 계단을 내려오고 있다. 그 옆에는 그를 안치할 관이 실린 마차가 서 있다.

교관이었다. 그는 얼마 안 가 "스톤월 잭슨(Stonewall Jackson)"이라는 불멸의 명성을 얻게 될 남부 연합의 잭슨 장군(토머스 조너선 잭슨(Thomas Jonathan Jackson, 1824~1863년, 미국 남북 전쟁 당시 남부 연합의 군인이자 장군. 미국 역사에서 대표적인 용장으로 통하는 그는 여러 전투에서 눈부신 전과를 올려 "돌벽(石壁) 잭슨"이라는 별명을 얻었다. 로버트 리 장군의 심복으로 북군을 괴롭혔으나, 챈슬러스빌 전투 이후 사망했다—역주)이었다. 또 리치몬드에서 온 어느 부대 사병들 중에는 몇 년 후 미국 역사상 가장 악명 높은 범죄를 저질러 그 또한 불멸의 명성을 얻게 될 인물 존 윌크스 부스(John Wilkes Booth, 미국의 배우로 1865년 4월 14일에 일어난 에이브러햄 링컨 암살 사건의 범인으로 알려져 있다—역주)도 끼어 있었다.

군인들이 숨죽여 지켜보는 가운데 브라운은 교수대 층계를 올랐다. 보안관 존 W. 캠벨이 흰색 리넨 천을 죄수의 머리에 당겨 씌우고 올가미를 설치했다. 교도소장 존 에이비스가 브라운에게 올가미 앞으로 다가설 것을 요구했다. 브라운이 대답했다. "앞이 보이지 않으니 나를 인도하시오." 올가미를 마지막으로 한 번 조절하자 노예폐지론자의 마지막 말이 에이비스를 향했다. "서두르시오."

11시 30분 손도끼가 타격을 가하자 올가미가 솟구쳐 올랐다. 존 브라운이 숨을 거뒀다. 민병대 대령의 음성이 정적을 깼다. "이 자 같은 버지니아의 적들을 이렇듯 모조리 처단하라! 미국의 적들을 모조리 처단하라! 인류의 적들을 모조리 처단하라!"

하지만 아직 끝이 아니었다. 진실로 브라운은 죽었다. 하지만 그는 남과 북에서 타협이 불가능할 지경으로까지 대중의 분노를 끌어올렸다. 하퍼스 페리 습격으로 전국이 들끓었고 그것은 그토록 오랜 세월동안 그 나라를 분열시켜 왔던 분파적 간극을 넓히는 감정적 파도를 일으켰다. 비록 보수적인 북부의 논객들은 이 습격사건을 미치광이의 작품으로 재빨리 비난하고 나섰지만 보다 급진적인 측은 "미국 역사상 최고의 소식"으로 묘사하며 브라운을, 인간의 자유라는 대의를 위해 순교함으로써 교수대를 "십자가처럼 영광스

존 브라운의 교수형은 1859년 12월 2일에 찰스 타운을 막 벗어난 들판에서 이루어졌다. 그 들판은 더 이상 존재하지 않는다. 하지만 교수형이 이루어진 지점은 소박한 표석(表石) 하나로 확인된다.

럽게" 만들 "새로운 성자"로 치켜세웠다.

남부 사람들은 몸서리를 쳤다. 그들은 수십 년 동안 북부의 노예폐지론자들의 점점 더 거세지는 공격에 맞서 노예제도라는 "희한한 관습"을 지켜왔다. 하지만 반노예제도 시위는 언제나 비폭력이라는 방침을 따랐다. 그런데 브라운이 그 모든 것을 바꾸기 위해 창과 총을 들고 나타났다. 습격 사건의 여파로 남부에 그릇된 위기의식이 팽배하는 가운데 온건파의 작은 목소리는 극단주의자들이 내는 고성에 묻혀버렸다. 그들은 브라운의 행위를 노예주 전역에서 노예들의 반란을 부추기고자 하는 북부의 거대한 음모의 일환이라고 보았다.

실제든 상상이든 이러한 위협에 대처하기 위해 자경단들이 창설되고 모병부대가 조직되었다. 그리고 날이 갈수록 남부 사람들은 〈리치몬드 인콰이어러(Richmond Enquirer)〉의 견해에 반향을 보이기 시작했다. "연방과 같은 형태로는, 마땅히 우리의 가장 따뜻한 친구가 되어야 할 사람들에 의해 우리의 평화는 흔들리고 우리 주는 공격당하고 우리 주의 평화로운 시민들은 잔인하게 살해당한다. 북부 사람들은 끊임없이 우리를 유린한다. 그렇다면 분리만이 길이다."

분리주의 정서는 1860년 대통령 선거 운동 기간에 확산되었다. 이러한 정서는 11월 선거에서 공화당의 승리를 사실상 굳혀준 민주당의 내부 분열에 의해 촉발되었다. 에이브러햄 링컨이 대통령으로 선출되자 분리운동은 더 이상 억제될 수 없는 추세로 들어섰다. 12월 20일 "노예제도에 적대적인 견해와 목적을 가진" 대통령을 용인할 수 없었던 사우스캐롤라이나 주는 연방과의 유대 관계를 단절했다. 1861년 2월 1일까지 미시시피, 플로리다, 앨라배마, 조지아, 루이지애나, 텍사스 주가 사우스캐롤라이나를 뒤따랐다. 그리고 한 주 뒤 앨라배마 주 몽고메리(Montgomery)에서 남부 연방(Confederate States of America)이 결성되었다. 미국은 바야흐로 내전을 향해 서서히 움직이고 있었다. 그 후 몇 달 지나지 않아, 브라운이 처형 직전 찰스 타운 경비대원 중 한 사람에게 남긴 메모 속

Charlestown, Va, 2d December, 1859
I John Brown am now quite certain that
the crimes of this guilty, land: will never be
purged away; but with Blood. I had as I now
think: vainly flattered myself that without very
much bloodshed; it might be done

1859년 12월 2일 버지니아 주 찰스 타운에서 나 존 브라운은 이 죄 많은 땅의 범죄가 피가 아니고서는 결코 씻기지 않을 것이라는 사실을 아주 확실히 느끼고 있다. 지금 생각해보면 나는 그동안 그리 많은 피를 흘리지 않고도 그것이 가능할지 모른다는 헛된 자만에 차 있었다.

예언을 이행하기라도 하려는 듯 푸른 군복의 병사들이 "존 브라운의 시체"라는 노래에 발맞춰 남부로 진군해 들어갈 터였다.

후기

존 브라운이 예언했던 전쟁, 그의 하퍼스 페리 습격을 계기로 촉발된 전쟁은 1861년 4월에 시작되었다. 그리고 그 전쟁이 거의 정확히 4년 후에 끝났을 때 노예제도는 약 60만 명의 인명, 수백만 달러의 재산과 함께 파기되었다. 전쟁의 피해 당사자 가운데는 하퍼스 페리도 있었다. 셰넌도어 계곡 북쪽 끝 볼티모어 – 오하이오 철도가 지나가는 그 도시의 전략적 위치로 인해 연방도 남부연합도 하퍼스 페리를 일차적 표적으로 삼았다. 도시의 주인이 수도 없이 바뀌었다. 그리고 1865년 전쟁이 끝났을 때 하퍼스 페리는 폐허로 변해 있었다.

1862년 2월에 이미, 하퍼스 페리 지역으로 파견된 연방 측 한 젊은 참모 장교는 그 도시에 관해 이런 글을 남겼다. "전쟁과 포화로 폐허가 된 풍경이 끔찍하다. 공공사업이 이루어낸 찬란한 업적들, 병기창, 공장과 철도, 상점, 호텔, 주택 모두가 오로지 파괴의 흔적만을 안고 새까만 숯으로 변해 뒤섞여 있다." 그보다 3년이 지난 1865년 여름 남부를 여행 중이던 뉴잉글랜드의 작가 존 T. 트로브리지(John T. Trowbridge)도 이와 거의 비슷한 관찰을 하고 있다. "도시는 쾌적함과는 거리가 멀다. 한

때는 이곳이 상쾌하고 아름다운 곳이었다고 한다. 거리는 잘 정비되어 있었고 위쪽 산비탈에는 테라스와 나무들이 영롱하게 빛나고 있었다. 하지만 전쟁은 그 모든 것을 앗아가 버렸다. 강물이 거리 한가운데를 할퀴고 지나간다. 산비탈에는 잡초들만 누더기처럼 무성하다. 도시는 그것대로 폐허 속에 어설픈 모습으로 누워 있다. …… 셰넌도어 강을 가로지르는 다리는 무너져 교각만 앙상하게 남아 있다. 포토맥 강을 가로지르는 옛 다리의 잔해는 더더욱 처참하다. 도시는 한마디로 쓰레기요 오물이요 악취 그 자체다."

한때 포토맥 강을 따라 가며 위용을 자랑하던 무기 공단과 셰넌도어 강 한가운데 홀 섬 위에 있던 소총 제작소는 불에 타 거대한 흉물로 전락했다. 오로지 무기 공장 소방서 차고만이 "마치 반역자들의 그 어떤 파괴행각도 거부한 기념비처럼" 온전히 원래 모습을 유지하고 있었다. 그곳을 거쳐간 숱한 파견부대들은 적군이 그곳 시설을 활용하지 못하도록 도시 대부분의 구역을 불태워버렸다. 수많은 주택, 교회, 학교, 업무 시설들은 도시를 둘러싸고 있는 고지대로부터 쏟아진 탄환과 포탄으로 인해 복구가 불가능할 정도로 훼손되었다. 게다가 오랫동안 군사적 용도로 쓰인 다른 건물들도 거의 쓰러지기 일보 직전이었다. 버지니어스 섬에 들어서 있던 산업시설들, 즉 주철 공장, 제분소, 제재소, 기계 공장, 방적 공장 등 역시 사라지고 없었다. 하퍼스 페리에서는 더 이상 경제적으로 기운차게 돌아가는 공동체의 활기와 부산함을 찾아볼 수 없었다.

강력한 무기들이 입힌 물질적 손실, 또 병사들이 끝이 없어 보이는 행렬을 이루며 가져갈 만한 것들은 깡그리 약탈하거나 징발함으로써 발생한 물질적 피해 말고도 그 도시는 한층 더 큰 손실, 즉 인구 감소라는 피해를 입었다. 전쟁 기간 중 시민 대다수가 그 도시를 떠났다. 어떤 이는 군사작전의 위험을 피해서, 어떤 이는 군수 공장과 기타 산업시설이 파괴된 가운데 일자리를 찾아서, 또 어떤 이는 서로 총부리를 겨누고 있는 군의 어느 한 쪽에 합류하기 위해 하퍼스 페리를 떠났다. 하퍼스 페리로 돌아온 시민들은 자기가 살던 도시가 폐허로 변했음을 알았고 그들 자신은 이미 새로운 주에 속한 주민이 되어 있었다.

1861년 버지니아의 서쪽 산악지대 카운티 주민들은 분리독립을 강력히 반대했다. 1861년 5월 23일에 주 전역에서 실시된 주민투표에서 주의 나머지 지역 주민들이 연방에서 탈퇴하는 쪽을 압도적으로 지지하자 연방에 대한 충성도가 높았던 서부지역 주민들은 휠링(Wheeling)에서 일련의 대회를 열고 버지니아 주로부터 “떨어져 나와” 독자적인 주를 수립하는 안을 투표에 부쳐 찬성 가결했다. 1862년 12월 11일 이를 승인하는 법안이 의회를 통과하고 1863년 6월 30일 대통령이 이를 선언함으로써 웨스트버지니아 주는 연방의 서른다섯 번째 주가 되었다. 하지만 이후 수년 동안 제퍼슨 카운티의 많은 주민들은 주의 명칭에 “웨스트”를 붙이는 것을 거부했다.

하퍼스 페리는 내전의 크나큰 상흔을 끝내 회복하지 못했다. 황량한 굴뚝들과 한때 인상적이었던 건물들의 검게 그을린 잔해들을 바라보며 주민 중 누군가는 이렇게 결론내렸다. "이곳은 정부가 무기 공장을 재건하지 않는 한 다시는 사람들의 이목을 끌지 못할 것이다. 그런데 언젠가 그런 일이 일어날지는 의문이다." 연방 정부는 전혀 그런 일을 하지 않았다. 무기 공장이 서 있던 부지는 1869년 경매처분되었다. 제분소와 기타 공장들은 여전히 문을 닫고 있다. 철도는 예전 수송량의 극히 일부를 처리하고 있을 뿐이다. 그 도시가 예전에 구가하던 번영을 회복할 수 있다는 희망은 1870년 홍수로 완전히 꺾여버렸다. 그해 하퍼스 페리를 덮친 홍수는 버지니어스 섬과, 셰넌도어 가 남쪽으로 늘어선 거의 모든 건물들에 심각한 타격을 입혔다. 또 뒤이어 발생한 여러 차례의 홍수로 도시는 한층 더 많은 것을 잃었고 체서피크 - 오하이오 운하마저 폐허로 변했다. 이 운하는 1924년의 홍수 이후 결국 폐쇄되었다.

강물이 범람하는 일이 너무도 잦자 하퍼스 페리 주민들은 결국 저지대 중심가의 오래된 건물들을 떠나 캠프 힐(Camp Hill)의 고지대와 볼리바 쪽으로 이주했다. 수년 동안, 그나마 남아 있던 옛 상점과 창고들은 비어 방치되면서 점점 상태가 악화되었다. 하퍼스 페리가 국가적인 역사 구역의 하나로 지정되면서 미국 국립공원청(National Park Service)은 쓰러져가는 18, 19세기 산업시설, 주택 교회, 창고, 상점들을 유적으로 지정해 보호하고, 옛 도시의 많은 것들을 내전 이전의 모습으로, 요컨대 사람들로 북적대며 번창하는 산업공동체이자 교통의 중심지로 절정에 달했던 시기의 모습으로 되돌리기 위한 집중적인 캠페인에 들어갔다.

오늘날 그 역사적인 옛 도시의 많은 부분이 여전히 남아 있는 반면에 존 브라운의 습격 당시를 뚜렷이 보여주는 상징적인 구조물들은 거의 살아남지 못했다. 1859년 10월 브라운과 그 대원들이 하퍼스 페리로 진입하며 건넜던 포토맥 강을 가로지르는 볼티모어 – 오하이오 철도는 내전 초기에 남부 연합 병사들에 의해 파괴되었다. 이제는 보다 현대적인 구조물들이 그 강에 가로놓여 있지만 옛 다리를 지지해주던 석조물은 여전히 남아 전쟁의 참상을 전해준다. 반면에 셰넌도어 강에 놓여 있던 다리는 그 흔적조차 찾아볼 수 없다. 오늘날 두 강이 만나는 도시의 돌출부 인근 강에 서 있는 석조 교각은 훗날 세워진 구조물의 일부다.

무기 공장 건물의 잔해는 전쟁이 끝나고도 오랫동안 그 자리를 지키고 있다가 결국 사라지고 말았다. 1893년 볼티모어 – 오하이오 철도가 선로를 바꾸면서, 원래 공장을 지으며 북돋았던 땅을 평탄 작업으로 없앰으로써 부지 그 자체가 사라져버렸다. 무기 공장 건물 두 동의 부지에는 박석이 깔려 그 윤곽을 짐작케 해주며 소방서 차고가 있던 지점에는 자그마한 기념비가 서 있다. 차고(오늘날 "존 브라운의 요새"로 불린다) 그 자체는 옛 병기창 부지 근처에 서 있는데 습격 당시의 모습을 거의 온전히 간직하고 있다. 또한 오늘날 하퍼스 페리에 가보면 미 연방 소(小) 병기창의 발굴된 잔해들과, 1861년 4월 연방군에 의해 소병기창 내부가 전소되었을 당시 불에 타 훼손되었다 발굴된 소총들 일부도 볼 수 있다.

1862년 2월 연방군 병사들은 남부 연합의 저격수들이 하퍼스 페리의 곳처럼 돌출된 지역 건물들을 사용하지 못하도록 그곳을 불태웠다. 파괴된 건물들 중에는 철도 차량기지, 폰테인 베컴 시장이 그 주변을 서성이다가 습격대원들에게 피격당했던 급수탑, 대여섯 개의 창고와 상점, 포토맥 식당, 웨이저 하우스 호텔, 골트 하우스 주점 등이 있었다. 웨이저 하우스(같은 이름으로 여전히 존재하는 또 다른 건물과 혼동하지 말 것)는 몇몇 주목할 만한 사건들의 현장이었다. 애런 스티븐스, 윌리엄 톰슨을 포함해서 부상당한 많은 이들이 이송된 곳도 이 웨이저 하우스였으며, 많은 민병대원이 그곳 술집에서 "선전(善戰, best fighting)"을 펼쳤다. 헨리 와이즈 버지니아 주지사가 분노한 시민들을 향해 브라운의 부하로부터 탈취한 편지를 읽은 곳은 웨이저 하우스의 현관에서였다. 또한 와이즈는 하퍼스 페리에 잠시 머물 당시 이곳을 숙소로 삼았다. 존 브라운의 아내는 남편과의 마지막 만남을 위해 1859년 12월 하퍼스 페리에 왔을 때 이곳에서 머물렀으며 처형 후 그녀가 브라운의 유해를 인도받은 곳도 바로 웨이저 하우스였다.

셰넌도어 강에 있는 섬들은 오늘날 윈체스터 — 포토맥 철도가 지나는 것 말고는 거의 버려진 땅에 가깝다. 그곳의 모든 건물들은 이제 몇몇 제분소 터와 소총 공장의 담장 잔해를 제외하고는 흔적을 찾아볼 수 없고 잡초와 덤불과 나무들만이 그 자리를 대신하고 있다. 내전 기간 중 파괴된 산업시설들은 이후 대부분 무관심 속에 방치되어 사라져버렸다. 일부는 하퍼스 페리가 골머리를 앓아온 잦은 홍수에 휩쓸려갔고 헤어(Herr)의 제분소와 소총 제작소 같은 시설들은 연방군과 남부연합군에 의해 계획적으로 파괴되었다.

습격 사건과 연관된 몇몇 시설들은 하퍼스 페리 외곽에 여전히 존재한다. 웨스트버지니아 주 찰스 타운 법원 청사는 존 브라운이 심리를 받고 교수형을 언도받은 지 한 세기 너머 흐른 지금에도 원래의 모습을 거의 그대로 간직하고 있다. 브라운이 습격을 계획하던 몇 달 동안 사령부 역할을 했던 케네디 농장은 하퍼스 페리로부터 8km 남짓 떨어진 메릴랜드 주 시골 마을에 자리잡고 있다. 브라운의 대원 몇이 10월 16일 밤 난입해서 그 소유주를 인질로 잡았던 루이스 워싱턴 대령의 집 "비올에어"는 하퍼스 페리에서 서쪽으로 6km 쯤 떨어진 홀타운 근처에 서 있다. 그리고 그 인근, 볼리바 서쪽 알슈타트 산기슭에는 10월 16일 브라운의 대원들이 붙잡은 또 다른 인질 존 H. 알슈타트의 집이 있다.

이스라엘 그린의 존 브라운 생포에 관한 기록

1859년 10월 18일 월요일 정오, 해군성 서기장 월시(Walsh)가 워싱턴 해군 공창(工廠)으로 급히 마차를 몰고 와 나를 만나자마자 대뜸 막사에 즉시 동원 가능한 해병대원이 얼마나 되느냐고 물었다. 공교롭게도 그날따라 현장에 있던 선임 장교가 나였던 까닭에 나는 월시 서기장에게 출동 가능 인원이 90명이라고 즉시 대답하며 무슨 문제가 발생했느냐고 물었다. 그러자 그는 캔자스의 "오사와토미" 브라운이 많은 부하들을 인솔해서 하퍼스 페리 병기창을 점거했는데 현재 버지니아 주 병력이 그들을 포위한 상태라고 말했다. 웰시 서기장은 해군성 건물로 신속히 되돌아갔다. 그리고 한 시간 쯤 지나 해군장관 토시(Tousey)로부터 즉시 하퍼스 페리로 출동해서 그곳 상급 장교에게 보고하고 만일 페리에 그럴 만한 상급 장교가 없다면 내가 나서서 정부의 재산을 책임지고 보호하라는 명령이 하달되었다. 나는 90명의 미 해병파견대를 인솔해서 오후 3시 30분 하퍼스 페리로 향했다. 곡사포 2문도 함께였다. 아름답고 청명한 가을날이었다. 막사에 갇혀 오랫동안 따분한 세월을 보내왔던 대원들은 난데없는 출동에 한껏 들떠 그 여행을 제대로 즐기고 있었다.

프레더릭 정션(Frederick Junction)에서, 내가 보고해야 할 상관으로 임명된 로버트 E. 리 대령으로부터 긴급공문을 받았다. 그는 내게 하퍼스 페리 1.5km 전방에 위치한 작은 마을 샌디 훅으로 진군해서 대령이 도착할 때까지 대기하라고 명령했다. 밤 10시 리 대령은 워싱턴 발 특별열차 편으로 그곳에 도착했다. 그의 첫 명령은 열차에서 내려 대오를 갖춘 뒤 다리를 건너 하퍼스 페리로 진입하라는 것이었다. 우리는 리 대령의 명령에 따라 후문을 통해 병기창 구내로 진입했다. 11시 리 대령은 민병대에게 구내 밖으로 철수할 것을 명령하면서 해병대에게 구내 통제권을 부여해 반란군 가운데 단 한 사람도 야음을 틈타 탈출하는 일이 없도록 하라고 지시했다. 전날은 하루 종일 양 진영 간 치열한 교전이 이어졌지만 그날 밤 내내 브라운과 그의 부하들은 쥐죽은 듯 잠잠했다. 이튿날 아침 6시 30분 리 대령은 돌격대원 열두 명을 선발해서 브라운과 그의 부하들이 꼼짝 않고 틀어박혀 있는 차고 가까이 배치하라고 명령했다. 나는 정예대원 열두 명을 선발하고 또 다른 열두 명으로 예비대를 구성했다. 차고는 견고한 석조 건물(실제로는 벽돌 건물)이었다. 이 건물은 브라운과 부하들이 그 안에서 사흘 간 진을 치고 전투를 벌인 데다 최근에는 내전으로 참화(慘禍)를 입었음에도 불구하고 하퍼스 페리에 지금까지 꽤 양호한 상태로 보존되어 있다. 차고는 대체로 폭 9m에 길이 10m 정도

되는 건물이었는데 전면에 양쪽으로 여닫는 두 개의 출입구가 있었고 그 두 출입문 사이는 아치형을 이루고 있었다. 차고 내부에는 구식의 육중한 소방차 두 대가 두 문 사이 아치 바로 뒤쪽에 있었는데 두 소방차 사이에는 소방호스를 감은 릴이 운반차 한 대에 실려 있었다. 문은 굵은 연철 못으로 두 장의 널빤지를 붙여 매우 튼튼하게 제작된 것이었다. 당시 리 대령을 자진해서 수행했던 부관은 훗날 남부 연합군의 기갑부대 사령관으로 유명해진 J. E. B. 스튜어트 중위였다. 그는 한 무리의 병사들과 함께 차고 앞으로 가 반란군의 항복을 요구하는 문서를 전달하라는 명을 받았다. 리 대령은 스튜어트 중위에게 브라운과 부하들의 안전을 보장하겠다는 의사를 전달하되 투항과 관련해서 브라운 측의 어떠한 역제안도 받아들이지 말라고 지시했다. 차고로 향하는 길에 스튜어트 중위와 나는 브라운이 투항을 거부할 경우에 대비해서 공격 개시 신호를 정했다. 신호는 스튜어트 중위가 모자를 벗어 흔드는 단순한 것이었다. 당시 그가 쓰고 있던 모자는 분명 그가 전쟁 기간 내내 쓰고 있던 유명한 군모와 매우 비슷한 것이었다. 나는 돌격대원들을 차고 벽을 따라 배치하면서 문을 때려 부술 대형 망치로 무장시켰다. 나는 두 출입문 사이 아치형 벽 앞에 서 있었다. 스튜어트가 브라운을 불러내 투항을 요구했다. 하지만 항복 요구를 들은 브라운은 그 즉시 자기 측 제안을 내놓기 시작했다. 자신과 부하들이 무사히 탈출할 수 있도록 차고 밖으로 나와 다리를 건널 때까지는 어떠한 공격도 해서는 안 된다는 내용이었다. 갑자기 스튜어트 중위가 모자를 벗어 흔들었다. 나는 돌격대원들에게 문을 부수라고 명령했다. 망치로 문을 세차게 타격하자 차고 내부에 있던 자들이 바로 그 타격지점을 향해 순식간에 사격을 가해왔다. 대형 망치로 타격했음에도 문은 꿈쩍도 하지 않았다. 반란군이 차고 내부에서 문들을 밧줄로 단단히 붙들어 매어둔 데다 소방차의 수동제동장치로 문을 버텨놓았기 때문이었다. 잠시 후 나는 망치질을 그치라고 명령했다. 바로 그때 차고로부터 얼마 떨어지지 않은 곳 마당에 놓여 있던 사다리가 눈에 들어왔다. 나는 대원들에게 그 사다리를 들고와 벽을 부수라고 지시했다. 돌격대를 뒤에서 지원할 목적으로 내가 뽑아두었던 예비대가 과감히 열을 갖춰 사다리를 들고는 출입문에 강력한 한방을 날렸다. 두 번째 타격에 문이 부서지면서 안으로 진입할 틈이 생겼다. 문이 위쪽으로 쪼개지고 갈라지면서 양문형 문의 오른쪽 아래에 너덜너덜한 틈이 생긴 것이었다. 돌 아치 앞에 몸을 붙이고 서 있던 나는 즉각 걸음을 옮겨 사다리가 만들어놓은 틈을 비집고 안으로 진입했다. 그 당시는 거기까지 생각이 미치지 못했지만 지금 와서 곰곰이 생각해보면 사다리로 인해 문에 틈이 생기던 바로 그 순간에 브라운의 카빈총 약실이 비어 있었을 것이라는 생각이 든다. 그랬기에 내가 안으로 무사히 진입했을 것이다. 차고로 진입해 몸을 일으킨 나는 문 뒤쪽에 서 있던 소방차 오른쪽으로 달려 나갔다. 차고 뒤쪽 벽으로 재빨리 이동한 나는 두 소방차 사이 공간에 이르렀다. 내 눈에 맨 처음 띈 사람은 루이스 워싱턴 대령이었다. 그는 차고 앞쪽 벽 소방호스 운반차 근처에 서 있었다. 그로부터 왼쪽으로 얼마 안 떨어진 곳에 한 쪽 무릎을 꿇고 손에 카빈을 든 사내가 총에 재장전을 하려고 막 레버를 당기는 중이었다. "어서 오게. 그린." 워싱턴 대령이 이렇게 말하며 내게로 손을 뻗었다. 나는 내 왼손으로 그의 손을 맞잡으며 오른손으로는 갖고 있던 기병도를 높이 들어올렸다. 워싱턴 대령이 무릎을 꿇고 있는 남자를 가리키며 말했다. "저 자가 오사와토미네."

워싱턴의 입에서 이 말이 떨어지는 순간, 그가 누구와 이야기를 하고 있는 것인지 보기 위해 브라운이 고개를 돌렸다. 내 기병도는 그때 이미 브라운의 머리를 향하고 있었다. 나는 있는 힘껏 기병도를 내리그었다. 내가 기병도를 내려치는 순간 그는 몸을 움직이고 있었다. 따라서 나는 기병도가 원래 노렸던 곳을 빗나갔다고 생각했다. 브라운의 목덜미에 깊이 베인 상처가 나 있었기 때문이다. 그는 옆으로 맥없이 쓰러지더니 등을 아래로 몸을 뒤집었다. 그는 손에 짧은 샤프스 기병 카빈 소총을 들고 있었다. 나는 내가 워싱턴 대령에게 다가가는 동안 그가 총을 쏘았다고 생각했다. 사다리로 뚫은 구멍을 통해 나를 뒤따르던 해병대 병사가 복부에 총상을 입고 얼마 안 있어 숨을 거두었기 때문이다. 돌격대원 중 누군가의 총기에서 탄환이 발사되었을 수도 있었지만 나는 브라운이 총을 쏘았다고 생각한다. 브라운이 쓰러지자 나는 본능적으로 그의 왼쪽 가슴을 향해 기병도를 찔렀다. 내가 갖고 있던 칼은 군에서 일괄 지급한 강도가 약한 무기였다. 칼끝이 뾰족하지 않았든 아니면 브라운 옷 안에 있는 무언가 단단한 것을 찔렀든 내 칼은 브라운의 몸을 뚫지 못하고 칼날이 둘로 접혀버렸다.

그때쯤에는 차고 안에 해병대원 서넛이 진입해 있었다. 그들은 마치 군사작전에서 공격이란 휴일에 즐기는 스포츠가 아니라는 듯 포효하는 호랑이처럼 달려 들어왔다. 그들은 소방차 아래로 몰래 숨어 있던 한 사내를 총검으로 찌르고 또한 사내는 차고 뒤 벽면에 꽂아 매달았다. 둘은 그 자리에서 즉사했다. 나는 더 이상 유혈사태를 일으키지 말라고 명령했다. 부하들은 나머지 반란군 대원들을 즉시 체포했다. 이로써 교전은 끝났다. 전투를 끝내는 데는 채 3분이 걸리지 않았다. 내 머리 속은 오로지 반란군을 체포하고 불가피할 경우 살해한 뒤 차고를 탈환해야 한다는 생각으로 가득 차 있었다.

내게는 전투가 종결될 때까지 차고 내부의 상황을 눈여겨볼 겨를이 없었다. 그때서야 차고 안이 눈에 들어왔다. 차고는 방 건너편 사람을 알아볼 수 없을 정도로 연기로 자욱했다. 왼쪽 소방차 뒤 차고 뒤쪽으로 브라운이 자신과 부하들의 안전을 도모하기 위해 붙잡아두고 있던 인질들이 몸을 웅송그리고 모여 있었다. 워싱턴 대령도 그 가운데 한 사람이었다. 내가 나중에 기억하기로 그는 전투가 이어지는 동안 내내 차고 앞쪽에 있었다. 내가 워싱턴 대령과 마주쳤을 때 그는 자기 집 베란다에서 손님을 맞이하고 있기나 하듯 차분한 모습이었다. 그는 오랫동안 인질로 갇혀 있어 더럽고 지저분한 모습이었지만 양손에 키드 가죽장갑을 끼고 나서야 차고 밖으로 나섰다. 나머지 인질들은 내가 지금까지 보았던 사람들 중 가장 딱한 운명을 지닌 사람들이었다. 그들은 60시간 동안 아무것도 먹지 못한 채 언제 총에 맞아 죽을지 모른다는 두려움에 떨며, 저격당해 죽은 브라운의 아들과 반란자 한둘의 시체가 누워 있는 차고 구석에 몸을 잔뜩 움츠리고 모여 있었다. 그간 그들 중 몇몇은 차고 기습작전과 브라운의 생포 과정을 자기 나름으로 설명하고자 했지만 그들이 전하는 이야기에는 어쩔 수 없이 잘못된 진술들이 뒤섞여 들어가 있었다. 나는 워싱턴 대령과 본인만이 당시 무슨 일이 벌어졌는지를 사실 그대로 전할 수 있는 유일한 사람이라고 생각한다. 지금까지 내부의 전투 상황을 묘사한 글을 써 세상에 선을 보인 사람들이 있기는 했지만 그들은 차고 밖에 있었던 사람들이었다. 그들이 전하는 이야기는 많은 부분을 참작해서 받아들여야 마땅하다. 그들이 차고 내에서 발생한 일을 증언할 목격자일 수는 없기 때문이다. 최근의 어떤 글은 내가 그 어떤 병사보다도 더 거칠게 한 마리 야수처럼 오른쪽 소방차를 훌쩍 건너뛰었다고 묘사하고 있다. 물론 그 같은 일은 벌어진 적이 없다. 당시에 리 대령이 작성해서 지금 전쟁성 서류철에 보관되어 있는 보고서는 내가 지금까지 보았던 그 어떤 보고서보다도 간단하면서도 상세하다.

리 대령은 공격 당시 차고로부터 10여m 떨어진 약간 높은 곳에 서 있었기 때문에 나는 지금 그를 그려볼 수 있다. 그는 민간인 복장을 하고 있었으며 전투 당시 거의 아무 일도 하지 않았던 만큼 본 것도 거의 없다. 리 대령은 콧수염 말고는 수염을 기르지 않았으며 그의 머리칼은 약간 희끗희끗하다. 그는 아무런 무장도 하지 않았으며 이 사건을 해병대원들이 신속히 진압할 수 있는 대수롭지 않은 일로 다루었다. 당시의 장면에 색깔과 생기를 입혀 장면들의 일부는 해병대의 밝은 청색 군복으로 그려지고 있다. 하지만 당시 그들은 지금과 마찬가지로 청색 바지에 어두운 청색 프록코트를 입고 있었다. 해병대원들의 허리띠는 흰색이었으며 그들이 쓰고 있던 모자는 프랑스식 전투모였다. 나는 당시 돌격대원이었던 병사 열두 명의 이름을 기억하지 못한다. 더구나 이후 그들이 어떤 삶을 살았는지에 대해서는 더더욱 할 말이 없다. 우리는 곡사포를 사용한 적이 없었다. 사실 곡사포를 열차에서 내리지도 않았다.

전투가 끝난 직후 브라운은 차고 밖으로 옮겨졌으며 차고 앞마당에 눕히는 동안 의식을 회복했다. 명령을 받은 일부 병사들이 브라운을 경리담당자 사무실로 옮겼다. 그곳에서 브라운은 간호를 받고 필요한 물품도 공급받았다. 이튿날인 수요일 나는 호송대와 함께 브라운을 찰스 타운으로 압송해 그곳 행정당국에 인계했다. 수갑은 채워지지 않았고 브라운은 누구의 도움도 마다하고 자기 몸을 스스로 잘 챙겼다. 그것이 그 사람의 특징이었다. 그는 내 칼로부터 받은 상처를 많이 회복했다. 자상(刺傷)은 그리 심한 게 아니어서 그가 받은 상처는 주로 심리적 충격에 의한 것이었다. 나는 그와 대화도 거의 나누지 않았고 그와 함께한 시간도 거의 없었다.

사람들은, 워싱턴 대령과 대화를 나누는 자가 누구인지 확인하기 위해 고개를 쳐들던 순간 브라운의 모습이 어땠는지 이야기해달라는 요청을 내게 자주했다. 하지만 그건 내게 불가능한 일일 수밖에 없었다. 모든 장면이 내 머릿속에 무언가 뚜렷한 인상을 남기기에는 너무도 순식간에 흘러가버린 탓이었다. 나는 그저 얼굴로부터 떨어져 내리는 긴 잿빛 턱수염을 한 어느 노인네가 자신에게 위험이 닥쳤음을 깨닫고 그 위험에 재빠르고 날카롭게 대응하면서 한쪽 무릎을 꿇은 채 손에 카빈 소총을 들고 있던, 순간적으로 스쳐 지나간 장면을 회상할 수 있을 뿐이다. 그는 그리 큰 몸집을 한 사내는 아니었다. 똑바로 섰을 때 아마 180cm가 채 안 되는 체격으로 기억한다. 나는 그가 무슨 옷을 입고 있었는지조차 뚜렷이 기억하지 못한다. 장화에 바지를 쑤셔 넣은 모습이었고 옷 색깔은 회색이었는데 아마도 바지에 셔츠만을 입은 차림으로 머리에는 모자를 쓰지 않았던 것으로 기억할 뿐이다.

죄수들 가운데 다친 사람은 아무도 없었다. 그들은 몹시 겁에 질리고 다소 허기져 있었다. 나는 차고 출입문에 난 구멍을 통해 안으로 진입하는 과정에서 한 쪽 손에 가벼운 찰과상을 입은 것 말고는 아무런 부상도 입지 않았다. 리 대령과 차고 밖에 있던 사람들은 내가 부상을 당했다고 생각했다. 당시 브라운은 겨우 대여섯 명의 부하들을 데리고 있었고 내가 차고로 진입한 후 싸울 뜻을 보인 사람은 브라운이 유일했다고 생각한다. 건물 안에는 식량이 전혀 없었다. 그래서 브라운이 투항을 하는 것은 그야말로 시간 문제였을 것이다. 차고 내에서 내가 알고 있던 사람은 워싱턴 대령이 유일했다.

나에게 브라운의 카빈 소총은 어떻게 되었냐고 물어오는 사람들이 있다. 그와 관련해서는 아는 바가 전혀 없다. 내 칼은 워싱턴에서 나와 함께 살고 있던 사람들 가운데 누군가의 손에 들어갔는데 이후 그 자취를 찾을 길이 없다. 몇 년 전, 전쟁이 끝나고 서쪽 지금 살고 있는 다코타(Dakota)로 이주한 후 나는 워싱턴의 한 신사로부터 편지 한 통을 받았다. 그는 그 칼이 어디에 있는지 안다고 말했다. 그 칼은 브라운의 가슴을 찌를 때 접혔던 바로 그 상태로 여전히 반으로 접혀 있다고 말했다. 그는 내 칼이 지금은 엄청난 역사적 가치를 지닌 유물이 되었다면서 얼마간 값을 쳐줄 테니 자신에게 팔 의향이 없느냐고 물었다. 나는 그의 제안에 별 흥미를 느끼지 못해 냉담하게 대답했다. 그날 이후로 나는 내 칼에 대해 아무것도 들은 바가 없다. 워싱턴 어딘가에서 그 기병도가 발견될 수도 있지 않을까 하는 생각을 하고 있을 뿐이다. (이 글은 원래 1885년 『북아메리카 리뷰』(The North American Review, 12월호에 실렸었다.)

—임경민 옮김

추천도서

조셉 배리(Joseph Barry), 『The Strange Story of Harper's Ferry With Legends of The Surrounding Country』, 웨스트버지니아 주 마틴즈버그(Martinsburg), 1903.

리차드 O. 보이어(Richard O. Boyer), 『The Legend of John Brown A Biography and A History』, 뉴욕, 1973.

루이스 필러(Louis Filler), 『The Crusade Against Slavery, 1830-1860』, 뉴욕, 1960.

스티븐 B. 오츠(Stephen B. Oates), 『To Purge This Land With Blood A Biography of John Brown』, 뉴욕, 1970.

루이스 루차메스(Louis Ruchames) 편집, 『John Brown The Making of a Revolutionary』, New York, 1969(원래는 『A John Brown Reader』라는 제목으로 출판되었다).

프랭클린 B. 샌본(Franklin B. Sanborn), 『Life and Letters of John Brown』, 보스턴, 1885.

케네스 M. 스탬프(Kenneth M. Stampp), 『The Peculiar Institution Slavery in the Ante-Bellum South』, 뉴욕, 1956.

에드워드 스톤(Edward Stone) 편집, 『Incident at Harper's Ferry』, 엥글우드 클리프스(Englewood Cliffs), 1956.

오스왈드 개리슨 빌라드(Oswald Garrison Villard), 『John Brown, 1800-1859 A Biography Fifty Years After』, 보스턴과 뉴욕, 1911(재판, 1943).

'Politics', Second Series (1844)
By Ralph Waldo Emerson

랠프 월도 에머슨의 에세이 '두 번째 시리즈' 중 제7장인
이 글은 1844년에 집필된 정치 평론이다.
미국의 초월주의 지도자이며,
뛰어난 철학자이자 시인인 그는
정부, 특히 미국 정부의 잘못에 대한 자신의 견해를 피력한 것이다.
그가 뉴잉글랜드(청교도들이 맨 처음 발을 디딘 북동부 연안 지역)의
사상에 미친 영향과 실용주의에 대한 견해는
헨리 D. 소로, 오레스테스 브라운슨(Orestes Brownson)
그리고 프리드리히 니체 등과 같은 인물들에게로 이어져 나갔다.

제 4 권

정치론

금과 철은 철과 금을 사는데 유효하고,

온 대지의 양털과 음식도 그것들과 똑같이 팔린다.

멀린[108]이 현자(賢者)의 전조가 되고,

나폴레옹이 위대함을 증명했듯이,

어떤 현물이나 화폐도

자기의 가치 이상은 못 산다.

공포와 기교와 탐욕은

한 나라를 바로 세울 수 없다.

108) 멀린(Merlin)은 아더왕의 신화에 나오는 대마법사.

흙에서 흙 이상의 무언가를 세우려는 암피온[109]이 성벽을 쌓았으니,

포에부스[110]는 공고히 할 수 밖에.

아홉 명의 무사(뮤즈)들[111]이 미덕들과 만나

자신들의 계획에 따라

열기를 막아주는 푸른 과수나뭇가지 옆에

아틀라스[112]의 자리를 마련하는데,

바로 여기서 정치가가 밀을 심으려고 고랑을 판다.

교회가 사회적 가치를 알 때,

의사당이 따뜻한 난로일 때,

그때야 비로소 완전한 나라가 탄생한다.

공화국이 편안해진다.

국가라는 문제를 다룰 때, 우리는 다음과 같은 사실들을 기억해

109) 안티오페(Antiope)는 제우스의 사랑을 받고 두 아들 암피온(Ampion)과 제토스(Zethos)를 낳았다. 이 두 아들은 테베의 일곱 성문과 성벽을 세웠다.

110) 포에부스(Poebus)는 아폴론의 로마식 이름.

111) 희랍어로 무사Musa이며 복수는 무사이Musai, 영어로는 뮤즈Muse. 그리스 신화에 나오는 9명의 '예술의 여신들'이다.

112) 아틀라스(Atlas)는 그리스 신화에 나오는 거인으로 제우스에게 패해 지구를 짊어지는 형벌을 받았다. 그래서 '지도책'이라는 뜻도 있다.

야만 한다. 그 제도가 비록 우리가 태어나기 전부터 존재했더라도 원래부터 있었던 것은 아니라는 것을, 국가는 시민보다 우월하지 않다는 것을, 한 때 시민들은 모두 나름대로 행동을 취하고 있었다는 것을, 모든 법과 관습은 인간이 특수한 경우를 대비하기 위해 편의상 만들어 놓은 방편에 불과하다는 것을, 이것들은 모두 본뜰 수 있으며 바꿀 수 있다는 것을, 따라서 우리는 이것들을 좋은 것으로 만들 수 있으며 보다 나은 것으로 만들 수 있다는 것을 말이다.

사회는 젊은 시민들에게 일종의 환상에 불과한 것이다. 그들은 사회가 일정한 명칭을 가지고 시민들의 눈앞에 굳건한 자세로 서 있으며, 인간과 제도들은 마치 떡갈나무처럼 그 중앙에 뿌리를 내리고 있고, 그 주위에는 모든 것들이 가능한 한 최상의 모습을 띠고 정렬해있다고 여긴다. 하지만 나이든 정치가는 사회가 유동적이며 뿌리나 중앙이라는 것도 없고 어떤 소량의 입자들이 갑자기 운동의 중심이 되어 제도가 그 주위를 맴돌도록 강요하고 있다는 사실을 알고 있다. 피시스트라토스[113]나 올리버 크롬웰처럼 강력한 의

113) Pisistratus(B.C 605-527); 고대 그리스 아테네의 정치가이다. 쿠데타로 참주(僭主)가 된 뒤(BC 561-527) 농업중심의 안정적인 정책을 폈으며 아테네 번영의 기반을 닦아 도시국가로서 아테네의 위상을 높였다.

지를 지닌 모든 인물들이 한 때 이렇게 했으며, 플라톤과 바오로(Paul)처럼 진실한 인물들은 모두 이것을 영원히 계속했다.

피시스트라토스

그러나 정치는 필요의 토대위에 서 있기 때문에 경솔하게 다룰 수 없다. 공화국은 법이 도시를 만들고 정책이나 생활양식이나 주민의 고용에 대한 중요한 수정, 그 밖에 상업, 교육, 종교 등이 투표를 통해 가부가 결정될 수 있으며 아무리 불합리한 법령이라도 충분한 투표수를 얻어 법으로 제정되면 사람들에게 강요할 수 있다고 믿는 젊은 시민들로 둘러싸여 있다.

그러나 어리석은 법률 제정은 비틀기만 하면 없어져버리는 모래 밧줄과 다름없다는 것을, 국가는 시민의 특성과 진보를 이끄는 것이 아니라 따라야만 한다는 것을, 아무리 강력한 약탈자일지라도 지체없이 제거되어야 한다는 것을, 사상이라는 토대 위에 건설하는 자만이 영원을 위해 건설할 수 있다는 것을, 성공한 정부형태란 이것을 허용한 민중들 속에서 존재하는 문명의 표현이라는 것을 현명한 사람들은 알고 있다.

법은 하나의 비망록에 지나지 않는다. 우리는 미신적이기 때문에 무엇인지도 모르고 법령을 존중하지만, 살아있는 인간의 특성에 대해서 법령이 가지고 있는 만큼의 생명이 바로 이 법령의 힘이다. 우리의 법령은 그 위에 우리 자신의 초상화를 찍어 넣은 일종의 유통화폐이다. 그것은 곧 닳아 없어져 알아볼 수 없을 정도로 훼손되고 시간이 지나면 조폐국(造幣局)으로 되돌아올 것이다.

자연은 민주적이지도 않고 입헌군주적(立憲君主的)이지도 않다. 그것은 전제적(專制的)이다. 자연은 자신의 아들 중 가장 건방진 자가 자신의 권위를 기만하거야 약화시키는 그 어떤 조치도 용납하지 않을 것이다. 따라서 대중의 마음이 가능한 빨리 지적으로 열리면 법령은 광폭해지거나 말더듬이처럼 보인다. 그것은 명확하게 말하지 않기 때문에 말을 하게끔 만들어야만 한다. 한편 일반적 민중들의 교육은 결코 멈추지 않는다. 진실하고 단순한 사람들의 몽상은 예언적이다. 오늘날 온화하고 시적인 청년들이 꿈꾸고 기도하고 마음속에 그리고 있는 것은, 비록 이런 것들을 큰소리로 말하는 것을 꺼려하지만 머지않아 공공단체들의 결의로 나타날 것이며, 투쟁과 전쟁을 통해 불만과 일종의 '권리장전'(權利章典, Bill of Rights)으로 나타날 것이다. 그리하여 그것은 다음 세대의 새로운 축원(祝願)과 공상(空想)에게 자리를 내줄 때까지 백 년 동안은 승리를 거둔 법률이나 제도로 자리 잡을 것이다. 국가의 역사는 진보하는 사상의 윤곽을 투박하게 그려놓은 일종의 스케치나 마찬가지다. 따라서 이것은 문화와 포부라는 섬세한 감각을 멀리 떨어져서 뒤따라간다.

사람들의 마음을 지배하고 사람들의 법과 혁신 속에서 자신을 최대한 표현할 수 있는 정치이론은 정부가 개인과 그 재산의 보호라는 두개의 목적을 위해 존재한다고 여기고 있다. 사람들은 천부적으로 모두 동일한 자격을 가지고 있듯이 모두 동등한 권리를 갖고 있다. 물론 이들은 혼신을 다해 민주주의를 요구하고 있다. 사람들은 모두 이성에 도달할 수 있기 때문에 모든 사람들의 권리는 평등함에도 불구하고 재산에 대한 권리는 너무도 불평등하다.

어떤 사람은 달랑 옷밖에 없는데, 어떤 사람은 마을 하나를 소유하고 있다. 이런 우연한 사실은 우선 하나에서 열까지 다 있는 부류들의 수완과 덕목에 따른 것이며, 둘째로는 유산을 물려받은 것이기 때문에 그 권리는 당연히 불평등해지는 것이다. 일반적으로 동일한 개인의 권리는 인구비례를 토대로 하는 정부를 요구하고 재산은 그 소유자와 소유의 비율에 토대를 둔 정부를 요구한다. 소나 양 같은 가축을 소유했던 라반(Laban)[114]은 미디안 족(the Midianites)[115]이 이 가축들을 몰고 갈 우려가 있기 때문에 변경(邊境)에서 관리들이 감시해주길 바라고 세금을 지불했다. 하지만 야곱(Jacob)은 가축이 한 마리도 없기 때문에 미디안 족을 두려워하지 않았으며 관리들에게 세금도 지불하지 않았다. 라반과 야곱은 자신들의 몸을 지키기 위한 관리를 선출하는 데에는 동등한 권리를 가지고 있었으나, 가축을 지키는 관리를 선출하는 것은 라반의 일이지 야곱의 일이 아니었다. 그리고 관리를 더 충원하거나 감시대를 더 늘릴 것인지의 문제가 제기될 경우, 라반과 이삭(Isaac)과 그 밖에 가축의 일부를 팔아서 나머지를 지켜야만 하는 사람들은 젊고 방랑자이기 때문에 자기 것이 아니라 남의 빵을 먹고 있는 야곱보다는 더 많은 권리를 가지고 훨씬 더 훌륭하게 판단해야 했다.

고대 사회에서는 소유주가 자신의 재산을 형성했다. 이처럼 재산이 직접적인 방법을 통해서만 소유주의 수중으로 들어오는 한, 어느 공동체이든 재산이 재산을 위한 법률을 제정하고 사람은 사람을 위

114) 이삭과 레베카(Rebecca) 사이에 태어난 야곱의 큰 외삼촌이다.

115) 아라비아 서북부, 아카바(Aqaba) 만 근처의 사막 지대에 살았던 앗시리아의 일족으로, 수차례 이스라엘을 침략하여 마침내 기드온을 멸망시켰다.

한 법률을 만들었으며, 이 이외에 다른 의견이 제기될 수가 없었다.

그러나 재산은 증여나 상속을 통해서 이것을 형성하지 않았던 사람에게 넘어간다. 증여의 경우, 그것은 노동이 최초의 소유자를 만든 것처럼 새로운 실소유자를 만든다. 상속은 법이 소유권을 규정하는데, 공공이 아무도 이의를 제기 안 하는 평가치에 따르기 대문에 어느 쪽이든 타당하게 받아들일 것이다.

하지만 사람과 재산은 겨래 상 서로 엉켜 있기 때문에 재산이 재산을 위한 법률을 만들고, 사람이 사람을 위한 법률을 만드는 식의 안이한 원칙은 구체화하기 쉬워보이진 않는다. 그리하여 소유주가 비소유주보다 더 많은 선거권을 가져가는 정당한 차별을 정착시키는 것이 궁극의 해결책으로 여기게 되었는데, 이러한 방식은 다음과 같은 스파르타식 원칙에 따른 것이기도 하다. "정당한 것을 평등이라고 부르고, 평등한 것을 정당한 것이라고 부르지 않는다."

그러나 이러한 원칙도 더 이상 이전 시대처럼 자명(自明)한 것으로 보이지는 않는다. 부분적으로는 법에서 재산에 너무 많은 비중을 두지 않았는가 하는 의문과, 그러한 구조가 부자들이 가난한 자들을 침해하도록 만들고 가난한 자들을 그냥 가난하도록 만드는 것이 아닌가 하는 의문이 제기되었기 때문이다. 그러나 주요인은 따로 있다. 모호하고 분명치 않지만 어떤 본능적인 감각이 있어서 현재 우리가 향유하고 있는 재산에 대한 전체적인 구조는 치욕적이라는 사실을 알려주기 때문이다. 따라서 그것이 사람에게 미치는 영향은 타락과 불명예뿐이다. 국가를 고려할 때 진심으로 다루어야 할 유일한 문제는 사람이다. 재산은 항상 인간을 추종하도록 해야 한다. 정부가 추구하는 궁극의 목적은 인간의 문화다. 그리고 인간이 교육받을 수 있으면 여러 가지 제도들은 자연히 그들과 그 향상을 나눌 수 있을 것이며, 도덕적 감정이 그 나라의 법률을 제정할 것이다.

그래도 이 문제에 대한 공정성을 정착시키기 어렵다면, 우리는 자연의 방어력을 고려해야만 위험이 덜 할 것이다. 우리는 우리가 보통 선출하는 장관들의 친위대들보다 좀 더 나은 감시자들의 보호를 받고 있다. 사회는 언제나 대부분이 어리고 우둔한 사람들로 구성되어 있다. 법원이나 정치인들의 위선을 꿰뚫어 본 노인들은 후손들에게 아무런 지혜도 남겨주지 않고 세상을 떠난다. 노인들은 그들의 선조들이 그들 나이에 죽었을 때 그랬듯이 자신들의 신문만을 믿는다. 이렇듯 무지하고 어리석은 인간들이 대부분인 나라는 곧 파멸로 치닫고 말 것이다. 그러나 위정자들의 어리석은 행위나 야망이 넘을 수 없는 온갖 제한들이 있다.

인간들과 마찬가지로 사물들도 자신의 법칙을 가지고 있다. 따라서 사물들은 하찮게 다루어지는 것을 거부한다. 재산은 보호받을 수 있는 것이다. 곡식은 그것을 심어주고 거름을 주지 않으면 자랄 수 없을 것이다. 하지만 농부는 그것을 추수해서 거둬들일 수 있을 만큼 충분한 기회가 주어지지 않으면 심으려고도 하지 않을 것이며 괭이질도 하지 않을 것이다. 어떤 형태에서든지 사람과 재산은 자신들의 정당한 권위를 지녀야만 하며 또 지녀야 할 것이다. 그들은 물질이 자신의 인력을 끊임없이 실행하듯이 그들의 권한을 빈틈없이 발휘한다. 1파운드의 흙을 쥐어보라. 그것을 쪼개고 또 쪼개보라. 그것을 액체로 녹여보라. 그것을 기화시켜 보라. 그것은 언제나 1파운드의 무게를 유지할 것이다. 그것은 언제나 1파운드의 무게 만큼 다른 물질을 끌어당기거나 밀어낼 것이다. 이처럼 어떤 사람의 속성이나 그의 기지나 도덕적 에너지는 어떤 법률 아래서나 심지어 꺼져가는 전제정치 아래서도 그것들이 지닌 정당한 힘을 행사할 것이다. 그것들이 명백하게 실행되지 않으면 은밀하게라도 행해질 것이다. 법률로 행해지지 않으면 법률에 반하여 행해질 것이다. 정당성으로 실행되지 않으면 무리한 힘으로라도 행해질 것이다.

사람은 도덕이나 초자연적 힘을 지닌 기관이기 때문에 사람이 지닌 영향력의 한계를 정하는 것은 불가능하다. 시민적 자유나 종교적 정서처럼 대중의 마음을 사로잡는 어떤 이상의 영역 아래서 사람의 위력은 더 이상 측정 대상이 아니다. 자유나 정복을 위해서 거국적으로 단결된 한 나라의 국민들은 통계학자들의 수치를 손쉽게 뒤집어버리고, 그들의 역량에 전혀 걸맞지 않는 엄청난 일을 달성한다. 그리스인들, 사라센인들, 스위스 사람들, 아메리카인들 그리고 프랑스인들이 그런 일을 해냈다.

재산의 각 부분은 여전히 그 자신의 인력(引力)에 속한다. 1센트는 옥수수나 다른 상품의 일정량을 나타내준다. 그 가치는 동물로서의 인간이 지닌 필요성 속에 존재한다. 그것은 그 값만큼의 따스함이며, 빵이고, 물이며, 땅이다. 법은 재산 소유자가 하고자 하는 것을 허용할 수 있다. 하지만 그것의 힘은 에누리 없이 여전히 센트와 결부되어 있다. 법은 심술을 부리면서 당치도 않는 말을 할 것이다. 재산의 소유자만 빼고 누구나 권리를 가져야 하며, 그들은 투표권이 없다고 말이다. 그럼에도 불구하고 보다 더 높은 법에 의해서 재산은 해마다 재산에 관한 일체의 법령을 작성할 것이고, 무산자는 도리어 재산을 가진 자를 위해 펜을 드는 서기가 될지도 모른다. 소유자가 하고 싶어 하는 일은 법을 통해서든 아니면 법에 거역해서든 재산의 모든 역량을 발휘하는 것이다. 물론 내가 말하는 것은 일체의 소유물을 말하는 것이지 단지 토지와 같은 큰 재산만을 말하는 것은 아니다. 부자들이 투표에 지는 것은 수많은 가난한 자들이 서로 합친 재력이 부자들의 축적을 능가하기 때문이다. 모든 사람들은 하다못해 소를 한 마리 가지고 있든지, 달구지를 한 대 가지고 있든지, 자기의 두 개의 팔을 가지고 있든지 아무튼 무엇이든 가지고 있기 때문에 어떻게든지 처리할 수 있는 재산을 가지고 있는 셈이다.

위정자의 악의나 어리석은 행위에 맞서 사람의 권리와 재산의 권리를 지켜내기 위한 필요는 각 국민과 그의 사고의 인습에 부합된, 어떠한 경우에도 다른 상태의 사회로 옮겨 갈 수 없는 통치의 형식과 방법을 규정한다. 이 나라에서 우리는 우리나라만의 정치제도를 대단히 자랑하고 있는데, 그것의 특징은 다음과 같다. 즉 우리의 제도는 현존하고 있는 사람들의 기억 속에서 민중의 성격과 환경으로부터 자연히 발생하여 지금까지도 아주 충실하게 표명되고 있다는 것이다. 따라서 우리들은 역사상 그 어떤 정치제도와 비교해도 이것이 가장 훌륭한 것이라고 믿어 의심치 않았다. 이 제도가 다른 것보다 좋다는 것이 아니라 다른 것보다 우리에게 적합하다는 것이다. 우리는 민주주의적 형태의 현대의 이점을 주장하는 것이 현명할지도 모른다. 하지만 우리와 다른 사회 상태, 이를테면 종교가 군주정치 형태를 신성화하고 있는 나라에서는 민주정치가 적당치 않다. 민주주의는 우리에게 다른 것보다 더 낫다. 우리 시대의 종교적 정서가 민주주의와 더 잘 맞기 때문이다. 민주주의 속에서 태어난 우리는 군주제를 판단할 자격이 없다. 그것은 군주제의 정치사상 속에서 살았던 선조들에게는 상대적으로 합당했을 것이다. 그러나 우리의 제도는 우리의 시대정신과 일치할지 모르지만 우리가 다른 형태를 시비할 때 흠잡아 왔던 실제적 모든 결함에서는 벗어나지 못했다. 현재 우리나라의 모든 주는 부패하고 있다. 착한 사람들이 법 앞에서 너무나 쉽게 머리를 숙이지 않으면 안 된다. '정치'라는 단어는 수대를 걸쳐 '교활'을 의미해 왔고, 국가는 일종의 속임수라는 암시밖에 주지 못했기 때문에 '정치'에 대한 통렬한 혹평은 정부에 관한 풍자와 비교할 바가 못 된다.

양성(良性, benign)의 필요와 실제적인 악용이 모든 정당에 똑같이 나타나고 있으며, 이러한 정당들은 각 주마다 분립되어서 정부의 행정을 반대하거나 옹호하고 있다. 정당도 본능에 기초를 두고 있기 때문에 지도자들의 지혜로움 위해서보다는 오히려 자신들의 초라한 목적을 위해 보다 나은 안내자가 되어 있다. 그들은 근본적으로는 사악하지 않지만 불시에 다소 현실적이고 영구적인 관계를 보여주기도 한다. 현명한 사람이라면 이러한 정당을 사나운 동풍이나 서리처럼 꾸짖을 수밖에 없다. 당원들은 대부분 자기들의 직위를 고려하지 않고 자기들의 마음에 드는 이권을 옹호하기 위해서만 존재하기 때문이다. 그들이 어느 지도자의 뜻에 따른 나머지 뿌리 깊은 본래의 기반을 망각하고 개인적인 사정에 충실하여 자기들의 제도와 무관한 요제(要題)를 유지하고 방어하려고 투신할 때부터 우리와 그들 간의 논쟁은 시작된다. 정당은 으레 개인에 의해서 타락한다. 부정(不正)의 책임을 그 단체에게 묻지 않더라도 우리는 이와 같은 자비심을 그들의 지도자에게까지 확대시킬 수는 없다. 그들은 자신들이 지도하고 있는 대중의 순종과 열성이라는 보상을 거둬들인다.

보통 우리의 정당은 상업적 이해와 식민적 이해가 서로 갈등을 일으키기 때문에 원칙이 낳은 당이 아니라 환경이 낳은 당이라 할 수 있다. 자본가들의 정당과 노동자들의 정당이 바로 그것이다. 이러한 정당들은 그들의 도덕적 특성이 동일하기 때문에 그들의 방법에 대한 지지 여하에 따라서 그 기반을 쉽게 교환할 수 있다. 원칙이 낳은 당 – 예를 들면 종교적 파벌에서 나온 당이나 자유무역, 보통선거, 노예폐지, 사형폐지 등을 모토로 한 당들은 개인 것으로 퇴보하거나 당원들의 열광을 고취시킨다. 우리나라를 선도하는 정당(이것들은 주의를 표방하는 단체의 적절한 표본으로서 인용될 수 있다.)의 악폐는 그들이 각자 부여받은 심도 있고 필연적인 기반 위에 스스로를 심어 놓지 않고, 전혀 유익할 것이 없는 지역적이고 일시적인 정책을 수행하기 위해 연방국(commonwealth)에 너무 몰두하는 것이다.

지금 나라를 거의 양분하고 있는 거대한 양대 정당들 중 하나는 최선의 주장을 가지고 있으며, 또 하나는 가장 우수한 인물을 보유하고 있다고 생각한다. 철학자나 시인이나 종교인은 당연히 자유무역, 자유선거, 형법상의 합법적 잔인성 폐지, 청년들과 가난한 자들의 부와 권력에의 접근을 위한 모든 편의책들을 강구하기 위해 민주당에 투표하기를 바랄 것이다. 하지만 그들은 이러한 문제를 해결할 수 있는 대표자로 소위 대중정당이 추천한 인물들을 거의 받아들이지 않는다. 이들은 진정으로 희망과 덕목이 담긴 민주주의라는 이름에 걸맞는 목적을 가지고 있지 않기 때문이다. 우리 미국의 급진주의가 지닌 정신은 파괴적이며 맹목적이다. 이것은 애정이 있는 것도 아니며 장래성이나 신성한 목적이 있는 것도 아니다. 다만 증오와 이기심에서 나오는 파괴만 있을 뿐이다. 한편 자격 있고 능력 있고 교양 있는 인물들로 구성된 보수당은 겁이 많고 재산을 지키기에만 골몰한다. 권리를 옹호하지 않고, 참다운 당을 열망하지 않고, 범죄에 낙인을 찍지 않고, 공명정대한 정책을 제안하지 않고, 건설하지 않고, 저술을 하지 않고, 예술을 사랑하지 않고, 종교를 육성하지 않고, 학교를 건립하지 않고, 과학을 장려하지 않고, 노예를 폐지하지 않고, 가난한 사람이나 인디언이나 이민자들을 도와 주지 않는다. 이들 양당 중에서 어느 당이 집권을 해도 국민의 자질과 일치되는 과학과 예술과 인간성을 기대할 만한 이익을 가져오는 세상은 바랄 수가 없다.

이러한 결점이 있다고 해서 나는 우리의 공화국에 절망하지는 않는다. 우리는 변화의 파동에 따라서 좌우되지 않는다. 포악한 정당들의 투쟁 속에서도 인간의 본성은 항상 스스로 고귀한 대우를 받고 있음을 발견한다. 그것은 마치 보타니 베이[116]에 갇혀있는 죄인의 자녀들에게서도 보통 다른 아이들이 지닌 건전한 도덕 감정을 발견할 수 있는 것과 마찬가지다. 봉건적인 생각을 가진 시민들은 우리의 민주주의 제도가 무정부주의로 빠질까봐 걱정하고 있다. 또한 우리들 중에서 늙고 조심성 많은 사람들은 우리의 난잡한 자유를 일종의 공포심을 가지고 바라보면서 유럽인들에게서 교훈을 얻어야 할 것이라고 말한다. 헌법의 해석에 대한 우리의 방종한 태도라든가 여론의 독재성 등을 미루어 보아 우리에게는 닻이 없다고 말한다. 또 어느 외국 관찰자는 우리 국민의 '결혼'에 대한 신성한

116) Botany Bay; 영국의 탐험가 제임스 쿠크의 엔데버호가 뉴질랜드를 발견한 후 호주에 이르러 처음 상륙한 곳. 이후 영국이 죄수들을 호주로 실어 보내 식민지 개척을 했다.

의무 속에서 안전장치를 발견했다고 말했다. 또 어떤 사람은 칼빈주의(Calvinism)에서 그것을 발견했다고 말했다. 피셔 에임스[117]는 군주국과 공화국을 비교해 가면서 보다 현명하게 일반민중의 안전을 다음과 같이 말했다. "군주국은 순조롭게 항해하는 상선이다. 하지만 그것은 때에 따라서는 좌초되어 바다 밑에 가라앉을 것이다. 이에 반해 공화국은 뗏목이다. 따라서 이것은 가라앉을 우려가 없지만 하루 종일 물속에 발을 적시고 있어야만 한다."

우리가 사물의 법칙에 도움을 받고 있는 한, 어떠한 형태이든 심각한 위험은 없다. 마치 우리의 두뇌를 수 톤 무게의 대기가 압박하더라도 허파 안에서 이와 동일한 압력이 저항을 하고 있는 한, 인체에 아무런 고장이 없는 이치나 마찬가지다. 양이 지금의 천배로 증

피셔 에임스

117) Fisher Ames (1758-1808); 미국의 정치가, 연설가, 작가이다. 매사추세츠 주 상원의원으로 정치에 입문한 뒤 8년간의 조지 워싱턴의 재임기간(1789년~1797)동안 그는 연방의회의 하원에서 열성적인 연방주의자로 활동했다.

가한다고 치자. 그래도 이것은 반작용과 작용이 동일한 보조를 취할 수 있는 한, 우리를 압착할 수는 없다. 양극, 즉 구심력과 원심력이라는 두 개의 힘은 보편적인 사실이다. 이것은 각자 스스로의 활동을 통해서 상대방을 발전시킬 수 있는 힘이다. 분방한 자유는 철석같은 양심을 발전시킨다. 법과 형식을 강화함으로써 자유가 결핍될 때 양심은 마비된다. '린치법'은 지도자가 남들보다 큰 대담성과 자활의 방도를 가지고 있을 경우에만 통용될 수 있다. 폭력단은 영구적인 것이 될 수 없다. 모든 사람의 관심사는 그러한 것이 존재하지 않기를 요구하고 있다. 정의만이 모든 사람을 만족시킬 수 있다.

우리는 모든 법률을 통해서 빛을 발할 수 있는 선의(善意)의 필요성에 무한한 신뢰를 가져야만 한다. 인간의 본성은 그 안에서 스스로를 조각상이나 가요나 철로처럼 특징적으로 표현한다. 그러므로 국가의 모든 법전이 지니고 있는 추상적 관념은 일반적 양심의 사본(寫本)이 될 수 있다. 정부는 그 기원을 사람들의 도덕적 정체성 속에 두고 있다. 한 사람에 대한 이성은 다른 사람에 대한 이성으로 간주된다. 그리고 그것은 만인에 대한 이성이기도 하다. 그 수가 그리 많은 것도 아니고 그들 스스로에 대해 그리 단호한 것도 아니지만 모든 사람들을 만족시킬 수 있는 중용(中庸)이라는 것이 있다. 누구나 자기의 마음을 결정하는 데에는 자기가 승인할 수 있는 가장 단순한 주장과 행동이 있다. 이것을 그는 '진리'(Truth)와 '신성'(Holiness)이라고 부른다. 이러한 결정을 내리는데 모든 시민들은 가능하다. 그리고 이것에서만 완전한 의견일치를 볼 수 있다. '이것에서만'이라는 것은 먹기 좋은 것, 입기 좋은 것, 시간을 보내기 좋은 것, 토지의 액수, 혹은 누구나가 주장해야 할 공공원조 같은 문제에서는 아니라는 말이다. 사람들은 이러한 진리와 정의를 곧 토지의 가격제도, 공무할당, 생명과 재산의 보호에 적용하도록 노력해야 한다. 이러한 문제에 관해 최초로 노력하는 사람은 물론 매우 어색하게 보일 것이다. 하지만 절대적 권리를 가진 사람이 최초의 통치자이다. 그렇지 않으면 모든 정부는 더러운 신권(神權) 정치밖에 되지 못한다. 법률을 제정하고 수정하려는 모든 공동체가 추구하는 이념은 바로 '현자(賢者)의 의지'(the will of the wise man)이다. 현자라는 것은 자연 속에서 발견할 수 없다. 따라서 지략(智略)으로 현자의 정부를 구하기 위해서는 서투른 노력일지라도 이를 부지런히 계속해야 한다.

'지략'이란 다름이 아니라 국민 전체에게 모든 정책에 대해 그들의 목소리를 낼 수 있게 한다든가, 전체의 대리인을 선정하기 위한 이중 선거를 한다든가, 혹은 최고의 시민들의 선거를 치르든가 하는 방책을 말한다. 그 밖에 손수 자기의 대행자를 선출할 수 있는 어느 한 사람에게 정부에 관한 일체를 위임함으로써 사회의 능률과 국내 평화의 이익을 획득하는 방책을 말한다. 모든 정부 형태는 불멸의 정부로서의 상징 – 모든 왕조들이 그러했듯이 – 을 갖는다. 그리고 정부는 사람 수에 의존하는 것이 아니다. 두 사람이 있어도 완전한 것이고, 단 한 사람만 있어도 완전한 것이다.

사람의 본성이란 누구나 다 같은 것이다. 자기 자신만을 보아도 남이 어떻다는 것을 능히 판단할 수 있다. 내게 옳은 것은 그들에게도 옳은 것이고, 내게 그른 것은 그들에게도 그른 것이다. 내게 맞는 일을 하고 내게 맞지 않는 일을 하지 않는 동안에는 나와 이웃이 방법상 의견이 합치될 것이고, 따라서 같은 목적을 위해 어느 정도 손잡고 일할 수 있을 것이다. 그러나 나 자신을 지배해 나가는 방법이 나에게 불충분하게 생각하면서도 이러한 방식으로 그를 다스리려고 할 때, 나는 진실의 한도를 넘어서 그와 거짓된 관계로 전락해버린다. 내가 그 사람보다 수단이나 힘이 훨씬 더 강한 경우에 그는 거짓에 대해 느낀 바를 적절히 표현할 수 없게 된다. 하지만 이것은 하나의 거짓말에 지나지 않는다. 그리고 이것은 거짓말이 그러하듯이 그와 나 모두에게 상처를 준다.

사랑과 자연은 가정(假定)을 지속해나갈 수는 없다. 가정은 실질적인 거짓에 의해서, 즉 힘에 의해서 수행되어야만 한다. 타인에게 가하는 이런 행위는 실책이며 정부의 엄청난 추태이다. 이와 똑같은 일이 둘 사이에서뿐만 아니라 여러 사람들 사이에서도 생겨난다. 단지 쉽사리 인지되지 않을 따름이다. 그렇지만 세계 인구의 4분의 1이 내가 해야만 하는 것을 나에게 말한다고 상정하면, 나는 아마도 환경의 방해를 너무 받아 그들의 명령이 불합리하다는 것을 똑똑히 보지 못할 것이다. 그렇기 때문에 모든 다수자의 목적은 개인의 목적보다 불명료하고 '돈키호테'식이다. 따라서 어떠한 법률이든 간에 사람들이 자기들만을 위해 만든 법률 이외의 모든 법률은 우습기 짝이 없는 것이다. 나 자신을 나의 어린 시절로 돌려놓은 다음에 우리가 어떤 사상에 입각하여 사물들이 이러이러한 것이라고 본다고 치자. 그 때의 지각작용은 어린아이와 나를 위한 법률이다. 우리 두 사람은 같은 곳에서 같은 행동을 한다. 하지만 어린아이를 그 사상에 이동시키지 않고 내가 그의 계획을 내려다 본 다음에 그가 자기의 계획을 운행하는 방법을 사려해 가면서 이것을 하라, 저것을 하라, 하고 명령해 본다고 치자. — 그는 결코 내 말에 복종하지 않을 것이다.

이것이 정부에 관한 역사다. 한 사람은 다른 사람을 결박하기 위한 어떤 일을 한다. 나와 안면도 없는 어떤 사람이 내게 세금을 부과한다. 혹은 멀리 떨어진 곳에서 나를 바라보면서 나의 노동의 일부가 이러저러한 엉뚱한 목적 — 이것은 나 아닌 그가 우연히 생각해낸 목적이다. — 을 위해 쓰여야 한다고 명령한다. 그 결과가 어떤가를 보라. 사람들은 모든 부채들 중에서도 세금 내기를 가장 싫어한다. 이것이 정부에 대해 얼마나 풍자적인 의미를 가지고 있는지 생각해 보라! 도처에서 그들은 그 금액에 해당하는 것을 취득할 수 있지만, 유독 이 세금만은 별개의 것으로 여기고 있다.

그러므로 정부의 힘이 적으면 적을수록 좋고 — 법률도 적고, 권력에의 의지(依支)도 적을수록 좋다. 형식적인 정부의 이런 병폐를 치유하는 해결책은 사적인 인격의 힘이다. 다시 말하자면 '개인'(Individual)이 육성되어야 한다. 그리고 정부의 대리권을 폐기할 수 있는 다른 원칙이 등장해야 한다. 즉 현자가 출현해야 한다. 현 정부도 현자의 혜택을 입고 있는 것은 분명하지만 이것은 일종의 초라한 모방에 지나지 않는다. 모든 사물이 끌어내고자 하는 것은 자유와 교양과 인간 교제와 혁명이 형성하고 희구하고 있는 것, 그리고 인격이다. 이것이야말로 자연의 목적이며 이 목적을 달성할 때 비로소 자연은 제왕으로서의 대관식을 거행할 것이다. 국가는 현자를 양성하기 위해서 존재한다. 따라서 현자의 출현과 동시에 국가는 자신의 사명을 다하는 것이다. 인격의 출현은 국가를 불필요한 것으로 만든다.

현자는 곧 국가다. 그는 군대나 요새나 해군을 필요로 하지 않는다. ─ 그는 사람들을 너무나 사랑한다. 그에게는 뇌물이나 향연이나 궁전을 만들어서 친구들을 유인할 필요가 없다. 유리한 지위나 좋은 환경도 필요 없다. 그는 사색을 해본 적이 없기 때문에 도서관이 필요하지 않고 예언자인 그에게는 교회당도 필요 없다. 그는 법전을 가지고 있지 않다. ─ 그가 바로 법을 부여할 수 있는 사람이기 때문이다. 그는 돈도 필요 없다. ─ 스스로가 값이기 때문이다. 그는 도로도 필요치 않다. 그는 자기가 들어와 있는 집에서 살고 있으니까. 그에게는 경험도 필요 없다. 창조자의 생활이란 자신의 몸에서 싹이 트고 자신의 눈으로 모든 것을 볼 수 있으니까. 그는 개인적인 친구가 없다. 그는 사람들의 기도와 신앙심을 자아내는 주문을 지니고 있으니까. 그에게는 반려자가 필요 없고 단지 자기와 더불어 특별히 시적인 생활을 나누기 위한 몇 사람을 양성하고 있을 뿐이다. 그와 사람들과의 관계는 천사와 같은 것이다. ─ 그에 대한 기억은 사람들에게 몰약(沒藥, myrrh)과 같은 효과를 주고 사람들은 그를 유향이나 꽃을 대하듯 바라본다.

우리의 문명이 거의 자오선(子午線) 가까이 와 있다고 생각하고 있으나 아직도 우리는 이른 아침에 새벽별을 바라보고 있는 실정이다. 우리의 야만적인 사회 속에서 인격의 힘은 초보 단계에 서 있

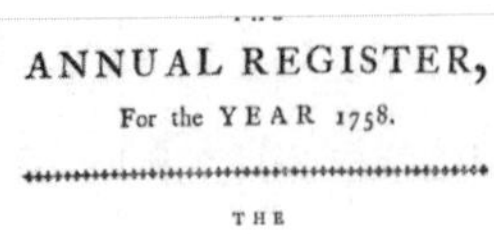

ANNUAL REGISTER,
For the YEAR 1758.

THE
HISTORY
OF THE
PRESENT WAR.

CHAP. I.

Origin of the troubles in North America. Admiral Boscawen and General Braddock sent thither. Operations intended. Two French Men of War taken. Braddock defeated. General Johnson repulses the French. French threaten an invasion. Fort St. Philip besieged and taken. Treaty with Russia, the spirit of it. Alliance with the King of Prussia. Ground of the quarrel between her Imperial Majesty and that monarch. Treaty of Petersbourg. Treaty of Versailles. King of Prussia enters Saxony and Bohemia. Battle of Lowositz. Saxon army surrenders.

THE original plan of this work proposed no more than that each volume should contain a narrative of those unnecessary or disagreeable to look a little farther back. It would be difficult, perfectly to understand the operations of the several powers at

Reales
Staats-Zeitungs-
und
CONVERSATIONS-
LEXICON,
Darinne so wohl
Die Religionen und geistlichen Orden, die
Reiche und Staaten, Meere, Seen, Inseln, Flüße,
Als auch
Andere in Zeitungen und täglicher CONVERSATION
Neue durch und durch übersehene Auflage,
Nebst acht Kupfer-Platten,
und einer ausführlichen Vorrede
Herrn Johann Hübners,
RECTORIS zu S. JOHANNIS in Hamburg.
PRIVILEGIO.
Verlegts Johann Friedrich Gleditsch,
Buchhändl. in Leipzig, 1744.

『연보』와 『회화사전』

다. 인격이 정치적 힘이 되어 모든 통치자들을 권좌에서 끌어낼 수 있는 정의의 왕으로서 등장하기까지는 아직도 많은 세월이 남아 있다. 맬서스나 리카도는 여기에 대해서 전혀 언급하지 않았다. 이것은 『연보』[118]에서도 침묵을 지키고 있다. 『회화사전』[119]에서도 이에 대한 말이 없다. 대통령의 교서에도 여왕의 개회식 칙어(勅語)에도 언급된 적이 없다. 그렇다고 이것이 전혀 가치 없는 것은 아니다. 천재와 종교인이 세상을 향해 던지는 모든 사상들이 세상을 변화시킨다. 권력의 장부에 기록된 검투사들은 그들의 힘과 허식을 보여

118) Annual Register; 아일랜드 출신의 정치인이자 철학자이며 작가인 에드먼드 버크(Edmund Burke)가 1758년에 처음 발행한 것인데, 한 해의 중요한 시사문제를 담았다.

119) the Conversations' Lexicon; 독일의 백과사전.

주는 복장을 통해서 가치의 존재를 느끼고 있다. 나는 인간의 상품 매매와 야심의 투쟁이야말로 이 가치의 신성함을 고백하는 것일 뿐이라고 생각한다. 그리고 이러한 분야에서의 승리는 구차한 배상이며, 수치로 가득 찬 영혼이 자신의 벌거벗음을 가리기 위한 무화과 잎에 불과하다고 생각한다.

내키지 않는 것처럼 보이는 경의를 나는 도처에서 찾아볼 수 있다. 이것은 우리가 얼마나 많은 책임이 남아 있는가를 알고 있으며 가치에 대한 대용(代用)으로서 약간의 잔재주를 보여주려고 애쓰는 것을 알고 있기 때문이다. 우리는 인격의 위엄에 대한 권리를 가지고 있다는 양심 때문에 항상 괴로움을 잊을 수 없다. 그러면서도 이에 대해 절조(絶調)를 지키지 않고 있다. 그러나 어떠한 재능이든 우리는 각자의 재능을 지니고 있고, 이것으로써 우리는 유용하고 고상하며 무섭고 재미있으며 돈 되는 일을 할 수 있다. 하지만 우리는 이것들을 선하고 평등한 삶에 이르기 위해서 하는 것이 아니라 타인들과 스스로에 대한 사죄의 의미에서 한다. 그러나 우리는 그것을 동료들의 목전에 던져 놓지만 우리를 만족시키지는 못한다. 그것이 그들의 눈에 모래를 던지는 꼴이 될지 모르지만 우리 자신의 눈살을 펴주지는 않으며, 우리가 밖으로 나가 걸을 때 느끼는 것과 같은 강한 평정심도 주지 않는다. 우리는 걸어가면서 참회한다. 우리의 재능은 일종의 속죄이다. 따라서 우리는 우리의 가장 빛나는 순간을 어떤 굴욕으로 반영하지 않을 수 없다. 그리고 이런 행위는 너무도 훌륭할지는 모르지만 우리의 영원한 에너지가 시키는 아름다운 표현으로서의 수많은 행동들 중 하나로 볼 수는 없다. 유능한 사람들은 대부분 사회에서 일종의 암묵적인 충동을 느끼는 일이 잦다. 모든 사람들은 이렇게 말하고 있는 듯하다.

"나는 제 정신으로 살고 있는 것이 아니다."라고 상원의원이나 대통령은 그 자리가 특별히 마음에 든다고 여기기 때문이 아니라, 진정한 가치에 대한 변명을 함으로써 자기들의 인격이 옳다는 것을 우리에게 입증하기 위해 무진 애를 쓰면서 그토록 높은 곳까지 올라간 것이다. 이들이 앉아 있는 멋진 의자는 자기들의 구차하고 차디차며 딱딱한 본성에 대한 자기 보상이다. 그들은 자신들이 할 수 있는 일을 해야만 한다. 숲속에 사는 어떤 동물이 그러하듯이, 그들은 물건을 잡을 수 있는 꼬리밖에 없다. 이것으로 그들은 나무위로 기어 올라가든지 아니면 기어 다니든지 해야만 한다. 자신의 풍부한 본질을 스스로 발견하면서 최고의 인물들과 엄정한 관계를 맺을 수 있고, 따라서 자신의 행동이 지닌 위엄과 향기로 주변 사람들의 생활을 명랑하게 할 수 있는 사람이라면, 어떻게 전당대회나 언론의 환심을 이용하고 정치가들의 허위와 오만에 가득 찬 관계를 탐낼 수 있을까? 정말이지 진지한 태도를 지닌 사람이 협잡꾼이 되기를 좋아하는 사람은 아무도 없을 것이다.

시대의 추세는 자치의 이념을 사랑하고 개인으로 하여금 모든 법전이 아닌 자기 자신의 헌법에 의한 보수와 처벌을 받도록 방임해 둔다. 이러한 경향은 우리가 인위적인 구속에 의지하고 있는 동안에도 우리가 믿고 있는 것 이상의 강한 세력으로 작용하고 있다. 이러한 방향으로의 움직임은 현대사에 커다란 획을 그어놓았다. 맹목적이며 불명예스러운 움직임도 많았지만, 이 혁명의 본질은 혁명가의 악폐와는 여러모로 다른 것이다. – 이것은 순수한 하나의 도덕적 세력이기 때문이다. 역사상 이것을 채택한 정당은 하나도 없었으며 또한 있을 수도 없었다. 이것은 개인을 모든 정당과 격리시키는 동시에 개인을 인류와 결합시켜 놓는다. 이것이 약속하는 것은 개인적 자유나 재산의 안전보다도 더 높은 권리들의 승인이다. 사람은 직업을 가질 권리와 신뢰를 받을 권리와 사랑을 받을 권리와 존경을 받을 권리가 있다. 사랑의 힘이 한 국가의 기초로 시도된 적은 한 번도 없었다. 모든 유순한 신교도들을 사회적 관습들에 협력하지 못하게 하면 모든 일들이 혼란상태에 빠져버릴 것이라고 상상해서는 안 된다. 혹은 무력적인 정부가 종말을 고하면 도로가 개설되지 않고, 우편물이 배달되지 않고 노동에 대한 보수가 돌아오지 않는다고 생각해서는 안 된다.

우리의 방법은 경쟁의 여지가 전혀 없을 만큼 탁월하지 않은가? 친구들로만 형성된 국가가 보다 더 우수한 방법을 이끌어내지 못할 것인가? 그렇지만 가장 보수적이며 겁 많은 사람들이 무력과 총검의 제도의 때 이른 폐기에 대해 어떤 두려움도 품지 않도록 할 것이다. 이러한 세계는 우리의 의지보다 훨씬 우위에 있는 자연의 질서에 따라야만 비로소 태어날 수 있기 때문이다. 인간이 이기적인 곳에서는 권력지향적인 정부가 항상 존재한다. 인간이 권력지향적인 법을 폐기할 만큼 충분히 순수해지면, 그들은 우체국, 도로, 상업, 재산교환, 박물관, 도서관, 미술관, 과학관 등의 공공적인 목적이 어떻게 해답을 줄 수 있는 지를 볼 수 있을 만큼 현명해질 것이다.

우리는 가장 저급한 단계의 세계에서 살고 있으며, 따라서 권력에 기반을 둔 정부에 내키지 않는 공물을 바치고 있다. 가장 종교적이며 문명적인 국가의 일류 종교인이나 문화인 가운데에도 사회는 태양계처럼 인위적인 구속 없이도 유지될 수 있고, 각 개인은 유치장과 압수의 암시가 없이도 분별 있는 사람으로서 서로 사이좋게 살 수 있을 거라고 납득시킬 수 있을 만큼 도덕적 감정에 대한 신뢰와 사물의 단합에 대한 충분한 신념을 가진 사람은 없다. 정의와 애정에 원칙을 둔 국가 혁신이라는 방대한 구상을 고무하는 공정의 힘을 능히 믿을 만한 사람이 하나도 없었다는 것은 너무도 이상하다. 이 국가혁신의 구상을 빙자한 사람들은 모두 부분적인 개혁자밖에는 되지 못했고, 이들은 어떤 식으로든 적폐 국가의 주권을 인정해 왔다.

자신의 도덕적 본질이라는 단순한 이유 때문에 법률의 권위를 끈질기게 부정한 인간을 나는 한 번도 본 적이 없다. 이와 같은 의도는 그것이 천재적인 것이고 숙명적인 것이기도 하겠지만 일종의 허울 좋은 공상일 뿐이다. 그것이 실행될 수 있다고 여기면서, 굳이 이를 발표하는 사람이 있다면 그는 학자와 교인들의 손가락질을 받고 말 것이다. 뿐만 아니라 재능 있는 사람들이나 탁월한 감성을 지닌 여성들은 그것을 보고 경멸을 감추지 못할 것이다. 그러나 자연은 여전히 젊은이들의 가슴에 이러한 종류의 열의에 대한 암시를 가득 담아주고 있다. 그리고 여기에 지금 사람들이 있다. ─ 내가 만약 복수(複數)로 말할 수 있다면 ─ 그러나 보다 정확히 말하자면, 나는 여태껏 단 한 사람을 상대로 이야기해왔다. 이 사람은 비록 역경에 처해 있더라도 수천의 사람들이, 일단의 친구나 애인들 사이처럼 서로 가장 장대하고도 가장 단순한 감정을 가질 수 있다는 것을 조금도 불가능하다고 여기지 않는 사람이다.

─ 김대웅 옮김

부록

헨리 데이비드 소로 연표

THE THOREAU FAMILY

JOHN THOREAU
1787-1859

CYNTHIA DUNBAR THOREAU
1787-1872

HELEN THOREAU
1812 - 1849

JOHN THOREAU
1815-1842

DAVID HENRY THOREAU
1817-1862

SOPHIA THOREAU
1819-1876

윗줄 왼쪽부터 아버지 존 소로(John Thoreau;1787~1859), 어머니 신시아 던바(Cynthia Dunbar Thoreau;1787~1872)의 실루엣, 큰누나 헬렌 소로(Helen Thoreau;1812~1849), 형 존 소로(John Thoreau;1815~1842), 헨리 소로(David Henry Thoreau;1817~1862), 여동생 소피아 소로(Sophia Thoreau;1819~1876)

1817년

7월 12일, 미국 동북부 매사추세츠 주 콩코드 시의 시골에서 아버지 존 소로와 어머니 신시아 던바(Cynthia Dunbar) 사이에 차남으로 태어났다. 아버지는 프랑스 서북부의 영국령 해협제도에서 온 이주민이었고, 조그만 연필공장을 운영했다. 조합교회 목사의 딸인 어머니는 하숙을 치렀는데, 그는 어린 시절의 대부분을 보스턴에서 30킬로미터 떨어진 이 콩코드에서 보냈고, 어려서부터 넉넉지 못한 가업을 위해 힘껏 도왔다. 그리고 콩코드 고등학교를 졸업하고 대학 입학을 준비했다.

1833년(16세)

하버드 대학에 들어가 〈홀리스 홀〉(Holis Hall)에서 기숙사 생활을 했다. 엄청난 양의 독서를 통해 철학적 기초를 닦고, 정신세계의 폭을 넓히려고 노력했다.

1836년(19세)

이 해에 간행된 랠프 월도 에머슨의 수상집 『자연론』(Nature, 1836)을 읽고 초절주의(超絶主義, transcendentalism)에 큰 영향을 받아 글을 쓰기 시작했다.

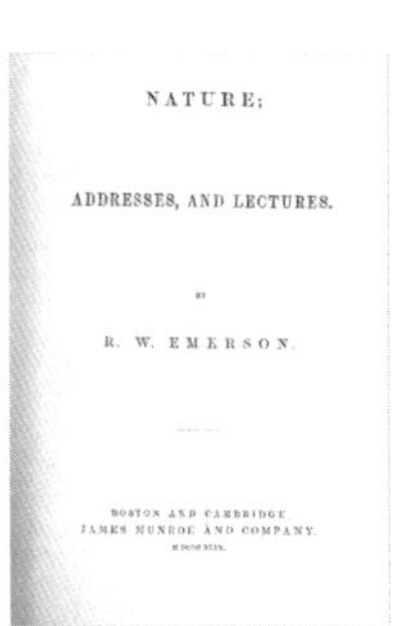
NATURE;
ADDRESSES, AND LECTURES.
R. W. EMERSON.
BOSTON AND CAMBRIDGE:
JAMES MUNROE AND COMPANY.

『자연론』 초판 속표지

1837년(20세)

하버드 대학을 졸업한 이후 일정한 직업을 얻지 못하고, 토지의 측량이나 가업인 연필 제조에 종사했다. 이해 8월 초절주의 운동의 지도자 에머슨은 하버드 대학의 학생친목회 〈피이 베타 캐퍼〉(Phi Beta Kappa)에서 그의 지적(知的) 독립선언이라 할 수 있는 유명한 '미국의 학자'를 강연했다. 이

자리에서 에머슨을 소개받은 소로는 곧바로 초절주의 클럽에 가입했다.

1839년(22세)

형 존과 함께 콩코드 강과 메리맥 강으로 일주일간 보트여행을 떠났다. 콩코드에서 당시 17살 난 엘렌 시웰(Ellen Sewall)과 사랑에 빠졌으나 결국 그녀의 부모가 반대하는 바람에 약혼은 깨졌다.

1840년(23세)

이 해에 랠프 왈도 에머슨과 마거릿 풀러(Margaret Fuller)가 창간한 『초절주의자들』(Transcendentalists ; 또는 '초월주의'라고도 한다.)의 동인지 『다이얼』(The Dial ; 1840년 7월 창간, 1844년 4월 폐간 ; 이후 1880년대에 복간)이 발행되기 시작했고, 소로는 여기에 시·번역문·에세이를 발표했다. 이 무렵 그는 콩코드 학원에서 형 존을 도와 강사와 도서관 관리인으로 있었다. 이때 쓴 주요한 에세이는 「매사추세츠 주의 자연사」(Natural History of Massachusetts) 등이 있다. 초절주의자인 앨러리 채닝, 브론슨 엘콧, 마거릿 풀러, 너대니얼 호손 등과 친해진 것도 이 시기였다.

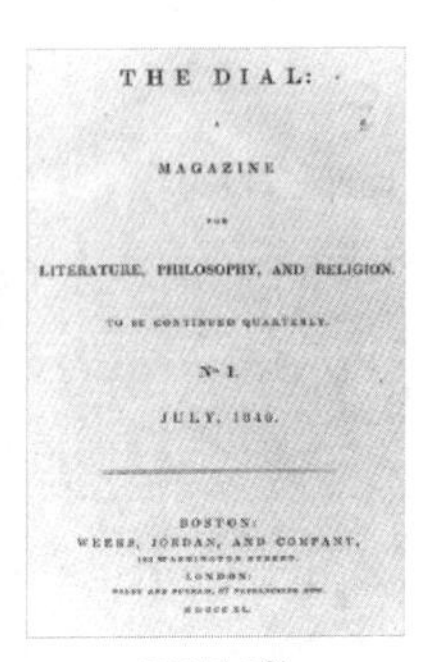
THE DIAL:

A

MAGAZINE

FOR

LITERATURE, PHILOSOPHY, AND RELIGION.

TO BE CONTINUED QUARTERLY.

No 1.

JULY, 1840.

BOSTON:
WEEKS, JORDAN, AND COMPANY,
LONDON:
MDCCCXL.

1840년 7월,
『다이얼』 창간호 표지

1841년(24세)

이때부터 3년간 에머슨의 집에서 생활하면서 초절주의 운동에 적극 참여하고, 『다이얼』의 편집에 관여했다.

1842년(25세)

여름경 마거릿 풀러가 재정 문제로 『다이얼』에서 손을 떼자 소로가 편집에 적극 참여했다.

『다이얼』지 7월호에 「매사추세츠의 자연사」(Natural History of Massachusetts)를 게재하였다.

1843년(26세)

1842년 7월 19일 친구 리처드 풀러와 함께 콩코드에서 출발한 와추셋 산 정상까지의 여정을 1월에 「와추셋까지 걷기」(A Walk to Wachusett)라는 제목으로 출간했다. 『다이얼』의 10월호에 「겨울산행」(A Winter Walk)이 실렸다. 12월경에는 스텐슨(Stensson) 섬에 있는 에머슨의 형 집으로 옮겨 잠시 가정교사 생활을 했다.

1844년(27세)

『월터 랄레이 경』(Sir Walter Raleigh)를 출간했다.

1845년(28세)

멕시코 전쟁에 반대해서 인두세의 납부를 거부한 죄로 잠시 투옥되었다. 이때의 체험이 「시민불복종」을 쓰게 하는 계기가 되었다. 7월 4일부터 콩코드 마을 어귀에 있는 월든 호숫가의 에머슨 땅을 조금 불하받아 손수 오두막을 짓고, 1847년 9월 6일까지 2년 2개월 동안 실험적인 생활에 들어갔다. 『월든 — 숲속의 생활』과 1839년의 보트 여행을 토대로 한 『콩코드 강과 매리맥 강의 일주일』의 집필에 착수하였고 실험적 생활을 마친 뒤 1848년까지 2년 가까이 재차 에머슨과 생활하며 초절주의자들과 교류했다.

1846년(29세)

메인의 숲에 처음으로 여행했다.

1847년(30세)

가을에 에머슨이 1년 동안 유럽여행을 떠나자 그의 집으로 들어가 부인의 말벗이 되어 주었다.

1848년(31세)

에머슨이 유럽여행을 마치고 돌아오자 다시 콩코드로 돌아와 아버지 집에서 세상을 뜰 때까지 살았다.

1849년(32세)

「시민불복종」을 탈고하였다. 이것은 소로 사후에 전집으로 출판되었는데, 특히 간디와 킹 목사 등의 운동에 지대한 영향을 미쳤다. 최초의 저서 『콩코드 강과 메리맥 강의 일주일』(A Week on the Concord and Merrimack Rivers)을 자비로 출판했으나 별로 반응이 없었다.

1854년(37세)

대표작의 하나인 『월든 – 숲속의 생활』(Walden or, the Life in the Wood)을 2,000부 출판하였으나 별로 주목받지 못했다.

1854년의 초상화

1857년(40세)

세 번째로 메인의 숲속 여행을 했다.

1858년(41세)

메인 주의 숲을 다녀온 경험을 토대로 「체선쿡」(Chesuncook)[120]을 『월간 애틀란타』(Atlantic Monthly)에 기고했다.

1859년(42세)

교수형을 당한 미국의 급진적인 노예제도 폐지론자 존 브라운을 위해 「존 브라운을 위한 청원」(A Plea for Captain John Brown)을 써서 부당한 사회에 대해 강력히 항의했다. 12월 2일 존 브라운이 교수형을 당하자 「존 브라운의 교수형 이후의 논평」(Remarks After the hanging of John Brown)이라는 제목으로 연설을 했다.

1860년(43세)

2월 8일 콩코드에서 '야생사과'(Wild Apple)라는 제목으로 강연했고, 「존 브라운의 최후의 날들」(The Last Days of John Brown)을 기고했다.

1861년(44세)

'남북전쟁'이 일어난 이 해에 그는 건강이 나빠져 미네소타로 휴양을 떠났고, 얼마 후 『산책』(Walking)을 출간했다.

1862년(45세)

「야생사과」, 「가을의 빛깔」(Autumn Tints)을 『월간 애틀란타』에 기고하였다. 5월 6일 지병인 폐결핵으로 사망했는데 사후에 친지인 소피아 소로(Sophia Thoreau)와 친구 엘러니 채닝에 의해 『소풍』(Excursions,

120) 메인 주의 체선쿡 호수 북서쪽 연안에 있는 마을이다.

1863년 출간, 1906년에 재판이 출간됨), 『원칙 없는 삶』(Life Without Principle, 1863), 『메인 숲』(The Maine Woods, 1864), 『케이프 코드』(Cape Cod, 1865), 『캐나다의 미국인』(A Yankee in Canada, with Anti-Slavery and Reform Papers, 1866) 등이 출판되었고, 1906년에는 20권의 전집이 출판되었다. 이 전집에는 14권의 일기와 여행기, 에세이, 논문, 시 등이 수록되어 있다.